꽃의 노래

하늘가리기 장편소설

fio
ret

꽃의 노래 3

초판 1쇄 인쇄 2017년 4월 12일
초판 1쇄 발행 2017년 4월 19일

지은이 하늘가리기
발행인 오영배
기획 박성인
책임편집 심지은
표지 · 본문 디자인 권지연
제작 조하늬

펴낸곳 (주)삼양출판사 · 피오렛
주소 서울시 강북구 도봉로 173
대표 전화 02-980-2112 **팩스** / 02-983-0660
출판등록 1999년 3월 11일 제9-00046호.

ISBN 979-11-283-9170-5 (04810) / 979-11-283-9167-5 (세트)

fi ret 은 (주)삼양출판사의 로맨스 판타지 문학 브랜드입니다.

꽃의 노래

하늘가리기 장편소설

3

fioret

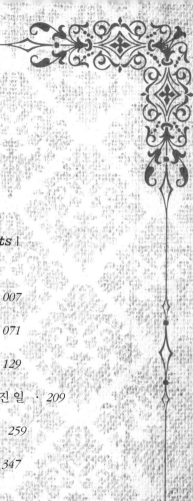

| Contents |

1장 재회 · 007

2장 성장 · 071

3장 변화 · 129

4장 연회장에서 벌어진 일 · 209

5장 알시온 · 259

6장 하란 · 347

1장
재회

아델은 선생님에게서 들은 야사를 떠올렸다.

'이 기록에 따르면 레바스는 하란의 핏줄이 아니야.'

새로 알아낸 사실도 있었다. 드디어 르웨나의 부군에 대한 정보가 나왔다. 이름은 카발. 르웨나는 부군의 이름을 아들에게 붙여 주었다.

아델은 일기의 다음 권에서 첨부된 내용을 찾아냈다.

　　─어머니의 기력이 무척 떨어지셨다. 주무시는 시간이 하루가 다르게 늘었다.

　　그날은 어머니가 무척 기분이 좋아 보이셨다. 어머니의 식사 시종을 드는데 갑자기 불쑥 말씀하셨다.

"넌 네 아버지에 관해 묻지 않는구나."

아무리 물어도 입을 꽉 다문 분이 어머니였다. 어이가 없어서 통명스럽게 대꾸했다.

"어머니께 듣는 건 포기했습니다. 몰라도 상관없어요. 소문대로 제가 하란의 아들이어도 놀랍지 않고요."

"아니야. 넌 그분보다 위대한 마법사의 아들이란다."

"예? 하란보다 위대한 마법사가 어디 있어요?"

"네 아버지."

난 건성으로 고개를 끄덕이며 적당히 식힌 수프 접시를 어머니 앞으로 내밀었다.

"정말이야. 카발. 네 아버지는 위대한 마법사이자 뛰어난 마법공학자였어."

어머니의 말씀을 믿을 수 없었다. 마법사의 재능은 대개 유전된다. 난 마법적인 재능이 전혀 없다는 진단을 받았다. 내가 뜬소문에 신경 쓰지 않는 이유도 그래서였다. 내가 정말 위대한 마법사의 아들일 리가 없었다.

"그래서 어디 계시는데요?"

"우리의 손이 닿을 수 없는 곳으로 떠나 버렸지."

아버지가 이미 이 세상 사람이 아니라는 사실은 충격이 아니었다. 살아 있는 분이었다면 더 화가 났을 것 같다. 우리 모자를 버렸다는 뜻일 테니까. 최소한 내 아버지를 경멸하지는 않을 수 있어서 다행이었다.

"아버지가 마법사라면 왜 전 마법사가 못 되었지요?"

"그건 네가 내 아들이기 때문이지. 마법은 인간에게만 허용된 매력적이고 위험한 힘이란다."

"그럼 어머니는 인간이 아니에요?"

어머니는 그저 묘한 미소를 지으며 아무 말씀이 없었다.

— 어머니를 회고하며

아델이 궁금했던 것들이 하나씩 나오고 있었다. 너무 갑자기 쏟아지는 정보가 어지러울 정도였다.

'마법공학자였다고?'

초대 가주의 부군이 마법공학자였다면 티움을 만든 사람은 르웨나가 아니라 부군이었나.

아델은 마법학을 공부하면서 역대 뛰어난 마법사들에 대해서 배웠다. 르웨나의 말처럼 하란과 견줄 만한 마법사라면 당연히 이름이 남았을 것이다. 하지만 카발이라는 이름은 아델이 배운 역대 마법사의 목록에 없었다.

'카발. 카발.'

이름을 중얼거릴수록 소름이 오싹 돋았다. 이상하게 낯설지 않았다.

'정리해 보자. 초대 가주님은 하란과 연인 사이가 아니었어. 하지만 굉장히 친밀했던 관계였던 것 같아. 초대 가주님의 부군은 마법사였고 마법공학자이기도 했으며 티움은 부군이 만든

것이 분명해.'

그런데 아무도 카발이라는 이름을 가진 마법사를 모른다. 르웨나는 아들에게도 제 아버지에 대해서 자세히 알려 주지 않았다.

앞뒤 정황을 보고 짐작하면 르웨나가 동부에서 레바스 가문을 설립하기 전에 이미 부군과 사별했다는 결론이 나왔다.

'대륙의 마법사였나?'

하란이 건국되었을 당시에 이미 죽었다고 해도 이름조차 남지 않은 것은 이상했다.

'지웠구나.'

아델은 미간을 찡그렸다.

'제자들이 스승의 과오를 지우고 싶어 한다고 했지. 초대 가주님의 부군이 하란의 과오였던 건가? 어떤 과오?'

르웨나는 유복자를 낳았다. 사람들은 르웨나와 하란의 사이를 의심했다.

'초대 가주님을 두고 두 남자가 연적 관계였을까? 그게 추문이 되어서 하란의 제자들이 싫어했을까?'

수많은 연애소설을 읽은 경험을 바탕으로 색다른 추측을 해 보았다.

'어찌 되었든 하란은 초대 가주님의 부군과 아는 사이였을 거야.'

짧은 회고록은 많은 상상의 여지를 주었다.

'이대 가주님의 설화 수집이 어쩌면 취미가 아니었을지도 몰

라. 이 내용을 숨기기 위한 눈속임이었을지도.'

아델은 다음 권을 꺼내서 펼쳤다.

—어머니가 돌아가시고 삼 년째 되는 날이었다. 며칠째 몰아치는 폭우가 그치지 않았다.

잠이 오지 않아서 생전에 어머니께서 많은 시간을 보내신 온실로 내려갔다. 컴컴한 온실에 홀로 우두커니 서 있는 사람을 보고 심장이 내려앉는 줄 알았다.

어찌나 놀랐는지 화가 치밀었다. 위대한 마법사건 뭐건 나는 그에게 막말을 퍼부었다.

"정말 소문대로 미쳤습니까? 여기서 뭐 하는 겁니까?"

하란이 제정신이 아니라는 소문은 어머니가 돌아가시기 전부터 떠돌았다. 난 뜬소문이라고 생각했지만, 어쩌면 사실인지도 모르겠다.

하란은 한참을 날 음울한 눈으로 바라보더니 내 이름을 불렀다. 난 대꾸 없이 노려보았다. 하란은 내 어머니의 장례식에 얼굴도 비치지 않았다. 내 어머니와의 인연을 생각하면 그래서는 안 되었다. 이어지는 말에 난 소스라치게 놀랐다.

"내 아들. 카발."

"……정말 미쳤군요."

미친 노인을 당장 어머니와의 추억이 담긴 온실 밖으로 끌어내고 싶었다. 난 하란의 아들이 아니다. 어머니가 아니라고 하셨다. 어머니가 그런 거짓말을 내게 하셨을 리가 없었다.

"미안하다. 카발. 내 아들아."

"대체 갑자기 나타나서 무슨 헛소리입니까?"

"흑탑은 네 것이다. 네게 주려고 만들었어."

말문이 막혔다. 소문대로 하란은 미쳤다. 하란은 나를 통해서 다른 사람을 보고 있었다. 내 이름을 가진, 혹은 날 닮은 누군가였다. 가슴이 터질 것 같았다.

"똑똑히 보십시오. 나는 카발의 아들 카발입니다."

하란은 몹시 충격받은 눈으로 날 바라보다가 사라졌다. 그게 내가 하란의 생전의 모습을 본 마지막이었다.

나의 아버지 카발은 하란의 아들이었다. 그리고 나는······ 대마법사 하란의 하나뿐인 혈육이다. 드디어 내 뿌리를 찾았으나 기쁘지 않았다.

하란에게는 혈육이 없다고 알려져 있다. 내 존재가 밝혀지면 이 땅은 걷잡을 수 없는 혼란에 휘말릴 것이다.

나는 이대로가 좋다. 어머니가 남겨 주신 가문을 지킬 것이다.

이 비밀을 내가 죽어서도 지켜야 한다는 사실을 깨달았다.

—어머니를 회고하며

"후우. 후우."

가슴이 답답해서 아델은 가쁜 숨을 내쉬었다. 너무 놀라 숨을 들이켠 채 호흡을 참고 있던 사실을 뒤늦게 알아차렸다. 손에 저

절로 땀이 났다. 짧은 내용 안에 담긴 무게 때문에 숨이 막혔다.

심장 소리가 귀에 들릴 것처럼 뛰었다. 이런 내용을 정말 자신이 알아도 되는지 혼란스러웠다.

르웨나는 하란의 며느리였다.

'그래서 자주 만났던 거야.'

하란에 마탑은 총 여섯 개다. 흑탑은 유일하게 주인이 없었다. 주인이 없는 게 아니라 주인이 될 사람이 마탑을 받기 전에 죽은 것이다.

'하란의 아들이 흑탑의 주인이었다니.'

문득 떠오르는 생각에 아델은 탄식했다.

'여섯 번째 제자!'

하란의 제자는 여섯이었다. 그런데 여섯 번째 제자에 대한 기록이 없다고 들었다. 얼마 전에 마법학 시간에 배운 내용이었다.

르웨나의 부군은 하란의 여섯 번째 제자이자 아들이었다.

'정말 이 엄청난 비밀을 역대 레바스의 가주들이 전부 몰랐을까?'

몰랐을 수도 있고 알아도 모른 척했을 수도 있다. 생각해 보면 알려져서 이로울 것이 없는 비밀이었다.

알면 알수록 새로운 의문점이 생겼다. 다음 권을 꺼냈다.

　―온실을 해체했다. 어머니의 유언이었는데 내가 너무 미련스레 붙들고 있었다.

온실의 흙을 내성과 외성의 곳곳에 나누어 뿌렸다. 그 자리에 꽃이 피고 나무가 우거질 것이다.

어머니가 계실 때 온실 안에서는 일 년 내내 꽃이 지지 않았다. 아직도 눈에 선하다. 마치 꽃가루가 날리는 것처럼 노란 빛무리가 어머니의 주변을 에워싸는 모습은 신비로웠다. 오직 어머니와 나만 볼 수 있는 광경이었다.

어머니는 그것을 보며 노래를 부르는 거라고 표현하셨다. 나는 한 번도 듣지 못했지만, 항상 아쉬웠다. 얼마나 황홀한 음악이었을까.

— 어머니를 회고하며

"……어?"

심장이 덜컹 내려앉았다. 방심하고 있다가 한 대 얻어맞은 것 같았다.

"초대 가주님이…… 나와 같은 능력이 있는 분이었네."

아델은 멍하게 중얼거렸다. 그래서 초상화를 처음 봤을 때부터 기분이 이상했던 걸까.

아델은 아까 봤던 앞 권의 일기를 꺼냈다. 르웨나와 카발이 나눈 대화 내용 중에 마음에 걸리는 부분이 있었다.

— 그럼 어머니는 인간이 아니에요?
어머니는 그저 묘한 미소를 지으며 아무 말씀이 없었다.

이게 무슨 뜻일까. 아델은 두 문장을 노려보았다.

'난…… 대륙에 원래 가족도 있었다고 했어.'

그러니까 난 인간이야. 난 인간에게서 태어난 인간이라고.

하지만 자라지 않는다. 이상한 능력도 있다. 자신이 평범한 보통의 사람이라고는 도저히 말할 수 없었다.

벨소리를 들으며 아델은 화들짝 놀랐다. 아까 뒤집어 두었던 모래시계가 어느새 다 떨어졌다.

두 손으로 들고 있던 일기를 덮어 제자리에 꽂았다. 두 손이 덜덜 떨렸다.

'나머지를 다 읽으면……. 내가 누군지 알 수 있을지도 몰라.'

그녀는 다음 권을 끝내 꺼내지 못했다. 자신이 누군지 그토록 알고 싶었으면서 드디어 가까이 다가갔다고 생각하자 덜컥 겁이 났다. 열지 말아야 하는 상자를 여는 것 같다.

'정말…… 내가 이상한 괴물이면 어떡해?'

모르면 그냥 모르는 대로 살 수 있다. 하지만 알고 나면 모른 척할 수 없을 것이다.

망설이던 아델은 결국 그대로 가문의 방을 나왔다.

*　　*　　*　　*

아델이 나가고 론은 바로 제드를 불러 청탑에서 왔다는 마법사 손님에 관해 물었다.

"날 만나려는 용건은?"

"전당에서의 사고 때문에 사과를 드리러 왔다고 하셨습니다. 중요한 일이니 꼭 성주님을 직접 뵙고 싶다고 했습니다."

"사과하러 왔다면서 굳이 날 만나겠다는 이유가 뭐지?"

"성주님께 직접 전하려는 뜻이라고 생각합니다."

"내가 없는데 굳이 며칠 기다리면서까지?"

원래 모든 일은 수상하게 보면 끝이 없고 대수롭지 않게 넘기면 별것 아니었다. 제드의 생각에는 그다지 이상하지 않았지만, 그냥 입을 다물었다. 기분 탓인지 성주의 말투에 날이 섰다.

"남쪽 탑에 방을 주었단 말이지?"

"예."

"손님 대접은 아델이 했고."

"예. 아가씨께서 아주 잘해 주셨습니다."

제드는 흐뭇하게 웃으며 아델을 칭찬했다.

아델이 레바스 가문의 사람은 아니지만, 굳이 따지고 들면 성에 장기간 머무는 중요한 손님이었다. 주인이 자리에 없을 때 주인과 절친한 손님이 다른 손님을 대접하는 일은 종종 있었다.

이번 일로 제드는 아델을 다시 보았다. 그저 어리게만 생각했던 아가씨는 나무랄 데 없는 태도로 손님에게 성 내부를 안내하고 대접했다.

"청탑의 마법사님은 처음 뵈었지만, 소문만큼 이상한 분은 아니었습니다. 아가씨께서도 현자님이 마음에 드셨는지 함께 다니시면서 무척 즐거워 보이셨습니다."

유쾌한 성품의 마법사를 싫어하는 사람은 없다. 제드는 자신을 꼬박꼬박 '집사님'이라고 부르며 싱글싱글 웃는 청탑의 현자님이 마음에 들었다. 자연스레 호의가 듬뿍 담긴 평가를 하게 되었다.

"신분은 확실한가?"

"예. 마탑에서 확인해 주었습니다."

"마탑이 보증하면 다 확실해?"

제드는 성주의 눈치를 살폈다. 이건 억지였다. 마탑의 보증만큼 확실한 것이 어디 있다고. 비로소 성주님의 기분이 그다지 좋지 않다는 사실을 알아차렸다.

"나도, 바실 수장도 없는데 성 안에 낯선 손님을 들이고 방을 내주는 건 누구 결정이지?"

"마탑의 현자님이시라……."

마법사는 절대 홀대해서는 안 될 손님이었다. 더구나 현자급의 마법사라면 어디를 가도 대접받았다.

"신분이 확실하지 않은 사람을."

'마탑에서 보증했다고 말씀드렸습니다만.'

제드는 속으로만 대꾸했다.

"아델과 함께 있게 했다는 건가? 내가 다녀오기 전에 분명히 말해 두었을 텐데. 성의 경비에 만전을 기하라고."

실수했다. 성주님의 아가씨에 관한 기이한 예민함을 간과했다. 이럴 때는 그냥 닥치고 가만히 있는 것이 제일이었다. 제드는 그저 처분만 기다린다는 듯 고개를 숙였다.

"손님을 모셔 와."

"예. 성주님."

제드는 재빠르게 물러갔다.

론은 손끝으로 책상을 두드리면서 청탑의 마법사가 찾아온 용건을 추측했다. 전당의 사고 때문에 사과만 할 목적은 아닐 것이다.

'조심성이 부족해. 다시는 이런 일이 없도록 일러두어야겠군.'

아델이 혼자 성에 있는데 낯선 사람을 함부로 들이다니.

마법사에 대한 절대적인 신뢰를 도무지 이해할 수가 없었다. 마법사도 사람이다. 그들 중에도 악인은 있을 것이다.

집사의 대처가 잘못된 건 아니라고 그의 이성은 말했다. 하지만 기분이 나쁘다. 몹시 나쁘다.

그의 불쾌함에는 얼마간 비뚤어진 심술이 섞여 있었다. 낯모르는 마법사가 고작 며칠 만에 아델과 외성까지 나갔다. 그는 아델과 친해지기까지 무척 많은 시간이 걸렸고 노력도 많이 했다.

아델을 천천히 바깥으로 데려가는 역할은 그가 하고 싶은 일이었다. 낯을 가리고 겁이 많은 소녀를 놀라게 하지 않으려고 얼마나 조심했는지 모른다. 얇은 유리잔을 손에 쥐듯 전전긍긍했다. 그는 정말 노력했다.

'그런데 그놈이.'

다 된 밥에 재를 뿌려도 정도가 있지. 그는 자신의 비유법이 어딘지 이상하다고 느꼈지만, 무시했다. 생각할수록 분통이 터졌다.

아델이 처음으로 외성으로 나갔다. 자신이 아닌 다른 사람과.

대현자 데보라도 단지 마법사라는 이유만으로 쉽게 아델의 신뢰를 얻었다. 이건 불공평했다.

밖에서 문을 두드리는 소리가 들리고 제드가 말했다.

"성주님. 현자님을 모셔 왔습니다."

론은 책상에서 일어났다. 기분이 나쁜 것과는 별개로 현자급의 마법사는 함부로 대하면 안 되는 손님이었다. 속내를 감추는 표정 관리는 자신 있었다.

들어오는 푸른 로브의 남자와 눈이 마주치는 순간, 론의 무심한 표정이 당혹스럽게 흔들렸다.

줄리오는 눈을 크게 떴다가 히죽 웃었다. 굳어 있는 론에게 성큼성큼 다가가서 두 팔을 벌려 와락 안았다.

"설마 했다. 역시 너였구나."

한 걸음 물러나서 기쁘게 웃는 줄리오에게 론은 마주 웃어 줄 수 없었다. 한참 만에 겨우 입을 떼고 말했다.

"제드."

"예. 성주님."

"물러가라. 내가 부를 때까지 아무도 들어오지 못하게 해."

제드가 조용히 문을 닫고 나갔다. 집무실에 무거운 침묵만 가득했다. 웃고 있던 줄리오의 표정 역시 점점 딱딱하게 굳었다. 곤혹스러워하는 론을 바라보면서 줄리오의 눈빛이 사나워졌다.

줄리오는 휙 몸을 돌려 소파에 가서 털썩 앉았다. 론은 가만히 줄리오를 바라보다가 천천히 다가가 앞에 마주 앉았다.

"알고 온 거야?"

줄리오는 욱, 치미는 것을 참는 표정으로 퉁명스레 대꾸했다.

"와서 알았지."

"어떻게?"

"초상화를 봤거든."

"……"

말이 없는 론을 보며 줄리오는 속에서 뭔가가 부글부글 끓었다.

"야! 너 이 새끼. 네가 이럴 줄 몰랐다."

의아하게 시선을 들어 자신을 바라보는 론을 보니까 줄리오는 더 화가 났다. 당장 녀석의 멱살을 틀어쥐지 않는 것만으로도 많이 참고 있었다.

"높은 분이 되니까 나 같은 건 이제 아는 척하고 싶지 않다 이거냐?"

론은 물끄러미 줄리오를 보다가 삐딱하게 고개를 기울였다.

"자격지심 있냐?"

"뭐야?!"

"난데없이 하란의 마법사로 나타나서 사람 놀라게 하고 되레 큰 소리야?"

줄리오는 기가 막혔다. 그래. 오랜만이라 잊고 있었다. 눈앞의 녀석은 은근히 사람 속을 뒤집는 데 재주가 있었다.

"넌 말이야! 아우, 진짜. 살았는지 죽었는지 네놈 걱정에 밤잠 설친 내가 정신 나간 놈이지."

제 가슴을 팍팍 내리치는 줄리오를 보면서 굳어 있던 론의 표정이 풀렸다. 한참을 투덜거리던 줄리오도 슬그머니 기분이 풀어졌다. 아무래도 넘겨짚어서 오해한 모양이다. 론이 자신을 꺼리는 기색은 아니었다.

"날 보자마자 반응이 왜 그런 건데?"

"놀라서."

"놀란 반응치고는 좀."

"……그리고 너무 창피해서."

론은 씁쓸히 웃었다. 줄리오의 얼굴을 보자마자 쥐구멍이라도 찾고 싶다는 심정이 무엇인지 알았다. 그야말로 수치스러워서 죽고 싶었다.

"무슨 소리야?"

"내가 무슨 소리를 하는지 알잖아. 내가 지금 무슨 짓을 하고 있는지."

"……."

"레온. 돌아가신 전대 성주님의 유일한 혈육이자 하나뿐인 손자의 이름이야."

이 세상에 진짜 레온이 존재했었고 죽었다는 사실을 아는 사람은 이 자리에 마주 앉아 있는 두 사람뿐이었다.

론은 줄리오와 함께 다니는 몇 달 동안 넋두리처럼 이런저런 이야기를 했다. 레온 모자를 처음 만났을 때의 이야기도 했고 당연히 둘이 친형제가 아니었다는 사실도 말했다.

줄리오라면 대충 상황을 끼워 맞춰 모든 정황을 파악했을 것이다. 자신이 죽은 형제의 것을 제 것인 것처럼 차지하고 앉아 있다는 사실을.

"무슨 소리를 하는지 잘 모르겠지만……."

줄리오는 능청스럽게 머리를 긁적이며 말했다.

"그러니까 레바스 대가문의 전대 성주님의 유일한 혈육이 너라는 거잖아. 레온."

두 사람의 시선이 부딪쳤다. 론의 보라색 눈동자가 동요를 드러내며 확연히 흔들렸다. 상대적으로 줄리오의 표정은 무덤덤했다. 속을 떠보거나 다른 속셈이 있는 눈빛이 아니었다.

"하하……."

론은 허탈한 웃음을 터뜨렸다. 이 상황에서 다른 무슨 말을 할 수 있겠는가.

"내가 널 모르냐. 다 이유가 있겠지."

론은 두 손으로 얼굴을 덮으며 소파에 등을 기댔다. 안도감과 고마움. 그리고 여전히 사라지지 않은 수치심. 복잡한 기분을 한

마디로 설명할 수 없었다.

줄리오를 보자마자 순수하게 반가워할 수가 없었다. 들통날까 봐, 지금 쥐고 있는 것들을 잃을까 봐 눈앞이 아득했다. 자신의 밑바닥을 들여다본 기분이었다.

얼마간 말없이 앉아 있던 두 사람은 조금씩 헤어진 이후의 근황을 주고받으며 대화를 시작했다.

"덴버의 정보상에게서 정보는 받았냐?"

"받았지."

줄리오는 돈만 보태 줬고 두 사람은 곧장 헤어졌다.

"그러면……."

론이 말을 끊었다.

"줄리오. 그 얘기는 하고 싶지 않아."

"야. 나도 지분 있어. 그들은 내 동료들이기도 했다."

"……나중에. 확실히 모든 일이 명백해지면 알려 줄게."

잠시 분위기가 무거워졌다. 줄리오는 '복수에 네 인생을 걸지마.'라고 한마디 하려다가 입을 다물었다.

'지금 저 녀석 귀에 무슨 말을 한들 들리겠어. 내 입만 아프지.'

론이 레온의 자리를 차지하고 있는 이유. 너무 뻔해서 물을 필요도 없었다.

론이 권력이나 재물에 욕심이 있었다면 진즉 다른 삶을 살고 있을 것이다. 용병으로 있을 때 말끔한 얼굴과 높은 실력을 갖춘 론에게 기사직을 제안한다거나 돈 많은 과부 귀족 부인이 호감을 표시하는 일도 있었다.

'그때 기둥서방으로 들어앉았으면 평생 돈 걱정은 안 했을걸.'

"대륙에서 받은 추천장을 들고 하란의 마탑으로 간 건가?"

"아, 그거. 아니. 사실 그거 잃어버렸어."

"뭐? 어쩌다?"

"몰라. 언제 어디서 잃어버렸는지. 그냥 너와 정신없이 다니다가 어느 날 보니까 없더라고."

론은 새삼스럽게 줄리오를 보았다. 줄리오에게 그것은 인생을 바꿔 줄 수 있는 물건이었다. 그런데 전혀 내색하지 않아서 몰랐다.

"돈 없고, 갈 데 없고. 근데 하란에서 마법사들을 받아 준다는 말은 옛날부터 들었으니까. 일단 가 보자는 심정으로 갔는데, 잘난 척해서 하는 말이 아니라 내가 제법 재능이 있더라. 대현자의 눈에 들어서 제자가 되고 어느 날 현자 이름을 주던걸. 정말 내 인생에 이런 일이 벌어질 수도 있구나 싶을 정도로 승승장구했지."

멋쩍은 표정으로 과거를 회상하던 줄리오는 론을 아래위로 훑어보았다.

"그런데 널 보니 잘난 척도 못 하겠다. 이건 뭐 상대가 안 되잖아. 난 고작해야 대가문의 성주님에게 굽실거리러 온 일개 마법사일 뿐이고."

기분 나쁘지 않은 빈정거림을 들으며 론은 가볍게 웃었다.

"전당에서 일어난 사건. 왜 줄리오가 사과를 하러 온 거야?"

"전당에서 사고 친 분이 내 스승님이야. 제자가 뒷수습하라는데 어쩌겠냐. 내가 사과하러 다니는 중이지."

"스승까지 있어? 제법이다."

"야. 너 그때 내게 추천장을 써 준 마법사가 해 준 말 기억 안 나? 나보고 천재라고 했다고."

"내가 유감없다고 하면 날 보러 온 목적은 해결?"

줄리오가 눈을 데구루루 굴렸다.

"전당에서 열리는 파티 취소로 손해 많이 봤냐?"

"추가 비용은 들어갔지."

"오랜만에 만나서 염치없기는 한데. 내가 이런 말을 하게 될 줄은 몰랐다."

줄리오는 비굴하게 헤헤 웃었다.

"배상금 깎아 주면 안 되냐? 모르는 사이도 아니고."

쿡, 웃으면서 론이 말했다.

"물론. 모르는 사이도 아닌데 그 정도야."

"역시!"

감격에 겨워 소리치는 줄리오는 이어진 말을 듣고 바로 표정이 일그러졌다.

"근데 공짜는 안 돼."

"……뭐?"

"내 개인 빚이면 상관없는데 가문의 재정은 내가 함부로 처리할 수 없어."

"그…… 그럼?"

"줄리오의 능력을 후하게 사 줄 수는 있지."

잠시 후 줄리오는 정신을 차려 보니 루터와 마주 앉아 계약서를 작성하고 있었다. 줄리오의 서명으로 계약이 체결되었다.

"현자님과 좋은 계약을 맺을 수 있어서 영광입니다."

루터는 몹시 기꺼워하며 계약서를 봉인했다. 지불하는 비용은 아주 후하게 책정했다. 그래도 돈이 문제가 아니었다. 현자 이상의 마법사와의 계약은 몇 년에 한두 건 성사될 정도로 극히 낮았다.

대가문 정도가 되면 수준 높은 마력이 빈번하게 필요했다.

보통은 중앙청을 통해 마탑에 의뢰하거나 교류하는 마탑이 있으면 직접 연락하기도 했다. 그런데 마법사와 직접 맺는 계약을 가장 선호했다.

마법사는 얽매이는 일을 병적으로 싫어했다. 자유롭게 하고 싶은 연구에 몰두하기만 원하는 마법사들은 마탑에서 강제하는 의무 기간에만 어쩔 수 없이 공적인 일을 수행했다. 공증인으로 참여하는 마법사가 이런 경우였다.

아무리 대가문이라고 해도 일반인과 어울리지 않는 마법사와 사적으로 친해지기는 몹시 어려웠다. 마법사 개인과 계약을 맺는 건 그 마법사와 돈독한 관계라는 뜻이었다.

중앙청은 마탑의 중개인 역할을 하며 값비싼 수수료를 떼어

간다. 마탑 역시 마법사와 연결해 주면서 수수료를 추가로 뗐다. 마법사와 직접 교류하면 비용을 절감할 수 있었다.

"저도 좋은 인연으로 이어지기를 바랍니다."

줄리오 역시 만족스러운 계약인 양 밝은 표정으로 덕담을 건넸다. 하지만 루터가 나가고 나자 계약서를 다시 들추어 확인하며 투덜거렸다.

"아무래도 이건 횟수가 너무 많아. 이래서는 내가 완전히 레바스 가문의 주치의 비슷한 거잖아. 이거 정말 너무하는 거 아냐?"

"내가 줄리오의 도움이 필요하면 모른 척할 건가?"

"뭘 또 그렇게 말해. 내가 언제 모른 척한다고……."

"하란에서는 마법사가 함부로 마법을 쓰면 안 돼. 줄리오는 순수한 마음으로 날 도와줘도 재판까지 가는 시빗거리가 될 수 있지."

"마법사는 호의도 베풀 수 없단 말이야?"

"현자 이상의 마법사는 특별 관리 대상이야. 그리고 난 하란에서 일곱 명밖에 없는 대가문의 주인이고."

줄리오는 기묘한 기분으로 입맛을 다셨다. 고작 몇 개월 전에 그들은 용병으로서 밑바닥 계층을 전전했다. 비교할 수 없이 달라진 지위가 실감이 나지 않았다.

"계약서가 있으면 뭐가 달라?"

"마탑과 대가문의 유착이라고 문제 삼는 자가 있을 때 방어할 수 있지."

"그래……?"

맞는 말 같기는 한데 뭔가 손해를 본 것 같기도 하고. 고개를 갸우뚱하다가 줄리오는 부루퉁한 표정으로 계약서를 접어 봉투에 담았다.

줄리오는 아직 하란의 법체계에 익숙하지 않았다. 하지만 바보는 아니었다. 론이 아니었다면 계약 같은 건 하지 않았다.

"고마워. 줄리오."

론은 줄리오가 아무것도 묻지 않고 믿어 줘서 고마웠다.

단지 배상금을 빌미로 줄리오의 힘을 빌리고 싶은 것이 아니었다. 줄리오가 원한다면 언제든지 계약 파기를 해 줄 수 있다.

자신의 곁에 이제 유일하게 남은 친구였다. 혹시 줄리오에게 무슨 일이 있으면 참견할 자격을 만들어 두고 싶었다. 마법사의 계약자는 후원자와 비슷한 역할을 했다.

"쳇. 이왕 이렇게 된 거 여기서 실컷 놀고먹다가 갈 거다."

스톤 양하고 재미있게 놀아야지, 중얼거리다가 고개를 번쩍 들고 론에게 소리쳤다.

"너 이 음흉한 자식!"

"정 불만이면 계약 내용 수정해."

"아니, 그게 아니라. 너 다시 봤다. 키워서 잡아먹으려는 거지?"

의미심장하게 씨익 웃는 줄리오를 보며 론은 인상을 썼다.

"무슨 헛소리야?"

"스톤 양 말이야. 기가 막히게 예쁘더라. 전부터 여자들을 거

들떠보지도 않더니 다 이유가 있었단 말이지. 이제 보니까 눈이 하늘 꼭대기에 달려서 그랬어. 너 그 아가씨 잘 키워서 아내 삼으려는 거 아냐?"

론은 어이가 없어서 줄리오를 바라보다가 한숨을 내쉬었다. 갑자기 관자놀이가 지끈지끈했다.

"그런 거 아니야."

"아니긴 뭐가 아니야. 내가 다 이해해. 어릴 때부터 곱게 잘 키워서 이상적인 신부로 만드는 것도 괜찮지. 좀 변태 같기는 하지만."

"아니라니까!"

"다른 여자 있어?"

"말이 되는 소리를 해. 아델은 어려."

왜 이런 설명을 하고 있어야 하는지 론은 몹시 피곤했다.

"너야말로 무슨 헛소리야. 어리긴 뭐가 어려. 곧 성년이라며."

"……아델이 그런 말을 해?"

줄리오를 만나기 전에 느꼈던 불쾌함이 슬그머니 속에서 고개를 쳐들었다.

"스톤 양에게 대충 들었어. 병에 걸렸다고 하더라."

"……."

론은 당황한 마음을 감추며 줄리오를 응시했다. 만난 지 며칠 되지 않은 사람에게 아델이 그런 이야기까지 했을 줄이야.

"착각하지 마. 스톤 양은 곧 성년이 되는 아가씨야. 절대 어리지 않아. 너 그런 말 하면 스톤 양 상처받아."

"내 말은 그런 뜻이 아니야."

론은 가라앉은 목소리로 대꾸했다. 아델에 대해 뭘 알기나 해서 하는 말이냐는 말이 턱밑까지 치밀어 올랐다.

"자라지 않으니까? 하긴 지금 상태로는 남 보기에 문제가 있지. 나이가 있다고 해도 어린아이를 좋아하는 변태 같으니까. 그런 취향이 있는 건 아니지?"

론은 이를 악물고 벌떡 일어났다. 책상으로 가서 위에 펼쳐진 서류를 들추었다. 더는 줄리오의 헛소리에 휘말리고 싶지 않았다. 바쁘니까 지금은 나가 주었으면 좋겠다는 무언의 신호였다.

"근데 스톤 양이 계속 자라지 않는다고 어떻게 장담해?"

론은 고개를 들었다. 소파에서 일어난 줄리오가 출입문 쪽으로 천천히 걸었다.

"원인을 모르는 병이니까 원인을 모르게 갑자기 나을 수도 있지. 내일부터는 쑥쑥 자라서 몇 년 후에는 숙녀가 될지도. 여자아이가 얼마나 금방 자라는 줄 알아?"

줄리오는 어깨를 으쓱하더니 문고리를 잡았다.

"나중에 아쉬워하지 말고 미리미리 잘해."

줄리오가 나가고 난 후 한참 론은 줄리오가 했던 말을 곱씹으며 서 있었다.

'아델이 자란다고?'

상상해 보지 않았다.

"내가 못한 건 뭔데."

줄리오가 마지막에 남기고 간 충고가 울컥하게 했다. 생각 없이 던진 말인지, 뭘 알고 하는 말인지, 무척 신경이 쓰여서 도무지 일에 집중할 수 없었다.

*　　　*　　　*

아침에 아델의 머리를 빗기며 멜이 슬쩍 물었다.

"아가씨. 소설이 새로 나왔는데 가져다 드릴까요?"

아델이 살짝 좌우로 고개를 흔들었다.

"왜 요즘은 안 읽으세요?"

"그냥……. 다 비슷비슷한 거 같아."

"아, 세상에. 벌써 그런 생각이 드시면 어쩐대요. 아가씨. 소설은 진짜가 아니에요. 소설만 보고 진짜도 시시하다고 생각하지 마세요."

안타까워하면서도 멜은 내심 질릴 만하다고 생각했다. 아델에게 가져다준 것은 순수한 동화소설. 줄거리와 전개 방식에 한계가 있기 마련이었다. 하녀들끼리 돌려보는 소설은 훨씬 파격적이고 자극적이지만, 그런 것을 차마 아가씨께 보여 드릴 수 없었다.

'사실은 읽다 보면 슬퍼져서 싫어.'

아델이 소설을 외면하는 진짜 이유는 따로 있었다. 소설 속의 등장인물들은 언제나 사랑을 이루고 행복해졌다. 고작 책 속에 등장하는 가상의 인물들도 가질 수 있는 것을 아델은 가질 수 없었다. 처음에는 부럽다가 점점 속이 비틀렸다.

"아가씨. 저는 옮긴 침실이 더 마음에 들어요. 훨씬 넓고 가구도 좋은 것들이잖아요. 아가씨는 어떠세요?"

"응. 나도."

갑자기 남쪽 탑에서 중앙탑으로 침실을 옮기는 이사를 하게 되었을 때는 내키지 않았다. 남쪽 탑의 침실에 오랜 정이 들었다. 잠시뿐이라도 떠나 있으려니 무척 아쉬웠다. 그런데 막상 옮기니까 훨씬 고급스러운 장식과 널찍한 침실이 마음에 들었다.

"이 침실은 안주인께서 쓰시는 곳이래요."

"응. 들었어."

"그래서 굉장히 오래 비어 있었대요."

"으음. 그럼 할머니의 부군께서는 이 방을 쓰지 않으셨대?"

"동쪽 탑에서 지내셨다고 하던데요. 근데요 아가씨."

멜이 마치 비밀 이야기를 하듯 목소리를 낮추었다.

"그래서 이 방이 성주님의 침실과 연결되어 있어요."

"어?"

아델의 어깨가 움찔 떨렸다.

"물론 지금은 아니고요. 장식장을 옮겨서 문을 막아 놨거든요."

"응. 그랬구나."

아델은 괜히 기분이 이상해서 입술을 깨물었다. 한순간이나 마 침실에서 곧바로 그의 침실로 건너갈 수 있겠다고 생각했다가 얼굴이 확 달아올랐다. 뒤에 있는 멜이 자신의 표정을 볼 수 없어서 다행이었다.

"멜. 테이블에 올려 둔 상자를 코우 가문의 저택으로 보내 줄래?"

"네. 아주 딱 맞추어서 완성하셨네요."

캘빈에게 줄 손수건을 드디어 다 만들었다. 완성된 손수건이 아델의 눈에 차지 않았지만, 지금 자신의 솜씨로는 더 만들어 봤자 큰 차이가 없었다.

"마창 시합이 열흘 뒤라고 했지?"

"네. 정말 안 가 보실 거예요?"

"내가 거기를 어떻게 가. 나 대신 멜이 가서 캘빈을 응원해 줘."

멜은 아델을 이해하면서도 한편으로 이해할 수 없었다.

자신이 아가씨의 입장이었으면 하고 싶은 건 다 했을 것이다. 키가 자라지 않는 것이 뭐가 대수라고. 더구나 아가씨의 말이라면 뭐든 들어주는 관대한 대가문의 성주님이 후견인으로 뒤에 버티고 있지 않은가.

"저야 좋죠. 제가 눈을 크게 뜨고 보고 올게요. 코우 기사님이 반드시 우승하실 거예요."

"나도 그렇게 생각해."

*　　*　　*

가문의 방으로 내려가는 철창문 앞에서 아델은 들어가지 못하고 망설였다.

일기장의 숨겨진 비밀의 나머지는 하루나 이틀이면 전부 찾아내서 읽을 수 있을 것이다. 더 복잡한 비밀이 추가로 더 있는 것만 아니라면.

알고 싶으면서도 알고 싶지 않은, 복잡한 갈등 속에서 며칠째 계속 아델은 내려가지 못하고 돌아섰다.

일부 알아낸 사실만으로도 르웨나는 비범했다. 자신 역시 르웨나처럼 남다를지 모른다는 직감은 '난 특별해.'라는 우쭐함이 아니라 두려움을 안겨 주었다.

「놀라고 무서워하겠죠.」
「네가 가진 능력이 그래. 아는 사람이 거의 없어.」

그와 나누었던 대화는 끊임없이 아델의 머릿속에서 반복되었다.

'날 무서워하는 건 싫어.'

그는 아델의 능력을 재능이라고 말해 주었다. 하지만 아델은 자신이 가진 능력이 무엇인지 아직 정확히 모르고 있었다.

만약 그가 말한 재능의 범위를 넘어서, 도무지 인간으로서 가질 수 없는 능력을 자신이 갖고 있다면 그때도 그는 '그건 재능이다.'라고 말해 줄까.

오늘도 아델은 가문의 방에 내려가지 못하고 돌아섰다. 마침 안으로 들어오는 론과 마주쳤다.

"나가는 길이야?"

"네. 레온은 어쩐 일이에요?"

"고서의 방에서 찾아볼 게 있어서. 오래 있을 생각은 아닌데 같이 갈래?"

"아뇨. 수업이 있어요."

"그래. 어쩔 수 없지."

두 사람은 지나쳐 가려다가 거의 동시에 서로를 부르며 돌아섰다. 그들은 마주 보며 웃었다. 아델이 아무 말 없이 잠자코 있자 론이 먼저 용건을 꺼냈다.

"고서의 방에서 확인할 내용이 많아?"

"워낙 책이 많으니까요. 봐도 봐도 끝이 없어요."

"그럼 당분간 가고 싶으면 내가 문을 열어 줄게. 반지, 내가 잠시 도로 가져가도 될까?"

"아, 그럼요."

반지가 없으니 당분간 가문의 방에 들어갈 수 없다는 핑계가 생긴다. 반지를 돌려주는 그녀는 홀가분했다.

"내게 할 말은 뭐야?"

"중요한 건 아니고요. 저번에 부탁한 일이요. 내 뿌리를 찾고 싶다고 했던 거, 어떻게 되어 가고 있어요?"

"조사하고 있어."

"응……. 알았어요. 뭔가 알게 되면 꼭 알려 줘요."

나가는 아델의 뒷모습을 보며 론은 가책을 느꼈다. 그저 데보라의 답변이 오기만 기다리고 있었다. 재촉하는 추가 서신을 보내거나 따로 알아보려는 노력도 하지 않았다. 모처럼 아델이 한부탁인데 너무 소홀했다.

'올라가면 바로 대현자님께 연락해야겠군.'

론은 가문의 방으로 내려갔다. 고서의 방에 들어가서 몇 권의 책을 뒤적이다가 덮었다.

'이렇게 찾아서는 끝이 없어.'

고서의 방에 있는 자료는 방대했다. 지나치게 많은 데다가 정리가 전혀 되어 있지 않았다.

정확히 원하는 부분을 찾기 위해서는 목차나 색인이 있어야한다. 그런데 역대 레바스의 가주들 중에서는 아무도 정리 작업을 하지 않았다.

론이 찾고 싶은 내용은 레바스 가문을 이어받는 승계 조건이었다. 가문의 불꽃을 승계 받는 조건이 혈통이냐고 묻자 루터가대답했다.

「최초로 불꽃을 피운 가문의 시조가 조건을 정합니다.
혈통이 필수 조건은 아닙니다. 레바스는 지금껏 혈통으로

서 가문이 이어졌으니 다른 조건이 있다고 생각해 본 적은
없습니다만……. 정확한 내용은 아마 가문의 방에서 확인
하실 수 있을 겁니다.」

론은 어디 있을지 모르는 내용을 찾아 고서를 뒤지는 방법을
포기하고 가문의 방에서 나왔다.

그는 대현자에게 편지를 써서 집사에게 보내라고 건네준 후
줄리오를 불러서 반지를 보여 주었다.

"이 반지 기억하지?"

"아, 그때 그 반지구나. 마법이 걸려서 아무나 낄 수 없다고 했
지."

"이 반지는 레바스 가문의 신물이야. 난 이 반지를 낄 수 있어
서 전대 성주님의 손자로 인정받을 수 있었지."

론이 줄리오에게 보여 주듯 반지를 끼었다가 빼며 줄리오에
게 건넸다. 줄리오도 반지를 손가락에 끼어 보려고 했다. 역시
저항에 걸려서 손에 들어가지 않았다.

"그럼 이 반지를 그 녀석도……."

죽은 레온도 낄 수 있었느냐는 질문을 생략했다. 론은 알아듣
고 고개를 끄덕였다.

"그러니까 이 반지에 걸린 마법은 혈통을 식별하는 마법이 아
니야."

"흐음."

"무슨 마법인지 조사해 줄 수 있을까?"

볼품없는 까만 반지를 들고 요리조리 돌려보던 줄리오는 반지에서 마법의 흔적을 느꼈다. 예전이었다면 몰랐을 것이다. 지팡이를 조사하고 만들며 많은 시행착오를 거치는 중에 마법에 대한 그의 이해도가 올라갔다.

"그래. 내가 한번 알아볼게."

마법사로서의 호기심을 자극하는 물건이었다. 줄리오는 흔쾌히 승낙했다.

*　　　*　　　*

날이 따뜻해졌다. 널찍한 그늘을 드리우는 정원수 아래에 테이블을 설치하고 줄리오는 흔들의자에 몸을 기댔다. 선들선들 부는 바람결에 은은한 차향이 실렸다. 잠이 올 법도 하건만 며칠 계속 늘어지게 늦잠을 잤더니 머릿속이 아주 개운했다.

'천국이 따로 없구나.'

줄리오의 인생에서 처음 맛보는 여유와 평화였다. 대륙에서는 앞날을 모르는 불안함을 안고 동동거리며 살았다. 하란의 마탑에 들어가서는 자신의 능력을 입증하며 여기저기 눈도장을 찍느라 게으름을 부릴 짬이 없었다.

줄리오는 레바스 성에서 마음껏 빈둥거렸다. 때가 되면 밥을 주며 누구도 그를 방해하지 않았다.

레바스 성을 개방하는 파티가 다가왔다. 줄리오는 파티 구경까지 하고 돌아갈 셈이었다. 스승님도 염치가 있으니 자신이 오랫동안 안 보여도 뭐라고 하지 못할 것이다. 청탑이 물어야 하는 배상금도 갚았다. 놀아도 될 만큼 일했다.

"스톤 양. 오늘 날씨가 참 좋네. 나오기를 잘했지?"

줄리오는 흔들의자에 눕듯이 기댄 채 고개를 돌렸다. 마음껏 늘어진 줄리오와 다르게 아델은 의자에 바른 자세로 앉아 차를 들이켰다.

"네. 오늘 바람이 좋아요."

"그러니까 내일부터는 내가 가자고 하지 않아도 매일 나오는 거야. 사람은 바깥바람을 자주 쐬어야 해."

요즘 아델은 줄리오와 함께하는 시간이 부쩍 늘었다. 줄리오가 성에 계속 머물면서 자연스레 같이 식사하고 식후에는 산책하거나 차를 마셨다.

아델은 자신을 특별하게 대하지 않고 그렇다고 아이 취급하지도 않는 줄리오와의 대화가 즐거웠다.

"그 녀석은 세상의 일은 혼자 다 하나? 같이 밥 먹는 게 뭐가 이렇게 힘들어."

아델은 말없이 미소 지었다. 성주님을 이 녀석, 저 녀석 부를 수 있는 사람은 줄리오뿐이었다. 그와 과거에 인연이 있었다는 말을 듣고 무척 신기했다. 성주가 아닌 그의 모습이 쉽게 그려지지 않았다.

"스톤 양. 전부터 이랬어? 한집에 사는 의미가 없잖아."

"파티 준비로 일이 많아서 그럴 거예요. 식사는 같이했어요. 함께 외출도 자주 했다니까요."

"와. 레온은 좋겠다. 무슨 말만 해도 편을 들어."

"제가 언제요."

줄리오는 픽 웃으면서 슬쩍 한마디 던졌다.

"그 녀석이 그렇게 좋아?"

"네?"

아델은 흠칫 놀라며 눈을 동그랗게 떴다가 시선을 아래로 내렸다. 애써 감추려고 하지만, 소녀의 동요하는 모습이 빤히 보였다. 줄리오는 속으로 킬킬 웃으며 아델을 요리조리 살펴보았다.

"좋아하잖아."

"물론 좋아해요. 싫어할 이유가 없잖아요."

언제 흔들렸냐는 듯이 새침한 대답이 되돌아왔다.

줄리오는 웃음을 터뜨렸다. 아델과 대화를 나눌수록 눈에 보이는 어린 소녀의 모습 위에 새침한 숙녀의 모습이 덧씌워졌다.

눈을 감고 대화하면 누구도 아델이 어린 소녀라고 상상하지 못할 것이다. 그리고 아주 매력적이었다.

어떤 부분은 맹할 정도로 순진한가 싶다가도 영민함을 드러냈다. 아슬아슬한 허술함을 보이는 것 같으면서도 제법 견고했다. 만약 아델이 나이만큼의 겉모습이었다면 알 것 다 아는 아가씨가 가식을 떠는 건가 의심했을 것이다.

아델은 키득거리는 줄리오를 흘겨보았다.

'얄미워.'

틈만 나면 놀렸다.

'창피해.'

얼굴이 화끈거렸다. 마치 속을 떠보듯이 몇 번 놀림 당하고 나서 줄리오에게 숨겼던 감정이 들켰다는 것을 깨달았다.

부끄러운데 수치스럽지는 않았다. 이상하게 마음이 더 편해졌다. 걱정스레 조언한다든가, 응원해 주겠다고 했다면 무척 속이 상했을 것 같다. 그저 가볍게 화제에 올리는데 조롱당한다는 기분은 들지 않았다.

"하긴. 대륙에서도 워낙 인기가 많았지. 따르는 여자들이 줄줄줄……."

아델은 입을 앙다물고 몹시 분한 눈으로 줄리오를 노려보았다.

"진짜야. 스톤 양도 보면 알겠지만 아주 허우대가 멀쩡하잖아. 문제는 성격이었지."

"……성격이 왜요?"

"여자들이 노골적으로 추파를 던지는데 그냥 코웃음만 치더라고. 난 정말 진심으로 그 녀석이 고자……. 크흠, 아무튼, 스톤 양. 내가 보증할게. 아주 깨끗하니까 그런 건 염려 안 해도 돼."

"성에 오기 전의 과거 같은 건 신경 안 써요."

앵돌아져 말하면서도 그녀의 두 볼이 붉었다.

"그래? 난 또 관심 있는 줄 알았지. 이것저것 이야기해 주려 했는데 재미없을 테니까 그만둘게."

줄리오는 천연덕스럽게 말하고 의자에 편히 기대며 눈을 감았다. 아델이 약이 올라서 눈꼬리가 잔뜩 올라갈 즈음에 눈을 뜨더니 히죽 웃었다.

"그러니까 스톤 양. 우리 서로 솔직하자고. 궁금하잖아. 알고 싶잖아."

"줄리오. 대륙에 있을 때 줄리오를 싫어하는 사람은 참 많았을 거예요."

아델은 이를 악물고 말했다.

줄리오는 껄껄 웃으면서 상처받았다고 엄살을 부렸다.

"근데 스톤 양. 난 내가 보고 들은 걸 말하는 거야. 그러니까 나중에 레온과 왜 말이 틀리냐며 따지러 오면 안 돼."

"그런 일은 없을 거예요. 레온은 내게 말해 주지 않을 테니까."

아델은 쓴웃음을 지었다.

"레온이 용병이었다는 것도 몰랐어요. 용병이 뭘 하는 사람인지도 줄리오에게 처음 들어서 알았죠."

"아. 그게…… 딱히 용병이 자랑스러운 직업은 아니니까."

"그런 이유는 아닐 거예요. 레온은 자신에 대해 말하지 않아요."

줄리오는 할 말을 찾지 못하고 시선을 돌렸다.

'나도 딱히 잘 아는 건 아니야. 워낙 속을 알 수 없는 녀석이라고.'

"줄리오는 레온을 언제 만났어요?"

"레온이 내가 있던 용병대에 들어왔을 때 녀석은 열네 살이었어."

줄리오는 레온이라고 부르면서 론을 생각했다.

'부를 때 실수할까 봐 걱정했는데 의외로 입에 착착 붙네.'

론이 들으면 화내겠지만, 레온이 죽은 지 오래지 않아서 슬픔을 털어 냈다. 줄리오에게 레온은 좋은 관계로 잘 지낸 동료 이상은 아니었다.

마탑에서 지내는 내내 생각할 때마다 손끝의 가시처럼 따끔거리던 사람은 가엽게 죽은 레온이 아니라 론이었다.

'내가 더 친하게 지낸 쪽은 론이 아니라 레온이었는데 말이지.'

친한 쪽과 마음이 쓰이는 쪽은 별개였나 보다.

"그전에는 그럼 서로 전혀 모르는 사이였어요?"

"전혀."

아델은 그의 좀 더 어릴 때의 일을 알고 싶었기에 아쉬웠다.

마법학을 배우다가 교재에 고어의 일부가 나와서 읽었더니 교사가 화들짝 놀랐다.

「스톤 양. 고어를 알아요?」
「조금요. 우연히 아는 글자가 나온 거예요.」
「그래도 대단하군요.」

교사는 대단하다는 말을 여러 번 했다. 어느 정도는 사전 없이 읽을 수 있는 수준이다, 라고 솔직히 말하면 난리가 날 것 같았다.

　　「고어가 그렇게 어려워요?」
　　「어렵기도 어렵고. 요즘은 다 해석본이 있으니까 배우는 사람이 없거든요.」
　　「대륙에서는 흔히 사용하지 않나요?」
　　「대륙이건 하란이건 고어는 이제 쓰지 않아요. 그리고 대륙에서는 아무나 배울 수도 없고요. 그곳은 하란처럼 배움의 기회가 열려 있지 않지요.」
　　「그럼 대륙인인데 고어를 아는 사람은 학자뿐인가요?」
　　「학자. 혹은 신분이 높은 사람이겠네요.」

'레온은 어디서 고어를 배운 걸까?'
아델은 그가 좋아지는 만큼 그가 궁금하고 그에 대한 모든 것을 알고 싶었다.
'그러고 보니 벌써 그게 십 년도 더 된 이야기네.'
줄리오가 론과 레온 형제를 처음 만났을 때는 나이 차이가 나는 형제인 줄 알았다. 둘은 체격도 키도 차이가 있었다. 론은 열네 살이라는 나이가 믿기지 않게 작았다.
대장이 두 형제를 용병대에 받아 주자 다른 용병들은 노골적으로 싫어했다.

「내 밥그릇 챙기기도 바쁜데 애들 뒤치다꺼리할 일 있어? 대체 대장은 무슨 생각이야?」

「비리비리한 쪽이 동생 같던데 아마 하루만 꼬박 걸어도 죽을걸.」

「한 달이면 나가떨어진다는 데 이 맥주를 건다.」

「얼씨구. 한 달씩이나? 난 보름.」

용병들이 술자리에서 낄낄대며 내기를 했다. 내기에 동참하지는 않았지만, 줄리오도 그들과 비슷한 생각을 했다. 아이들이 살아남기에 이 바닥은 날 것 그대로 거칠었다.

'주점에서 심부름이나 하다가 나이 들면 적당히 일자리를 찾을 것이지.'

겁 없이 용병 세계에 뛰어든 어린놈들을 비웃었다.

하지만 한 달이 채 지나지 않아서 줄리오는 자신의 판단을 유보했다. 두 녀석은 아주 잘 견뎠다. 용병들의 조롱과 무시, 괴롭힘에도 우는소리 하지 않았다. 특히 약해 보이는 론은 놀라울 정도로 지독했다.

서로에게 등을 맡기고 하루를 헤쳐 나가는 형제가 줄리오의 마음을 흔들었다. 거친 바닥을 뒹굴어도 거칠어지지 않는 그들의 품성이 감격으로 다가왔다.

어느새 줄리오는 두 형제의 보호자가 되었다. 소년들을 집요하게 괴롭히는 용병 녀석에게 제대로 쓴맛을 보여 주자 이후로 괴롭힘이 확 줄었다. 그렇게 시간이 지나며 형제들은 서서히 용병대에 섞여 들어갔다.

2년 정도 지난 어느 날이었다. 며칠 비실비실하던 론이 고열로 쓰러졌다. 거의 의식을 차리지 못하고 며칠간 앓다가 토혈을 시작했다.

여러 의사에게 보였지만, 모두 모르겠다고 고개를 저었다.

열이 펄펄 끓었다. 하루에 한두 번씩 하얗게 질린 얼굴로 시뻘건 피를 토했다. 론은 금방이라도 죽을 사람 같았다.

안절부절못하며 질질 짜는 레온 대신 줄리오가 치료법을 찾아서 백방으로 뛰어다녔다.

우연히 약초꾼으로 일하는 톰을 만난 것은 운이 좋았다. 같은 고아원 출신으로 어린 줄리오의 보살핌을 담당했던 형이었다. 톰은 약초꾼이었지만, 의사의 조수로서 보고 들은 게 많았고 임상 경험이 풍부했다.

톰은 의사들도 모르겠다고 했던 론의 증상이 무엇인지 알아냈다. 줄리오를 따로 불러서 조용히 물었다.

「저 녀석, 뭐냐?」
「왜요? 많이 안 좋아요? 치료 못 해요?」
「중독되어 있어.」
「예? 독이라고요? 누가 론에게 독을 먹였다는 거예요?」

「아주 오래된 중독이야. 어릴 때부터 꾸준히 먹인 거지.」

「설마 저 녀석이 스스로 독을 먹은 건 아니겠죠?」

「그거야 아니겠지. 그래서 내가 물어본 거잖아. 저 녀석 누구냐고. 너 위험한 일에 얽혀 있는 건 아니지?」

「그냥…… 용병대 동료예요. 위험이고 뭐고 그런 거 몰라요.」

톰은 심각한 표정으로 잠시 생각하다가 말했다.

「검출되지 않는 특수한 독초를 먹어. 정확히 이 독에 대해서 알지 못하면 중독되었는지도 모르지. 효과는 즉시 나타나는 게 아니라서 아주 장기적으로 복용시켜야 돼.」

「무슨 목적으로요?」

「독의 목적이 뭐겠어. 사람 죽이는 거지. 이 독초를 장기 복용하면 몸이 약해져. 체력이 떨어지고 툭하면 병이 나지. 어릴 때부터 먹으면 성장이 늦되고 타고나기를 약한 것처럼 보여. 서서히 죽는 거야.」

줄리오는 오싹 소름이 돋아서 침을 꿀꺽 삼켰다.

「특수하고 귀한 독초라서 구하기 힘들어. 약초꾼 중에서도 극소수만 알아. 구매자는 전부 왕족이나 귀족이지. 없어서 못 팔 지경이라고. 내가 왜 저 녀석이 누구냐고 묻는지 알겠지?」

「……몰라요. 알고 싶지도 않고요. 형도 모른 척해 줘요. 그럼 어떻게 해야 돼요? 해독제는 구할 수 있어요?」

「이 독초는 사실 그렇게 독하지는 않아. 장기 복용하면 위험하지만, 복용을 멈추면 몸이 알아서 회복해. 대신 갑자기 끊으면 부작용이 있어서 복용 간격을 늦추다가 서서히 끊어야 하거든. 저 녀석은 아마 꽤 오래 독을 먹었고, 갑자기 독의 섭취를 끊은 것 같다. 회복되는 부작용이 나타난 거지. 피를 토한 지 얼마나 되었다고?」

「열흘이 좀 넘었어요.」

「그럼 이제 거의 다 독을 빼냈을 거야. 잘 쉬고 영양 보충을 충분히 해 주면 곧 나아질 거다. 체력 싸움이야. 이겨 내면 살아날 거고 아니면 힘들겠지. 내가 딱히 해 줄 일은 없어.」

다행히 론은 서서히 나아졌다. 피를 토하는 횟수와 양이 줄고 열이 내렸다. 열흘 정도 더 지나자 호되게 앓느라 볼이 홀쭉해졌지만, 표정은 편안해 보였다.

줄리오는 아예 모른 척하려다가 레온이 자리를 비운 사이에 슬그머니 론에게 독에 대해서 말해 주었다. 귀한 분들이 주로 쓰는 독이라는 부가 설명은 덧붙이지 않았다. 그런 말까지 하면 론이 자신을 경계할 것 같았다.

론은 충격에 휩싸이거나 울분을 토하지 않았다. 그저 말없이 긴 생각에 잠겨 있다가 말했다.

「나 때문에 고생이 많았다며? 고마워. 줄리오.」

그때 론은 몹시 슬프고 지쳐 보였다.

어린 녀석이 대체 마음고생을 얼마나 한 걸까. 어떤 지독한 과거를 딛고 살아남은 걸까. 줄리오는 론이 무척 안쓰러우면서 대견했다.

'근데 귀여운 건 그때뿐이었어.'

론은 마치 억압되었다가 해방된 것처럼 하루가 다르게 무럭무럭 크기 시작했다. 순식간에 줄리오의 키를 넘었다.

톰의 말대로 독이 성장을 방해했던 모양이었다. 몇 년 만에 론은 용병대의 누구에게도 뒤지지 않는 체격으로 성장했다.

'난 그 녀석의 비밀을 엿본 거나 마찬가지니까. 그래서 계속 신경이 쓰이는 건가.'

줄리오가 옛 생각에 잠긴 동안 아델은 정원을 응시했다. 이곳은 중앙탑의 주변을 둘러 조성된 정원이었다. 내성 안의 정원 중에서 가장 화려했고 보기 좋게 정돈되었다.

고서의 방에서 읽은 회고록의 한 구절이 떠올랐다.

─온실의 흙을 내성과 외성의 곳곳에 나누어 뿌렸다. 그 자리에 꽃이 피고 나무가 우거질 것이다.

동부의 토양은 메마르고 거칠었다. 자라는 식물은 잡풀이나 넝쿨이 고작이었다. 제대로 정원을 조성하려면 아예 흙을 다른 지역에서 사 와야 했다. 흙이 귀한 동부에서는 화분이 귀한 선물의 목록을 차지했다.

"줄리오. 동부에서 정원은 사치와 부유함의 상징이에요."

"정원은 원래 부유함의 상징이야. 대륙에서도 그래."

"조금 달라요. 동부의 땅은 농사를 지을 수 없어요. 제대로 식물이 자라지 못한대요."

"그럼 어떻게 정원을 만들지?"

"다른 지역에서 흙을 사 와서 덮어요."

줄리오가 가볍게 휘파람을 불었다.

"정말 부유함의 상징이네. 흙을 사 온다니. 레바스 성에는 정원이 굉장히 넓고 많잖아. 대체 얼마나 많은 흙을 사 온 거야?"

아델도 그렇게 생각했다. 하지만 회고록을 본 이후에 어쩌면 아닐지도 모른다는 생각이 들었다.

"저주받은 땅이라서 그런가."

줄리오가 혼잣말을 했다.

"뭐라고 하셨어요?"

"응? 아니야. 내가 말이 헛나왔나 봐."

"저주라고 했죠? 동부에 대해서 뭔가를 아세요?"

줄리오는 곤란해하며 좀처럼 입을 열지 못했다.

"제가 알고 싶은 것이 있어서 그래요. 듣고 싶어요. 줄리오."

"동부만이 아니라 하란의 땅 전부……. 저주를 받아 원래 사람이 살지 못하던 곳이라고 했어. 근거 있는 소리는 아니니까 한 귀로 듣고 흘려."

"어디서 들은 말이에요?"

"어릴 때 고아원의 원장 할머니가 해 주던 구전 같은 거였어. 아이들을 재우면서 해 주는 옛이야기 같은 거 있잖아. 원장 할머니는 자신의 할머니에게서 들었다고 했지. 어릴 때는 그저 재미있었지만, 함부로 말할 일은 아니지. 하란 사람들이 들으면 불쾌해할 테니까."

"대륙에서는 흔히 들을 수 있는 이야기인가요?"

"그렇지는 않을걸. 원장 할머니는 마인이었어. 아마 그들 사이에서만 전하는 이야기일 거야."

"마인이요?"

"아. 스톤 양은 모르겠구나. 음……."

줄리오는 '마인'의 개념을 간략하게 설명했다. 특정 지역에 모여 사는 소수 민족을 통칭하는 호칭이었다. 그들은 오랜 시간 외지인의 유입 없이 내부 혼인이 풍습이 되어 하나의 집성촌을 이루었다.

"이건 정말 하란 사람들이 들으면 화날 이야기일 거야. 대마법사 하란이 마인이었다는 풍문이 있어."

"흐음. 대마법사 하란의 출신지라는 거군요."

하란이 나라를 세우기 전에는 엄연히 대륙 어느 나라의 백성이었을 것이다. 하란의 뿌리는 당연히 대륙에 있었다. 하지만 하란의 전기에서는 건국 이전을 다루지 않았다.

"어디 가서 내게 들었다고 하지 마. 말도 꺼내지 마."

"왜요?"

"마인은 죄인의 후손이니까. 그들은 국적도 없어. 어떤 비천한 노예도 그들보다 나아. 대륙인들 모두 마인을 경멸하고 혐오하지."

줄리오는 설명을 덧붙였다. 마인은 거주 이전의 자유가 없었다. 태어난 마을에서 죽어서도 벗어날 수 없음이 원칙이었다. 다섯 살을 넘기면 어깨에 낙인이 찍혔다. 독을 먹여서 일정 기간마다 해독제를 주었다. 도망치면 중독된 몸이라서 오래 살지 못한다. 그들은 개, 돼지보다 못한 취급을 받았다.

"어떻게 그럴 수가."

아델은 두 손으로 입을 가리며 경악했다.

"조상이 무슨 죄를 지었는지 모르겠지만, 왜 후손이 벌을 받아야 하죠? 그들은 아무런 잘못을 하지 않았잖아요."

"워낙 뿌리 깊은 차별이라 쉽게 해결할 수 없는 문제야. 좀 오래된 일이지만, 마인의 마을에서 큰불이 나서 엄청나게 타 죽었대. 그 후에는 좀 나아졌지. 하란의 마법사들이 관심을 보이기 시작했거든."

비록 대륙에서 벌어지는 일이지만, 비합리적인 잔인한 차별을 목격한 마법사들이 반발했다. 마인들은 국적이 없었다. 어떤 나라에서도 백성으로 인정하지 않았다. 그래서 오히려 마법사의 간섭을 뿌리칠 명분을 가진 왕이 없었다.

"우리 고아원의 원장 할머니가 운이 좋은 대표적인 경우였어. 마법사의 도움을 받아 마을에서 나올 수 있었다고 했으니까. 지금은 한결 살기 좋아졌다고 해."

"다행이에요. 줄리오가 들었다는 그 이야기를 좀 더 자세히 해 줄 수 있어요?"

"별 대단한 이야기는 아니야. 하란이 건국된 이 땅은 아주 오래전에 사람이 살지 못하는 땅이었지만, 대마법사가 저주를 풀고 땅을 정화해서 나라를 세웠다는 거지."

"정화……."

아델은 퍼즐의 조각을 찾은 것처럼 의미를 곱씹었다.

한가로운 휴식을 즐기는 두 사람을 바라보는 시선이 있었다. 거리는 제법 멀었다.

한참 전부터 론은 발코니 난간에 기대어 두 사람의 티타임을 지켜보았다.

'저런 걸 좋아했었나?'

정원수 아래 테이블을 놓고 차를 마시는 두 사람은 즐거워 보였다. 무슨 할 말이 그렇게 많은지 대화가 쉼 없이 이어졌다. 시선이 탁 트인 곳에서 아델은 전혀 불편해 보이지 않았다.

그는 잠시 바람을 쐬려고 발코니로 나갔다가 줄리오와 아델이 바로 내려다보이는 정원으로 나오는 모습을 발견했다. 그 후로 발코니를 떠나지 못하고 있었다.

아델을 끌고 나온 사람은 줄리오일 것이다. 하지만 아델이 정말 내키지 않았다면 밖으로 나왔을 리가 없다.

아델의 주변에 사람이 많아도 대부분 고용인이었다. 줄리오라면 아델의 좋은 친구가 되어 줄 것이다. 잘된 일이다. 그런데 론은 썩 유쾌하지 않았다.

"후우……."

그는 한숨을 쉬며 손으로 머리카락을 헤집어 넘겼다. 목 위까지 잠근 셔츠의 단추를 하나 풀어 헐겁게 했다. 그가 느끼는 기분의 정체가 모호했다.

어릴 때부터 포기하는 법을 배웠다. 그가 욕심낸 모든 것이 결국은 그의 것이 될 수 없었다. 그래서 그는 죽을 위기를 겪은 이후에 '로건'을 쉽게 버리고 미련 없이 '론'이 될 수 있었다.

레온의 죽음은 그를 분노하게 하면서 동시에 자포자기하게 만들었다. '역시 행복은 내 것이 될 수 없구나.' 하고 마음 한구석에서 형제의 죽음을 체념하고 받아들였다.

그런데 하란에 와서 그는 몰랐던 자신의 욕망을 발견했다. 대가문의 주인으로서 쥐는 권력과 재력이 탐이 났다. 무엇이든 가능하게 하는 힘에 매료당했다. 그는 소유욕이 얼마나 달콤한 욕망인지 배우고 있었다.

그는 자신의 보물을 자랑해서 남의 부러움을 사는 것에 만족하는 성격이 아니었다. 귀한 것일수록 아무도 보지 못하게 꼭꼭 숨긴다.

소녀는 그가 발견한 보석이었다. 오직 그만 바라보고 그를 향해서만 웃던 꽃이었다.

'내 것인데.'

그는 무의식으로 떠올랐다가 사라진 생각을 자각하지 못했다.

아델이 테이블에서 일어나 정원 안쪽으로 들어가는 모습을 보며 론은 발코니에서 나왔다.

*　　*　　*

아델은 소로를 따라 천천히 걸었다. 봄을 맞이한 정원은 봄꽃이 한창 봉오리를 피우고 있었다. 그녀는 몸을 숙여서 흙을 한 줌 쥐었다.

손끝으로 부스러트리면서 뭐든 찾아보려고 했다.

'흙을 정화한다……. 초대 가주님의 능력이 나와 같다면 나도 할 수 있을까?'

그녀는 정원을 둘러보다가 멀찍이 정원수 아래에 사람 몇이 모여 있는 모습을 발견했다. 그들은 나무를 만지고 껍질을 벗겨내서 확인하며 수군거렸다.

"나무에 무슨 문제라도 있나요?"

아델이 다가와 말을 걸자 정원사들이 두 손을 앞으로 모으고 고개를 숙였다.

침묵 서약을 한 고용인들은 외부에 말을 흘릴 수 없었다. 그래서 더욱 내부에서는 온갖 말이 돌았다. 그들 사이에는 아델에 관해 부풀어진 소문이 퍼져 있었다.

아델이 대륙에서 온 망국의 공주라는 소문을 사실로 믿는 사람이 많았다.

정원사들은 아주 정중한 태도로 말했다.

"나무를 베어야 할 것 같아서 살피는 중입니다."

"속이 바짝 말랐습니다. 아무래도 거의 고사한 것으로 보입니다."

"죽어 간다는 말이군요."

아델은 높이 솟은 아름드리나무를 올려다보았다.

"나이가 많은 나무 같은데요."

"예. 전대 성주님께서 태어나셨을 때 심은 나무입니다."

"할머니의 탄생목이라니. 안타까워요."

일 년 내내 푸른 사철나무였다. 듬직하게 서 있는 나무는 최소한 겉보기에는 이상이 없었다. 일부의 이파리가 갈색으로 변한 것 외에는 눈에 띄는 것이 없었다.

아델은 나무로 다가가 손을 얹었다. 그녀는 살짝 인상을 찡그렸다.

'굉장히 건조하고 버석버석해.'

죽어 간다는 말을 들어서 그런가. 나무의 생명력이 거의 없는 것 같았다.

'할머니가 이제 계시지 않는다는 것을 너도 느낀 거니?'

할머니를 따라가듯 할머니의 탄생목이 죽는 모습은 보고 싶지 않았다. 할머니의 작은 자취마저도 영영 사라지는 것 같아 슬프다.

'힘내. 네가 살았으면 좋겠어.'

나무를 도와주고 싶다. 자신에게 힘이 있다면 살리고 싶었다.

'너는 살 수 있어. 네 가지에서는 새순이 돋아나고 말라 버린 네 뿌리는 생기를 되찾을 거야. 무성한 이파리 사이에 꽃봉오리가 맺히고 넌 향기로운 꽃향기를 뿜어내겠지.'

마치 주문처럼 아델은 속삭였다. 점점 기분이 이상했다. 말하는 대로 이루어질 것 같았다.

'살아라. 너의 재생을 허락한다.'

아델은 뜨거운 기운이 자신의 손에서 쏟아져 나오는 것을 느끼며 흠칫 놀라 손을 뗐다.

'방금 뭐였지?'

그녀는 제 손을 들여다보았다.

'허락한다니. 대체 왜 그런 이상한 소리를 했지?'

소리 내어 말하지 않아서 무척 다행이었다. 정원사가 들었다면 창피했을 것이다.

"가능하면 살릴 수 있으면 좋겠네요."

"예. 최대한 방법을 찾아보겠습니다."

아델은 나무를 뒤로하고 소로를 따라 걸었다. 여전히 흔들의
자에 느긋하게 기대 있는 줄리오가 손을 흔드는 모습이 보였다.

줄리오가 갑자기 과장된 몸짓으로 허공을 가리켰다. 계속 같
은 단어를 반복하는 줄리오의 입모양을 읽어 봤다.

"뒤? 뒤가 왜……."

몸을 돌렸다가 아델은 놀라 눈을 크게 떴다.

"레온."

론이 다가오는 모습을 보며 아델은 활짝 웃었다. 달려가서 안
아 달라고 하려다가 마음을 바꾸고 차분히 걸었다. 바깥인 데다
가 보는 눈이 많았다. 때와 장소를 가리지 못하는 어린애가 되고
싶지는 않았다.

서로를 향해 걷는 두 사람의 거리는 금방 가까워졌다. 아델은
치맛자락을 잡고 무릎을 굽혔다가 일어났다.

"잠시 쉬는 거예요?"

"음. 온종일 집무실에 있으려니 답답해서."

론은 예의를 차리는 아델을 보니 허전한 기분이 들었다.

그는 타인과의 접촉에 익숙한 편이 아니었다. 누가 제 몸에 손
대는 것을 싫어했다. 차라리 노숙을 할지언정 사람들과 뒤섞여
자는 것만큼은 질색했다.

론이 레온과 사이는 좋았어도 사내 녀석들끼리의 애정 표현이

라고 해 봤자 거친 말투나 몸싸움에 가까운 토닥거림이었다.

그래서 아델이 그에게 답삭 답삭 안기는 것이 생소하고 신기했다. 처음에는 솔직히 어색해서 마지못해 했다. 그런데 익숙해지니까 사람 사이의 스킨십이 따뜻한 관계를 유지하는 중요한 매개가 된다는 사실을 알게 되었다.

이제는 아델이 깍듯하게 굴면 오히려 서운했다.

'난 가족놀이가 하고 싶은 걸까?'

론은 정상적인 가족의 형태를 알지 못했다. 그의 친부는 그에게 관심이 없었다. 그의 친모는 자기 연민에 빠져서 아들을 품어주지 못했다. 그래서 론은 아델에게 느끼는 자신의 감정을 어떤 범주에 넣어야 할지 알 수 없었다.

'내가 과민한 건 알아. 레온을 이 정도로 신경 쓰지는 않았지.'

형제를 위해 기꺼이 죽을 수 있다고 생각했을 때도 녀석이 다른 사람과 맺는 다양한 인간관계에는 무심했다. 녀석의 보호자 노릇은 했어도 아침부터 밤까지 바쁘게 나다니는 녀석의 사생활에는 관심을 두지 않았다.

하지만 아델이 보고 듣는 모든 것은 자신의 영향력이 미치는 범위 안에 두고 싶었다.

'아델은 다를 수밖에 없어. 보호자가 필요해.'

다르니까 다르게 대하는 것이라고, 론은 자기 자신에게 변명을 늘어놓았다.

"요즘 정원에 자주 나온다지?"

"줄리오가 답답하다고 해서요."

"줄리오에게 맞추어 주지 않아도 괜찮아."

"억지로 하는 건 아니에요. 줄리오와 있으면 재미있거든요."

"……좀 걸을까?"

"줄리오도 같이 가자고 할까요?"

론은 슬쩍 시선을 들어 흔들의자에 기댄 줄리오를 바라보았
다. 계속 두 사람을 보고 있었는지 론의 시선을 알아차리고 바로
손을 흔들었다.

론의 눈에 못마땅한 빛이 어렸다. 굳이 줄리오를 끼워 넣으려
는 아델의 제안이 불만이었다.

"부르지 않아도 돼. 자는 것 같아."

론은 매몰차게 몸을 돌렸다.

'안 잘 텐데.'

아델은 의문을 품었으나 묻지 않고 론의 곁에 따라붙었다. 그
녀도 둘만 있는 시간이 더 좋았다.

점점 멀어지는 두 사람의 뒷모습을 보면서 줄리오는 슬그머
니 손을 내렸다. 눈이 마주쳤으면 아는 척이라도 해 주지 사람
무안하게 한다고 구시렁거렸다.

"줄리오와 무슨 이야기가 그렇게 재미있어?"

"전부 다요. 줄리오는 신기한 이야기를 많이 알고 있어요."

"언제까지 여기서 지내지 않을 거야."

"알고 있어요."

아델은 서운한 기색 없이 대수롭지 않게 대답했다. 아델의 반응은 아까부터 불편했던 그의 기분을 좀 나아지게 했다.

"설마 줄리오에게 가지 말라고 떼쓸까 봐 걱정했어요?"

'그런 말 하면 스톤 양 상처받아.'라고 했던 줄리오의 말이 문득 떠올랐다. 아델을 어린아이 취급할 생각은 아니었다. 론은 조심스럽게 겨우 적당한 대답을 골랐다.

"즐거운 대화 상대가 없어지면 아무래도 섭섭할 테니까."

"그럼 레온이 대신해 주면 되잖아요."

"내가?"

"대륙에서 줄리오와 함께 지냈다면서요. 줄리오가 경험한 일은 레온도 알고 있는 일이겠죠."

"이야깃거리가 될 만한 일이…… 없는데……."

용병의 삶이란 거칠고 야만적이었다. 아델이 애지중지하는, 할머니와의 추억이 담긴 낡은 동화책 속의 이야기처럼 아름답지 않았다. 방심하면 뒤통수를 맞고 믿었던 자에게 배신당하는 일이 수두룩했다.

"하지만 줄리오는 많이 알던데요. 레온에 대한 이야기도 해 줬어요."

론은 미간을 찡그렸다. 불길한 예감이 들었다.

"무슨 이야기를?"

아델은 그를 빤히 쳐다보다가 불쑥 말했다.

"레온의 여자 얘기."

아델은 하란에 오기 전의 그를 알지 못했다. 줄리오에게는 신경 쓰지 않는다고 했지만, 사실은 엄청 신경 쓰였다. 과거의 그를 아는 누군가가 있었다는 사실이 샘이 났다.

그의 보라색 눈동자가 흔들렸다. 몹시 황당하다는 표정을 짓는 그를 보고 있으니 삐죽 솟았던 심술이 가라앉고 웃음이 나왔다.

"아델. 줄리오가 무슨 소리를 했는지 모르겠지만, 전부 아니야."

론은 속으로 이를 갈았다.

"줄리오가 무슨 말을 했는지 알아요?"

"무슨 말을 했든."

"줄리오가 거짓말쟁이라는 뜻이에요?"

아델은 쿡쿡 웃다가 고개를 번쩍 들었다. 굳은 표정으로 좌우를 둘러보았다.

"왜 그래?"

"지금 이상한 소리 못 들었어요?"

론은 주변을 보았다. 널찍한 정원의 한가운데였다. 가까이에는 다른 사람도 없고 조용했다.

"무슨 소리?"

"노래…… 같기도 하고……."

'또.'

아델의 귀에 분명히 이상한 소리가 들렸다. 아델은 휙 몸을 뒤로 돌렸다.

아델의 시선이 정확히 닿는 방향에 멀찍이 나무가 서 있었다. 아델이 만져 주며 기운 내라고 말해 주었던 그 나무였다.

'들려.'

그녀에게 부르는 노래였다. 속삭임 같기도 했다. 나무를 멍하게 바라보는 아델의 입이 점점 벌어졌다.

처음에는 아주 미미한 변화였다.

이파리가 하나둘 아래로 떨어졌다. 떨어지는 이파리의 수가 점점 늘어 눈으로 개수를 셀 수 없는 정도에 이르렀다. 이윽고 누가 나무 위에 올라타서 털어 내는 것처럼 우수수 나뭇잎이 아래로 떨어졌다.

순식간에 헐벗은 나무의 마른 나뭇가지의 끝에 작은 싹이 올라왔다. 하나씩, 두 개씩, 네 개씩, 싹이 올라올 때마다 퐁퐁 작은 물방울이 튀는 소리가 아델의 귀에 들렸다.

동시다발적으로 올라오는 싹이 벌어지며 쑥쑥 자라 이파리가 되었다. 가지가 위로 뻗어 올라갔다. 한여름에 우기를 지낸 나무처럼 무성한 이파리가 나뭇가지를 뒤덮었다.

"어어!"

여기저기서 사람들이 나무를 가리키며 기이한 신음을 흘렸다.

정원 곳곳에서 일하던 정원사들이 허리를 펴고 놀라운 광경을 바라보았다. 지나가던 고용인들이 발걸음을 멈추고 숨을 죽였다.

이파리 사이로 작은 꽃망울이 올라왔다. 새하얗고 작은 꽃은 나무에 소복이 내려앉은 눈송이 같았다. 일제히 봉오리가 활짝 퍼졌다. 장관이었다.

"와아! 이게 무슨 일이래."

사람들이 웅성거렸다.

바람이 나무를 훑고 지나가면서 꽃잎이 하늘을 날았다. 보기만 해도 달콤한 향이 물씬 느껴졌다.

'어지러워.'

아델은 두 손으로 귀를 막았다. 노랫소리는 조금도 줄어들지 않았다. 환희가 가득 담긴 찬가, 혹은 강렬한 호소를 담은 외침이었다.

그녀가 꽃의 노래라고 이름 붙인 노란 빛무리와 달랐다. 빛무리가 불러 주던 노래는 다정하고 부드러웠다. 지금 들리는 합창은 그녀의 모든 감각을 강렬하게 자극했다.

론은 나무의 변화를 넋 놓고 바라보다가 꽃이 다 피어나고 나서 정신을 차렸다. 아델의 얼굴이 하얗게 질려 있는 모습을 뒤늦게 발견했다.

"아델."

그의 부름에 아델이 천천히 시선을 돌렸다. 그를 바라보는 아델의 눈에 초점이 없었다. 아델은 땅이 하늘로 뒤집힌 것 같은 극심한 현기증을 느꼈다.

기우뚱하는 몸을 론이 붙들었다. 강한 힘이 자신을 잡아 주는 순간에 아델은 안도감을 느꼈다. 이대로 잠들어도 안전할 것 같았다.

"아델!"

축 늘어지는 아이의 몸을 끌어안았다. 론은 가슴이 덜컥 내려앉았다. 다급한 손길로 조심히 흔들었으나 반응이 없었다.

론은 고개를 들어 철 이른 꽃을 잔뜩 피운 나무를 노려보았다. 가을에 꽃이 피는 나무였다. 계절이 맞지 않을뿐더러 순식간에 봉오리가 맺히고 꽃이 피는 과정도 정상적이지 않았다.

누군가는 기적이라 부를 현상이 그에게는 불길한 징조로 느껴졌다.

"무슨 일이야? 스톤 양은 괜찮아?"

줄리오가 헐레벌떡 달려왔다.

론은 고개만 좌우로 흔들며 아델을 안아 들었다. 줄리오가 무슨 말을 하는 것 같은데 머릿속에 들어오지 않았다. 몸을 돌려 발걸음을 재촉했다. 다급히 달려와 따라오는 하인에게 지시했다.

"주치의를 불러라. 오늘 아침부터 아델이 무엇을 먹었는지 남김없이 조사하고 이상이 없는지 검토해서 보고해."

"예. 성주님."

워낙 심각해 보여서 차마 따라가지 못하고 줄리오는 멀어지는 론의 등을 멀거니 보았다.

"되게 놀랐나 보네."

마치 막다른 길에 몰린 사람처럼 론의 표정에는 여유가 전혀 없었다.

'의외인데. 레온이 그렇게 죽고 다시는 누구에게도 마음을 주지 못할 줄 알았더니.'

갑자기 마음이 놓였다.

'너 무모한 짓은 안 하겠구나. 죽지 않고 살겠구나.'

밑바닥의 작은 불안이 사라졌다. 줄리오는 하늘을 쳐다보며 빙그레 웃었다.

'저 녀석은 이제 괜찮겠어.'

레온이 전해 달라고 남겼던 유언을 이제 겨우 온전히 전해 준 기분이 들었다.

*   *   *

론은 아델의 침실로 들어갔다. 소녀를 침대에 내려놓고 일어나려다 침대에 걸터앉으며 아델의 등 뒤로 팔을 둘러 감싸 안았다. 그는 아델을 자신의 몸에 기대게 해서 조금 일으켰다.

손으로 이마를 짚어 열이 나는지 확인했다.

'잘 모르겠군.'

아델의 이마가 뜨거운지 자신의 손이 차가운지 감이 잡히지 않았다. 그는 고개를 숙여서 아델의 작은 이마에 자신의 이마를 맞댔다. 맞닿은 이마가 따뜻했다.

'열은 없어.'

그는 안도의 한숨을 내쉬었다. 동시에 그리운 기억이 와락 밀려왔다.

그날, 급류에 휩쓸며 떠내려가면서 론은 도중에 정신을 잃었다. 피투성이의 론을 발견한 사람이 레온이었다.

두 모자, 앨리스와 레온이 아니었다면 론은 죽었을 것이다. 앨리스는 론이 자리를 털고 일어날 때까지 정성껏 간호했다. 하루에도 몇 번씩 열을 재 보자며 자신의 이마를 론의 이마에 댔다.

「어디. 열이 내렸는지 보자.」

앨리스가 론의 회복 정도를 판단하는 기준은 고작 그것이었다. 그녀의 의학적인 지식은 형편없었다.

「열이 없구나. 이제 괜찮아.」

펄펄 끓는 열이 가라앉자 앨리스는 마치 다 나은 것처럼 기뻐했다. 하지만 당시에 등의 상처는 조금만 움직여도 신음이 절로 나올 정도였다. 그런데 앨리스의 말은 마치 주문 같았다. 금방 나아서 일어날 수 있을 것 같았다.

처음에는 앨리스의 스스럼없는 접촉이 몹시 거북했다. 하지만 익숙해지자 모르고 살았던 때로 돌아갈 수가 없었다. 사람의 온기가 얼마나 따뜻한지 알게 되었다.

론이 레온을 잃고 절망과 공포를 느낀 것은 그래서였다. 다시 혼자가 되었다는 상실감이 그를 괴롭혔다.

그런데 그는 어느새 그 당시의 헛헛함을 잊고 있었다. 텅 비어 버린 줄 알았던 가슴속을 사랑스러운 소녀가 차지했다.

그가 레바스 성에 올 때만 해도 복수 이외에는 아무 생각이 없었다. 남은 인생의 유일한 목표였다. 끓어오르는 분노를 누르며 얼마나 많은 밤을 지새웠는지 모른다.

그러나 제동이 걸렸다. 울컥 치미는 감정대로 뛰쳐나갈 수 없게 되었다. 아델의 보호자가 되어야 했기 때문이다. 시마가 맡긴 임무를 소홀히 할 수 없었다.

그는 아델의 곁을 지키면서 개인적인 목적도 이루려는 두 역할 사이에서 균형을 잡아야 했다.

처음에는 의무였을 것이다. 어쩌면 부담스럽기도 했다. 하지만 이제는 아니었다.

아델의 맑은 웃음과 투명한 눈동자가 쩍쩍 갈라진 메마른 그의 상처를 조금씩 치유했다.

언제부턴가 죽은 형제를 생각하며 비탄에 빠지지 않았다. 죽고 싶다는 생각을 하지 않은 지 꽤 되었다. 목숨의 원한을 철저하게 갚아 주겠다는 냉정한 결심만 남았다.

론은 아델을 제대로 침대에 눕혔다. 아델은 마치 잠든 것처럼 평온한 표정으로 눈을 감고 있었다.

'아델이 한 일일까?'

정원의 나무에서 일어난 현상은 어떤 식으로든 아델과 관련이 있을 것이다.

'점점 더 너를 모르겠다.'

하지만 어떤 비밀이 숨겨져 있다고 해도 상관없었다. 아델이 자신의 능력 때문에 상처를 받지 않도록 모든 방법을 강구할 것이다.

집사가 다가왔다.

"성주님. 지시하신 대로 성에 들인 식재료를 전부 검사하고 있습니다."

"이후의 일정은 전부 취소해. 조금 전에 현장에 있었던 정원사를 불러와."

곧 도착한 의사가 아델을 살피는 동안 론은 정원사에게 몇 가지를 물었다.

"죽어 가는 나무였다고?"

"예. 아가씨께서 전대 성주님의 탄생목이었다는 이야기를 듣고 안타까워하셨습니다."

시마의 탄생목. 론은 그 나무를 당장 베어 버리라고 하려다가 참았다.

"나무가 회생하기 전에 눈에 띄는 이상한 것을 본 것은 없나? 사소한 것이라도 상관없다."

정원사는 한참 동안 기억을 더듬으며 고민하다가 고개를 저었다.

"모르겠습니다. 이상하다고 생각한 것은 없었습니다."

정원사와 짧은 문답이 끝날 즈음 의사가 진료를 마쳤다.

"안색이 좋고 호흡도 무난하고 큰 이상은 찾지 못했습니다. 마치 주무시는 것 같습니다. 성주님."

"아무 이상이 없는데 갑자기 정신을 잃었다는 건가? 이상한 환청이 들린다고 하더니 쓰러졌소."

"환청이라……. 혹시 최근에 아가씨께서 정신적인 피로를 호소하신 적은 없으십니까?"

"없소. 혹시 넌 들은 일이 있느냐?"

불려와 서 있던 멜이 대답했다.

"최근에는 오히려 손님분과 친해지시며 더 즐거워하셨습니다."

멜의 대답에 따르면 최근에 아델은 잘 자고 잘 먹었다.

"우선은 깨어나시고 나서 다시 진료하겠습니다. 지금은 당장 할 수 있는 일이 없습니다. 아가씨가 위험한 상태로 보이지는 않으니 억지로 깨우는 것보다는 지켜보는 편이 좋습니다."

론은 당장의 해결책을 내놓지 못하는 주치의를 일단 돌려보냈다.

"여기는 내가 있겠다. 조사하라고 한 것은 결과가 나오면 가져오고, 그 외에는 별것 아닌 일로 보고하러 오지 마라."

제드가 대답하고 물러갔다.

론은 침대 곁에 의자를 끌어다 앉았다. 그는 아델이 눈을 뜰 때까지 곁에 있을 생각이었다.

2장
성장

눈을 떴을 때 그녀는 숲 안에 있었다. 이건 꿈이었다. 그리고 아델은 자신이 이곳을 처음 방문하는 것이 아니라는 것을 알았다.

그녀는 숲길을 따라 걸었다. 거닐며 어렴풋이 기억이 났다. 그녀는 몇 번이나 꿈속에서 같은 길을 걸었다. 이 길 끝에 붉은 물빛의 호수가 나올 것이다.

어김없이 호수가 나왔다. 호수의 기슭을 밟고 물속으로 걸어 들어갔다. 잔잔한 수면에 비치는 자신의 모습을 바라보다가 인사를 건넸다.

"안녕."

물속의 그녀가 대답했다.

『안녕』

그녀와 똑같은 모습을 한 또 다른 자신이 싱긋 미소 지었다.

"우리는 처음 만나는 게 아니지."

『맞아』

"너는 나야."

『그래. 나는 너야』

"우리는 많은 이야기를 했어."

『너는 내게 모든 이야기를 들었지』

"하지만 난 기억이 나지 않아."

『그래. 그래서 난 오늘도 같은 이야기를 할 거야』

"들어도 난 다시 기억하지 못할 텐데 무슨 의미가 있을까?"

『곧 모든 것을 되찾게 될 테니까. 너는 천천히 기억을

찾고 있어. 이제 우리가 처음 만나는 것이 아니라는 사실
을 기억했잖아.』

또 다른 자신이 말하는 대로 아델은 잃어버린 것들을 조금씩
되찾고 있었다. 수면 너머의 자신을 똑 닮은 소녀가 낯설지 않았
다. 너는 나구나. 그냥 알 수 있었다.

"친절하네."

『나는 너니까.』

"음. 근데 항상 친절하지 않았던 것 같아."
수면에 비친 소녀가 웃음을 터뜨렸다.

『이제 멀지 않았어. 두 번째 열쇠를 찾았거든.』

"네가 말하는 열쇠는 뭐야? 누군가 숨겨 둔 건가?"

『기억을 자극하는 계기. 네가 너를 의심하게 만드는
것. 모든 것이 열쇠가 될 수 있어.』

"첫 번째 열쇠는?"

『르웨나』

"르웨나가 누군지 알아?"

『너도 알아. 기억하지 못할 뿐이지』

"말해 줘. 알고 싶어."

『매우 긴 이야기가 될 거야』

또 다른 자신이 전해 주는 이야기는 아주 길고 길었다. 가늠
할 수 없는 무한에 가까운 시간이 흘렀다. 현실이었다면 지쳐 나
가떨어졌을 테지만, 꿈속의 공간은 기이한 힘을 지니고 있었다.
지치지도 잠이 오지도 않았다.

아델은 붉은 물빛의 호수 위에 둥둥 떠 있었다. 그녀의 머리카
락이 물속에서 너울너울 춤을 추었다. 마치 푹신한 침대에 누운
것처럼 그녀는 수면에 몸을 맡겼다.

"두 번째 열쇠는 뭐였어?"

『처음으로 힘을 사용하겠다는 네 의지였어. 무의식적
으로 넌 자신을 스스로 봉인하고 있다가 그걸 깨뜨린 거
야』

아델은 죽어 간다는 나무가 잎을 틔우더니 활짝 꽃을 피우던 모습을 떠올렸다. 역시 그건 내가 한 일이었구나. 이미 모든 진실을 알았기에 덤덤히 받아들였다.

"정말 카발은 어둠이 되어 버렸을까?"

『카발이 어둠이고, 어둠이 카발이야.』

"르웨나는 그를 사랑했어. 원래 다정한 사람이었을 거야."

『인간은 애초에 빛과 어둠을 모두 품고 있어. 어둠을 택한 건 카발의 선택이었지.』

"아직 카발에게는 자아가 남아 있을지도 몰라."
또 다른 아델이 한숨을 내쉬었다.

『인간의 마음을 품게 되었구나. 무엇이 널 망설이게 하지?』

"……."
아델의 시야에 푸른 머리의 남자가 떠올랐다가 사라졌다. 지금 아델이 원하는 건 하나뿐이었다. 자신의 마음이 보답 받을 수

있다면, 이룰 수 없는 소망이겠지만 그게 실현된다면 다른 무엇
도 바라지 않았다.

"너는 나라고 했으면서 왜 내 마음을 읽지 못해?"

『우리는 지금 분리되어 있으니까.』

아델은 또 다른 자신이 낯설었다. 같은 얼굴과 목소리를 가진
그녀는 감정이 없는 것처럼 차가웠다.

둘이 완전히 하나가 되어 본래의 자신을 찾게 되는 날, 아델
스톤은 정체성을 잃지 않을 수 있을까. 겁 많고 소심하며 첫사랑
으로 가슴앓이하는 자라지 않는 소녀가 이 세상에 존재하지 않
을지도 모른다.

아델은 지금의 자신이 좋았다. 아델 스톤이 유일한 그녀의 정
체성이었다. 이대로 영영 기억을 찾지 못해도 상관없었다.

"봉인된 기억을 여는 최후의 열쇠는 나라고 했지?"

『그래.』

"내가 원하지 않으면 봉인은 깨지지 않는다고 했지?"

『맞아.』

"그러면 난 지금이 좋아."

『……』

"르웨나처럼 살고 싶어."
한참의 침묵 끝에 목소리가 들려왔다.

『끔찍해. 정말 한심하군』

또 다른 아델은 경멸이 가득 담긴 차가운 어조로 아델을 비난
했다.
"너는 나라고 했잖아. 나를 이해해 줄 수 없어?"

『너처럼 한심한 생각을 내가 할 리가 없어. 그리고 늦
었어. 이미 변화가 시작되었으니까』

"무슨 변화?"

『어차피 넌 눈을 뜨면 나와의 대화를 기억하지 못해.
넌 자신이 누군지 알고 싶은 갈망으로 결국에는 마지막
문을 스스로 열게 되겠지』

일말의 여지를 두지 않는 냉정한 선언이었다. 아델은 눈시울이 뜨거워졌다.

"내가 원하지 않아도?"

『각인과도 같아. 네가 도착하는 곳은 정해져 있어.』

"말도 안 돼!"

고함을 지르는 순간에 쩌엉, 하며 마치 유리창이 부서지는 굉음이 들려왔다.

『뭐하는 거야.』

당황하는 목소리를 듣자 아델은 문득 당장 꿈에서 나가고 싶다는 생각이 들었다. 할 수 있을 것 같았다.

"난 나야. 넌 내가 아니라고!"

『날 부정하면 안 돼!』

목소리는 흡사 애원 같기도 하고 비명 같기도 했다. 아델은 있는 힘껏 도망쳤다. 보이지 않는 단단한 벽이 그녀를 가로막았다. 벗어나고 싶다는 강렬한 의지는 벽을 허물었다.

아델이 정신을 차렸을 때는 바람을 따라 둥둥 떠다니고 있었다. 한없이 몸이 가벼웠다.

'여긴 어디지?'

주변을 살펴봐야겠다고 생각하니까 서서히 눈에 들어왔다. 레바스 성이었다. 정확히 어딘지 확실하지 않으나 복도를 지나고 있었다.

여자들의 목소리가 들렸다. 아델은 소리가 나는 방향으로 끌려갔다.

"너 그거 근거가 있는 말이야?"

"틀림없다니까."

하녀들이 깔깔거리며 수다 삼매경에 빠져 있었다. 아델이 바로 가까이 다가가는데도 그들은 알아차리지 못했다. 그제야 아델은 제 몸을 살펴보았다. 손을 들어 올렸다고 생각했으나 아무것도 보이지 않았다. 그녀의 몸은 지금 실체가 없었다.

'내 몸이 어디 갔지?'

"근데 아가씨는 아직도 깨어나지 않으신 거야?"

"아직인가 봐. 성주님께서 내내 지키고 계시잖아."

아델은 자신의 상태에 대한 고민보다 하녀들이 나누는 이야기가 더 흥미로웠다. 그들의 곁을 맴돌면서 대화를 엿들었다.

아델을 걱정하는 몇 마디를 나누던 하녀들은 금방 새로운 이야기로 넘어갔다. 곧 성에서 열릴 파티에 대한 기대감이었다.

"정말 성대한 파티겠지?"

"집사님이 그래서 요즘 예민하시잖아. 성을 개방하는 파티가 굉장히 오랜만이래. 거의 수십 년 만일걸."

손님이 대충 몇 명 정도 온다느니 구석구석 쓸고 닦느라 힘들다느니 두서없는 수다가 한참 이어졌다.

"어쩌면 이번 파티에서 안주인이 되실 후보에 대한 말이 구체적으로 나올 거라고 하더라."

"우리 성주님 인기가 폭발이겠네."

"당연하지. 무려 대가문의 안주인이라고."

"그것도 그렇지만 난 성주님을 남편으로 맞을 분이 누군지 참 부럽다. 성주님 같은 남자가 길에 널린 건 아니잖아."

"절대 아니지."

흥미롭게 그들의 대화를 듣고 있던 아델은 낙담했다. 이번 파티에 그런 의미가 있었구나.

"근데 아델 아가씨 말이야."

누군가 불쑥 말했다.

"아가씨가 자라지 않는 상태만 아니었어도 안주인 후보의 첫 순위 아니겠어?"

"그런가?"

"일리 있는 말이네. 돌아가신 성주님께서 아가씨를 애지중지하셨잖아. 듣기로는 지금 성주님께 아델 아가씨를 부탁한다고 유언을 남기셨다지."

"생각해 보니까 괜찮네. 아가씨는 그다지 까다로운 분이 아니니까. 익숙한 분이 안주인으로 들어오시면 우리도 좋지."

"진짜 예민한 안주인이 들어오면 죽어나는 건 우리라고. 내가 아는 사람에게 들은 이야기인데……."

하녀들은 건너 들은, 어느 명문가 안주인의 까다롭고 예민한 성격 때문에 벌어진 온갖 사례를 들먹이며 뒷말을 시작했다.

아델은 실체가 없는 온몸에 열이 오르는 것 같았다. 하녀들이 자신을 그렇게 생각하는지 몰랐다.

'내가 고아인 건 아무 문제가 아닌 거였어?'

아델은 기본적으로 자신의 출신에 대한 자격지심이 있었다. 우연히 마법사의 눈에 띄어 도움을 받아 레바스 성에 오게 된 고아에 불과했다. 아무리 부유한 상속녀가 되었다고 해도 여전히 부족해 보였다.

'내가 아이의 모습이니까. 단지 그것만 해결되면 괜찮은 거야?'

자라기만 하면!

크고 싶어. 어른이 되고 싶어.

하녀들의 목소리가 갑자기 멀어졌다. 아델을 강렬하게 끌어당기는 힘이 있었다. 그녀는 강렬히 소망했다.

자라고 싶어. 이제 어린아이는 싫어!

아델은 눈을 떴다. 얼마 전에 남쪽 탑에서 옮긴 그녀의 침실이었다. 아직 완전히 익숙해지지 않아 가끔은 낯선 장소에서 눈을 뜨는 기분이 들었다. 해가 뜨고 한참은 지난 듯 침실 안이 환했다.

그녀는 일어나 앉아서 두 손으로 달아오르는 얼굴을 감쌌다.

'이상한 꿈을 다 꾸고. 난 별로…… 레온과 결혼하고 싶은

건……'

하녀들의 수다를 들을 수 있을 리가 없으니 아델은 자신이 꿈을 꾸었다고 생각했다.

누구도 알지 못할 꿈 때문에 민망해서 그녀를 어쩔 줄 몰랐다. 속으로 악악 비명만 질렀다. 시간이 좀 지나니까 진정이 되었다.

침대에서 내려오려다가 아델은 뭔가 이상하다는 걸 느꼈다. 이불자락이 몸에 직접 닿았다. 무심코 자신의 몸을 내려다보니 늘 입고 자는 잠옷이 없었다. 평소에 벗고 자는 취미는 없었는데 의아했다.

"이게 뭐지?"

아델이 시선을 내리자 바로 솟아오른 두 개의 살덩어리가 보였다. 그녀는 신기해하며 두 손으로 쥐었다. 말랑거리고 폭신했다.

"가슴이네."

멍청하게 중얼거리다가 화들짝 놀라 손을 뗐다. 눈을 질끈 감았다가 조심스레 다시 떴다. 잘못 본 것도 아니고 꿈도 아니었다. 그녀의 몸에 전에 없던 이상한 것이 있었다.

아델은 제 손을 앞뒤로 뒤집었다. 길고 곧게 뻗은 손가락이 신기했다. 그녀는 다리를 쭉 펴고 앉았다. 다리도 길어졌다.

"어어……?"

머릿속이 굳어 버린 것처럼 아무 생각도 할 수 없었다. 상황 파악이 되지 않는다. 그녀는 그저 멍하게 침대에 앉아 손가락과

발가락을 접었다가 폈다. 이 몸이 자신의 몸이 맞는지 계속 확인했다.

문이 열리는 소리가 들렸다. 아델은 안으로 들어오는 사람을 확인했다. 멜과 시선이 마주쳤다. 두 사람은 얼마간 말없이 서로를 바라보았다.

먼저 반응을 보인 사람은 멜이었다. 멜은 두 손으로 자신의 얼굴을 감싸 쥐고 비명을 질렀다.

"꺄아아아악!"

멜이 소리를 지르는 바람에 아델은 더 놀랐다. 아델도 얼굴을 감싸 쥐고 마찬가지로 비명을 질렀다.

"꺄아아아악!"

멜은 아연하게 아델을 바라보더니 몸을 돌려 침실 밖으로 뛰쳐나갔다. 아델은 안절부절못하다가 침대 시트를 걷어 내서 대충 몸을 둘둘 감쌌다.

침대에서 내려오자마자 그대로 바닥에 주저앉았다. 평소와 발이 닿는 거리감이 전혀 달랐다.

그녀는 침대를 딛고 일어나며 침실 안에서 숨을 곳을 찾아 두리번거렸다.

큼직한 옷장이 눈에 띄었다. 옷장 문을 열고 몇 벌 들어 있는 옷을 꺼내 바깥으로 던졌다. 그녀는 옷장 안으로 들어가서 문을 닫았다. 깜깜한 어둠이 되니까 놀란 가슴이 진정되었다.

*　　*　　*

이른 아침부터 손님이 찾아왔다.

"그간 평안하셨습니까. 대현자님."

"오랜만이네. 잘 지냈는가."

갑자기 방문한 데보라가 급히 자신을 찾는다는 말을 듣고 론은 어쩔 수 없이 아델의 침실에서 나왔다. 밤새 아델의 곁을 지키느라 밤을 꼬박 새웠다. 그는 애써 피곤한 기색을 감추었다.

"혹시 성에 청탑의 마법사가 오지 않았나?"

"예. 왔습니다."

"아직 여기 있나?"

"예."

"다행이군. 긴한 용건이 있어 그러는데 불러 주겠는가?"

데보라의 요청을 받아들여 론은 남쪽 탑으로 사람을 보냈다. 줄리오가 오기를 기다리는 동안 두 사람은 서로의 근황을 물었다.

"곧 성을 개방한다지?"

"예. 대현자님께 초대장을 보내 드렸습니다."

"받았네. 그런데 내가 참석할 수 있을지는 그때가 되어 봐야 알겠어. 대륙으로 나갈 것 같거든."

"참석해 주시면 영광입니다만, 사정이 여의치 않으시면 어쩔 수 없겠지요."

묻는 사람이나 대답하는 사람이나 형식적이었다. 두 사람 모두 각자의 관심사에 빠져 있었다. 데보라는 품 안에 있는 지팡이의 비밀을 어서 풀고 싶어 안달이 났고, 론은 아델 걱정으로 다른 생각할 여유가 없었다.

"아델은 잘 지내고 있습니다."

론은 데보라가 묻기 전에 아델의 안부를 전했다. 아델이 현재 원인을 모르는 의식불명 상태라는 사실은 알리지 않을 생각이었다. 혹시 데보라가 아델을 보겠다고 하면 핑계를 대서 거절하려 했다.

"아아……. 그래. 잘 지낸다니 다행이군."

데보라의 대답은 건성이었다. 마법사는 한 가지 일에 몰두하면 다른 일에 집중하지 못했다. 마법사 대부분이 독신인 이유였다.

그녀의 머릿속에는 청탑의 마법사를 만나 지팡이를 조사하는 일만 가득했다. 아델을 잊어서가 아니라 지금은 우선순위에서 밀려났다.

안으로 들어오는 줄리오를 보며 데보라가 벌떡 일어났다.

"자네는!"

줄리오 역시 생각지 못한 재회에 놀라워했다.

"이렇게 다시 뵙는군요. 대현자님."

"그랬군. 청탑으로 갔었나! 백탑으로 왔어도 환영이었을 텐데."

"제 인연이 청탑에 닿은 모양입니다."

"하긴. 인연이란 오묘하지."

둘이 대화를 나누는 틈에 론은 슬그머니 자리를 피해 나왔다. 그는 아델의 침실로 향했다.

다급히 달려오는 하녀를 보며 론은 미간을 찌푸렸다. 아델의 하녀였다. 가끔 아델이 하는 말을 들으면 단순한 고용 관계 이상으로 잘 지내는 것 같아서 특별히 기억했다.

"서…… 성주님."

"무슨 일이냐."

"아가씨께서……."

멜은 말을 잇지 못하고 어물거렸다. 사색이 된 표정이 아무래도 심상치 않았다. 론은 뒷말을 듣기를 포기하고 한걸음에 아델의 침실로 달려갔다.

벌컥 문을 열고 들어가자마자 텅 빈 침대부터 눈에 들어왔다. 빠르게 침실 내부를 훑었다. 넓은 침실은 가구가 엄폐물이 되지 않도록 배치했다. 한눈에 보이도록 탁 트여 있었다. 아델은 어디에도 없었다.

"아델은?"

바로 따라 들어온 멜에게 물었다. 멜은 당혹스러운 기색으로 눈동자를 굴리며 침실 안을 살폈다.

"조금 전까지도 분명히…… 밖으로 나오시지는……."

"제대로 말하지 못하겠나!"

목소리에 사나운 노여움이 깃들었다. 멜은 움찔 몸을 떨며 어깨를 움츠렸다. 등에 식은땀이 났다. 아가씨에게 무슨 일이 생기면 연대해서 책임질 사람이 한둘이 아니었다.

'아까 내가 뭘 본 걸까. 정말 그 여자가 아가씨였을까?'

그렇게 뛰쳐나오는 것이 아니었다고 후회했다.

"성주님. 저…… 저기!"

뭔가를 발견한 멜이 팔을 뻗었다. 멜의 손끝이 가리키는 방향에 옷장이 있었다. 옷장 아래에 몇 벌의 옷이 나뒹굴었다. 닫힌 문틈 사이로 흰색의 시트가 빠져나와 늘어져 있었다.

슬금슬금 조금씩 시트가 당겨져 완전히 옷장 안으로 들어가는 모습을 두 사람은 똑똑히 목격했다.

론은 눈을 가늘게 뜨고 보다가 옷장으로 다가갔다. 옷장의 손잡이를 잡고 힘을 주었다. 열리지 않지만, 잠겼다고 보기에는 미약한 저항이었다. 아무래도 안에서 붙잡고 있는 것 같다. 론은 강제로 여는 대신 손을 떼고 옷장을 두드렸다.

"아델."

인내심이 바닥날 즈음에 작은 대답이 돌아왔다.

"……네."

"왜 그래? 그 안에 왜 들어갔어."

"……."

"어디 아파?"

"아뇨."

"기분이 안 좋아?"

"……아뇨."

"그 안에 계속 있을 거야? 혼자 있고 싶어?"

"나가고 싶은데……. 내가 좀 이상해요."

"뭐가 이상해? 아델. 말을 해야 알지."

옷장 가까이에 귀를 가져가 대야 들릴 정도로 안에서 들리는 목소리는 작았다. 지루한 문답이 이어지는 중에도 그의 목소리는 달래듯 부드러웠다.

"……방에 누가 더 있어요?"

꺼리는 기색이 느껴졌다. 론은 멜에게 나가라고 손짓했다. 꾸벅 고개를 숙인 멜이 나가며 문이 닫히는 모습을 보며 론은 대답했다.

"나밖에 없어. 문 열게."

대답은 없었지만, 론은 옷장의 손잡이를 잡고 천천히 잡아당겼다. 큼직한 옷장은 안쪽이 꽤 넓었다. 컴컴한 안이 밝아지며 구석에 시트로 온몸을 감싼 덩어리가 보였다.

그는 아이의 작은 몸이 제법 커 보인다고 생각했다. 잔뜩 몸을 옹송그리고 머리까지 푹 뒤집어쓴 시트 때문에 얼굴이 보이지 않았다.

"아델."

부름에 답하듯 숙이고 있던 고개가 올라갔다. 시트 사이로 흘러내린 금발, 동그랗게 톡 튀어나온 이마, 뽀얀 두 볼은 꽃물이 든 것처럼 발갛게 상기되었고, 파란 눈동자가 깜빡거리며 그를 바라보고 있었다.

그의 호흡이 순간 멈추었다.

"너……."

아델이 틀림없다. 그런데 좀 달랐다. 아니, 아주 많이 달랐다.

머리를 덮은 시트가 어깨로 흘러내리면서 풍성한 금발이 드러났다. 머리카락이 눈을 가리자 아델은 무심코 머리카락을 쓸어올렸다.

"이상하죠?"

"……그런 문제가 아니라……."

론은 아델의 시선 높이로 몸을 숙이고 앉았다. 줄리오의 말을 들은 후 아델이 자라면 어떤 모습이 될까 생각한 적이 있었다. 그런데 그의 상상력은 꽤 빈곤했던 모양이다. 이건 상상 이상이었다.

그는 조심히 손을 뻗었다. 몇 번을 망설이다가 손등으로 그녀의 볼을 쓸었다. 보드랍게 닿는 촉감이 생생했다.

"레온."

론은 흠칫 놀라 손을 거두었다.

"시트가 다리를 휘감아서 못 일어나겠어요."

아델은 그에게 두 팔을 뻗었다. 론은 아무 반응 없이 그저 바라보기만 했다. 아델이 입술을 내밀며 종알거렸다.

"도와주지 않을 거예요?"

아델과 같은 표정을 짓고, 아델과 같은 말투를 쓰며 아델과 같은 무구한 눈동자로 자신을 바라보는 이 여자는 대체 누구인가. 머릿속에서는 아델이 틀림없다고 말하는데 선뜻 인정하고 받아들이기가 어려웠다. 이 상황에서는 누구라도 그럴 것이다.

그가 손을 내어 주지 않자 아델은 입술을 삐죽이며 옷장 안에 등을 기대고 꾸물꾸물 움직이며 일어났다.

"시트는 왜……."

"옷이 없단 말이에요."

론은 뭐라 말하려다가 입을 다물었다. 없겠지. 당연히 없을 것이다. 아이의 작은 옷이 맞을 리가 없었다.

지금 아델의 모습은 나이 그대로의 성숙한 여자였다. 론의 허리 높이 남짓하던 키가 그의 가슴께까지 올라왔다. 론은 옷장 안에 기대 서 있는 아델을 난감하게 바라보았다.

'어쩌지.'

머릿속이 하얗다. 대처 방안이 떠오르지 않았다.

'옷부터……. 그런데 어디서 옷을 구한다? 하녀! 하녀 중에 찾아보면 비슷한 체격이 있겠지.'

론이 제안한 방법에 아델은 고개를 저었다.

"싫어요."

"지금 누구 옷인지 따질 때가 아니지."

"그게 싫어서가 아니라……. 마음의 준비가 안 되었다고요. 아직 다른 사람은 몰랐으면 좋겠어요."

아델이 시무룩하게 중얼거렸다.

지금 상황에 가장 놀란 사람은 아델 본인일 것이다. 이해는 한다. 하지만 알몸으로 시트 한 장만 몸을 감싼 아델의 상태가 그는 몹시 신경이 쓰였다.

"일단 옷장 안에서 나와."

"넘어질 것 같다니까요. 손이라도 잡아 줘요."

아델의 말끝이 날카롭게 올라갔다. 마치 보이지 않는 벽이 그들을 가로막은 것처럼 두어 걸음 떨어져 서서 그는 제자리만 맴돌았다.

샐쭉해진 아델의 표정을 보고 그가 움찔했다. 아델이 노려보자 그는 한숨을 한 번 쉬고 허공을 한 번 봤다가 한 걸음 다가와서 손을 내밀었다.

"정말 고맙네요."

아델은 빈정거리면서 아주 힘겹게 내밀어 준 그의 손을 잡았다. 그녀는 살짝 고개를 갸웃했다.

'느낌이 이상해. 다른 사람 손을 잡은 거 같아.'

아델이 느낀 어색함을 론 역시 느꼈다. 앙증맞은 통통한 손이 아니었다. 가늘고 부드러운 손가락이 그의 손바닥에 감겼다. 그는 자기도 모르게 손에 힘을 주었다.

불안한 걸음걸이로 옷장의 턱을 넘으려던 아델은 작은 힘에 쉽게 무게중심이 끌려갔다. 그의 손을 잡은 채 몸이 옷장 밖으로 기울어졌다.

"으앗!"

"조심……."

론은 재빠르게 아델을 부축해 안았다. 그의 한쪽 팔이 등을 감싸 어깨를 안고 다른 팔이 허리를 감았다.

넘어지며 그의 가슴에 부딪힌 아델이 이마를 문지르며 고개를 들었다.

"괜찮아?"

반사적으로 이마를 문질렀지만, 거의 아프지는 않았다. 그와 가까이 시선이 마주치자 심장이 덜컹했다. 살짝 내리뜬 보라색 눈동자를 마주 볼 수가 없었다. 미친 듯이 뛰는 심장 소리를 들킬 것 같아서 아델은 그의 어깨에 고개를 묻었다.

"다쳤어? 어디 보자."

아델은 고집스레 고개를 푹 파묻고 좌우로 머리를 흔들며 두 팔로 그의 목을 안았다. 지금 고개를 들었다가는 완전히 붉게 물든 얼굴이 들킬 것이다.

머리 위에서 작은 한숨 소리가 들렸다.

론은 아델의 무릎 아래에 팔을 넣고 안아 들었다. 아델을 소파에 앉혀 주고 일어나려 했지만, 그의 목을 꽉 안고 있는 팔이 풀리지 않았다. 뿌리치면 떨쳐 낼 수 있을 텐데도 론은 항거할 수 없는 힘에 붙들린 것처럼 움직일 수 없었다.

"아델. 놔줘."

그는 꾹꾹 눌러 참는 목소리로 말했다. 목을 안고 있는 가느 다란 팔이 놓아주자 안도의 숨이 나왔다.

그는 소파에서 크게 한 걸음 뒤로 물러났다. 똑바로 그녀를 보지 못하고 약간 시선을 비켰다.

"어디…… 불편한 곳은 없어?"

"모르겠어요."

"네 하녀를 들여보낼 테니까 옷부터 제대로 입고. 그 후에 이야기하자."

론은 아델의 대답도 듣지 않고 도망치듯 침실을 나왔다. 경황이 없는 와중에도 이 상황에서 자신이 도와줄 수 있는 일이 아무것도 없다는 것 정도는 알았다.

응접실에는 멜이 기다리고 서 있었다.

"들어가 봐라. 안에 있는 사람은 네 주인이 맞으니까……. 네가 판단해서 당장 필요한 것들을 마련하고 안에서 본 것들에 대해서 입조심해야 한다."

"예. 성주님."

멜이 침실 안으로 들어가고 론은 곧바로 응접실에서 나가려고 했다. 그는 문 앞에서 멈칫 서서 제 손을 내려다보았다.

감촉이 달랐다. 작은 인형처럼 품 안에 들어오던, 알고 있는 느낌이 아니었다. 체구가 훨씬 큰데도 더 부드러웠다. 여자의 몸은 원래 다 그런가? 그는 한숨을 내쉬며 문에 이마를 기댔다.

"정신 차려."

마음 같아서는 쿵 소리가 나도록 이마를 박고 싶었다. 자신의 혼란스러움이 사라지기만 한다면.

'아델이다. 아델이라고.'

모습이 어찌 바뀌었든 틀림없는 아델이었다. 누이동생처럼 아끼며 보살피던 아델이었다.

'가서 잠을 자자.'

지난밤에 거의 잠을 못 자서 지금 제정신이 아닌 거다. 한숨 자고 나서 머릿속이 맑아지면 갑자기 달라진 아델의 변화에 놀란 마음도 진정이 될 것이다.

그러면 이상한 기분은 말끔히 사라질 것이다. 반드시 그래야만 했다.

*　　　*　　　*

멜은 황홀한 눈으로 두 손을 모아 잡고 아델을 바라보았다.

"아가씨. 맞으시죠?"

"응."

"죄송해요. 아까는 제가 너무 놀라서 그랬어요."

"아니야. 나도 놀랐는데 뭐. 내가 좀 많이 이상해 보이지?"

레온의 반응을 떠올리자 아델은 씁쓸했다. 그는 자신을 똑바로 바라보는 것조차 하지 않으려고 했다.

'정말 난 괴물일까.'

스텔라가 말한 것처럼.

나이가 들어서도 겉모습은 항상 어린아이였다가 제대로 된 성장 과정 없이 갑자기 자라 버렸다. 누가 그녀를 평범한 사람이라고 봐 줄 수 있을까.

고서의 방에서 봤던 구절이 다시 떠올랐다.

―그럼 어머니는 인간이 아니에요?

'나는 도대체…….'

"무슨 말씀이세요! 이상하다니요!"

멜은 버럭 소리쳤다. 그녀는 최소 두 사람은 끌어야 하는 큼직한 전신 거울을 얼굴이 벌게지도록 끙끙거리며 끌고 오더니 아델의 앞에 비추었다.

"보세요. 아가씨."

아델은 멍하게 눈을 깜빡이면서 거울 속에 비친 자신을 바라보았다. 손을 올려서 볼을 만지니까 거울 속에서도 똑같이 따라 했다. 낯선 여자의 얼굴 속에 아델이 기억하는 자신의 모습이 들어 있었다.

"아가씨는 틀림없이 저주에 걸리셨던 거예요. 그리고 저주가 풀린 거죠. 아가씨는 자라지 않는 병에 걸리셨던 게 아니에요. 병이라면 이렇게 갑자기 자랄 수가 없잖아요."

"저주……?"

아델은 얼떨떨하게 되물었다.

"그럼요. 저주가 틀림없어요. 동화책을 보면 항상 공주님이 몹쓸 저주에 걸리고 마지막에는 풀려나면서 행복해지잖아요."

"멜……."

엉뚱한 말을 잘하는 멜이 오늘처럼 고마웠던 적이 없었다.

"아가씨는 이제 어딜 봐도 다 자란 숙녀예요. 보세요. 아가씨. 정말 아름다워요."

아델은 떨리는 손으로 거울을 만졌다. 거울 속에 비친 자신의 모습을 자세히 뜯어보았다.

정말 저주가 풀린 걸까. 갑작스러운 성장을 그저 기뻐하며 받아들여도 되는 걸까.

거울 속에서 아델과 똑같이 생긴 여자의 눈에 눈물이 고였다. 잔뜩 차오른 눈물이 툭 아래로 떨어졌다.

"이건 꿈일까?"

언제나 간절히 꿈꾸었으나 한편으로는 포기했다. 평생 어린 아이의 몸으로 살게 될 줄 알았다. 그래. 괴물이라도 좋다.

"꿈 아니에요."

곁에서 멜도 울먹였다.

"정말 잘됐어요. 아가씨."

아델은 멜을 끌어안고 울음을 터뜨렸다. 한참 만에 진정된 두 사람의 얼굴이 눈물범벅이었다. 그들은 서로의 얼굴을 보며 웃었다.

"우선 아가씨가 입을 옷부터 챙겨야겠어요. 당장 입으실 옷은 집사님에게 말씀드리면 고용인에게 지급되는 여분이 있을 거예요. 우선 그걸 입으시고 제가 당장 나가서 대충 사 올게요. 재단사를 불러서 만들려면 며칠은 필요하니까요."

"고마워. 멜이 내 곁에 없었으면 큰일이었을 거야."

아델은 미간을 찡그리며 투덜거렸다.

"레온은 날 내버려 두고 나가 버렸어."

"절 들여보내신 분이 성주님이세요."

"……그래? 그래도 난 많이 놀랐단 말이야. 좀 같이 있어 줘도 되잖아."

아델은 꿍얼꿍얼 중얼거리며 눈을 가리는 머리카락을 쓸어 올렸다. 팔이 움직이는 바람에 시트가 흘러내리며 동그란 어깨와 솟아오른 가슴이 드러났다. 아델이 아무렇지 않게 다시 시트를 여며 올렸다.

"아……. 음."

멜은 할 말을 잊었다. 보면 안 될 것을 훔쳐본 기분이 들어서 눈을 옆으로 돌렸다.

'얼마나 놀라셨을까.'

기겁했을 성주님의 심정이 이해가 되었다.

"멜. 혹시 정원에 있는 나무 말이야."

"아! 혹시 아가씨는 보셨어요? 다들 눈앞에서 기적을 봤다고 난리던데 전 왜 하필 그때 그 자리에 없었을까요. 정원사 아저씨 말로는 원래 거의 죽은 나무였대요. 그런데 대체 무슨 이유로 되살아났는지는 모르겠어요."

"기적……? 무섭다는 사람은 없어? 이상한 일이잖아."

"이상한 일이긴 한데 다시 살아난 거니까 좋은 거잖아요. 다들 좋은 징조라고 하던걸요. 전대 성주님의 탄생목이 다시 살아났으니 새로운 성주님께서 가문을 더욱 번성케 하실 거라고요."

옷을 가져오겠다고 멜이 나가고 나서 아델은 자신의 손을 들여다보았다.

여전히 나무를 살린 원리가 무엇인지 모르겠다. 그런데 또 하라고 하면 할 수 있을 것 같았다.

'몸 안에 뭔가가 있는 것 같아.'

뭔지 알 수 없으나 무섭지 않았다.

'원래 내 것이었는걸.'

멍하게 중얼거리다가 흠칫했다.

'뭘?'

모르겠다. 궁금하면서도 궁금하지 않았다.

생각해 보면 나쁜 일은 아니었다. 원하는 대로 능력을 조절할 수 있다면 갑자기 노란빛이 나타나지 않을 것이다.

'레온은 그걸 싫어해.'

그가 싫어하는 일은 하고 싶지 않다.

'난 인간이야. 인간으로 살 거야. 르웨나처럼.'

중얼거리다가 퍼뜩 놀랐다. 어렴풋이 떠오르는 뭔가를 더듬어 보았으나 좀처럼 잡히지 않았다. 한참 끙끙거리다가 멜이 들어오는 바람에 아델은 생각을 멈추었다.

*　　*　　*

줄리오는 데보라가 건네준 지팡이를 신중하게 살펴보았다. 손잡이 부분을 쥐고 공중에서 가볍게 몇 번 휘둘렀다가 눈앞에 바짝 가져다 대고 세밀하게 보았다.

귀한 보물을 감정하듯 줄리오의 태도는 진지했다. 말없이 지켜보는 데보라는 덩달아 긴장했다.

"주인이 아그릿 대현자님이라고 하셨지요?"

"그렇다네."

"말씀하신 대로 그분이 직접 만든 지팡이는 맞는 것 같습니다."

줄리오는 아그릿의 지팡이 곁에 자신이 직접 제작한 지팡이를 나란히 두었다. 아그릿의 지팡이는 줄리오의 것보다 두 뼘 남짓 더 길었다.

"전문 제작자가 만든 지팡이는 정해진 규격이 있습니다. 제 것이 규격 중에서 가장 짧은 길이입니다. 그분의 지팡이는 어떤 규격과도 일치하지 않는군요."

"길이가 상관이 있나?"

"물론입니다. 규격은 전문가들이 오랫동안 시행착오를 거쳐서 마력의 매개체로 작동할 수 있는 최적의 길이를 맞춘 것입니다. 규격과 다른 길이로 지팡이를 만든다는 건 대단한 겁니다."

"지팡이 규격이 몇 가지가 되나?"

"총 열두 가지입니다."

"대단하군."

"예. 정말 대단한 분입니다."

"자네 말일세. 정확히 자로 재어 보지도 않고 규격과 다른 지팡이라고 어떻게 알았나?"

줄리오가 멋쩍게 웃었다.

"제가 좀 관심이 많다 보니……."

"자네를 찾아오기를 정말 잘했어."

줄리오의 행방을 찾아서 레바스 성에 오기까지 번거로운 과정을 거쳤다. 청탑에서 순순히 협조해 주지 않았던 것이다. 방해했다기보다는 마탑의 일을 처리하러 갔다는 대답만 반복하며 타성에 젖은 관리처럼 굴었다. 이리저리 발로 뛰며 수고를 감수한 보람이 있었다.

"계속 말해 주게."

"정말 잘 만든 지팡이입니다. 그분은 행방불명이라고 하셨지요? 뵐 가능성은 없는 겁니까?"

"유감이지만 그분 연세를 생각하면 가능성이 없네."

"정말 안타깝군요. 어떤 방식으로 제작하신 건지 배울 수 있으면 좋을 텐데……."

"그게 그렇게 좋은 지팡이인가?"

"대현자님도 느끼실 수 있을 겁니다. 두 개의 지팡이를 번갈아서 쥐어 보세요."

데보라는 줄리오의 말대로 지팡이 두 개를 번갈아 만져 보았다. 처음에는 아리송했지만, 두세 번 반복하자 느껴지는 것이 있었다.

"뭐랄까……. 선배님의 지팡이가 훨씬 단단해."

"예. 지팡이 안에 마력이 꽉 차 있습니다. 마법사들이 지팡이를 점차 사용하지 않게 된 이유는 마력 손실의 이유도 있습니다. 지팡이를 매개체로 하면 대개 효용이 떨어집니다. 그런데 보십시오."

줄리오는 자신의 지팡이를 들어 마력을 주입했다. 지팡이 끝에 빛이 나면서 공기 중에 떠도는 수분이 뭉치기 시작했다. 동전 크기로 뭉친 물방울이 공중에 둥실둥실 떠다녔다.

데보라는 눈을 크게 떴다가 미소 지었다. 대수롭지 않아 보여도 수준 높은 마력 조절 능력이었다.

줄리오가 지팡이를 바꾸어 들어 다시 마력을 주입했다. 다시 뭉친 물방울은 거의 주먹 크기에 가까웠다. 나란히 떠 있는 두 개의 물방울은 한눈에 봐도 크기가 달랐다.

"같은 마력을 주입했습니다. 생각보다 대단한데요. 지팡이가 매개가 되면서 마력을 증폭해 주는군요."

줄리오는 막상 나타난 결과에 놀라 얼떨떨한 표정으로 말했다. 손을 휘젓자 공중에 떠 있던 물방울이 공기 중으로 흩어졌다.

"증폭이라고?"

지팡이에 대해 잘 모르는 데보라도 얼마나 놀라운 결과인지 알아차렸다.

"이런 대단한 발명이 알려지지 않았다니⋯⋯."

이건 모든 마탑이 사활을 걸고 대현자 아그릿의 생존을 간절히 바라면서 그의 행방을 찾아야 할 만한 일이었다. 마법사들에게 혁명이나 마찬가지였다.

"선배님은 왜 이걸 숨겼을까."

"드러내지 못하실 이유가 있었던 건 아닐까요? 알려지면 곤란할 일이 있으셨다거나."

"알려지면 곤란⋯⋯."

순간적으로 데보라의 머릿속에 스쳐 지나가는 것이 있었다. 아그릿은 흑마법에 심취했다고 들었다. 만약 지팡이를 제작하는 과정에 흑마법의 수법이 사용되었다면.

"아무래도 자네에게 내가 아는 정보를 모두 주어야겠군."

데보라는 그동안 알아낸 대현자 아그릿에 대한 정보, 주변의 평가, 지팡이를 발견하게 된 정황까지 모두 말했다.

"선배님께서 지팡이에 무슨 단서를 남기지는 않으셨는지, 그걸 알아내고 싶네."

한참 생각하던 줄리오가 말했다.

"지팡이는 때때로 수첩의 역할도 했습니다. 마법사들이 중요한 기록을 지팡이에 담아 두기도 했습니다. 하지만 그분이 누구에게도 알리고 싶지 않은 비밀을 이 안에 기록했다면 아마 아무도 알아낼 수 없을 겁니다."

"으음. 그렇겠지."

데보라는 무겁게 고개를 끄덕였다.

"하지만 누군가 알아주기를 바랐다면 그렇게 복잡하게 감추어 두지는 않으셨을 겁니다."

줄리오는 아그릿의 지팡이를 양손으로 쥐고 이리저리 살펴보았다. 그의 눈에 이채가 스쳐 지나갔다.

"잠금을 걸어 두셨군요."

"뭔지 알 수 있겠나?"

"어렵지 않은 패턴 같습니다. 약간의 수수께끼로군요."

줄리오는 지팡이에 마력을 주입했다. 미간을 찡그렸다가 고개를 갸웃하는 등 미묘한 표정 변화가 이어졌다. 오래 지나지 않아서 줄리오의 입술이 휘었다.

"찾았습니다."

"정말인가!"

혹시 했으나 큰 기대는 하지 않았던 데보라가 놀라 일어났다. 줄리오는 지팡이를 데보라에게 보여 주었다. 지팡이의 손잡이 부근에 길게 빛으로 만든 한 줄의 문장이 떠올라 있었다. 멍하게 바라보던 데보라가 서둘러 수첩을 꺼내 문장을 옮겨 적었다.

"대체 그게 무슨 글자입니까?"

"고어라네. 아주 오래전에 쓰던 문자지. 아주 오래된 고서는 고어로 쓰여서 자네도 배워 두면 유용할 거야."

"……예."

대답하면서도 줄리오는 그다지 배우고 싶은 생각이 없었다. 그는 마탑에 들어가고 나서 확실히 알았다. 책상에 앉아 읽고 배우는 학습은 자신에게 맞지 않았다.

좋은 환경에서 마법을 배웠다면 그저 그런 마법사로 끝났을지도 모른다. 용병으로 아등바등 살아남기 위해서 재능이 비로소 꽃을 피웠다.

데보라는 고어로 쓴 문장을 해석해 아래에 번역했다. 다 써 놓고 보니까 숫자를 문자로 읽은 것이었다. 보기 쉽게 다시 숫자로 고쳤다.

"이건 좌표 같은데……."

데보라는 수첩을 품에 넣었다.

"고맙네. 마탑에 돌아가서 좌표의 위치를 찾아봐야겠어."

"대현자님."

"내가 이 일은 나중에 반드시 보답하겠네."

"지금 보답해 주시면 안 됩니까?"

줄리오는 히죽 웃으며 말했다.

"저도 데려가 주십시오. 그게 정말 좌표이고 실존하는 장소라면 저도 가 보고 싶습니다."

* * *

론은 아델의 방문 앞을 떠나지 못하고 서성거렸다.

'입단속부터 하고.'

조금씩 해야 할 일이 떠올랐다. 상속녀에 대한 소문은 이미 파다하게 나 있었다. 아델이 자라지 않는 소녀라는 정보를 아는 자들도 제법 있을 것이다. 그들은 자발적으로 입을 다물어 주고 있을 뿐이다.

하지만 소녀가 갑자기 시간을 뛰어넘어 하루아침에 숙녀가 되었다고 하면 화제로 삼아 떠들기 시작할 것이다.

'고용인의 배치를 다시 하라고 해야겠군.'

고용인들은 고용 계약서를 작성할 때 침묵의 서약도 함께하므로 추가적인 입단속이 크게 문제는 아니었다.

'언제까지 숨길 수는 없을 텐데.'

차라리 완벽하게 아무도 아델을 몰랐다면 일이 쉽겠지만, 어설프게 숨은 상태였다. 알음알음으로 아델을 아는 사람들이 많았다. 전대 성주의 장례를 치르면서 얼굴 정도는 본 사람도 적지 않았다.

"뭐 하나?"

어느새 다가온 줄리오가 말을 걸었다.

"아……. 대현자님과 이야기는 끝난 건가?"

"대충은."

줄리오는 어딘지 모르게 혼이 나간 론의 표정을 유심히 살폈다. 멀리서 손을 흔들며 오는데도 알아차리지 못했다. 사람의 기척에 예민한 론의 성격을 아는 터라 퍽 이상해 보였다.

"스톤 양이 많이 안 좋아?"

"아니야. 인제 괜찮아."

"다행이네. 일어났어?"

"아니!"

론은 줄리오의 앞을 다급히 가로막았다.

"일어났다가 다시 잠들었어. 지금은 푹 자게 두는 편이 좋아."

"그래? 오래 기다려야 할까?"

"아마도. 오늘은 안 될 수도 있어."

"으음. 스톤 양에게 인사는 하고 가려고 했더니만."

"가려고?"

"잠깐 얘기 좀 하자."

론은 줄리오를 응접실로 데려갔다. 멀리 가지 않아도 되었다.
아델의 침실 바로 옆이 그의 침실과 응접실이었다.

"대현자님께서 흥미로운 일을 조사하시는데 나도 한 발 걸치
기로 했어. 성에서 열리는 파티 구경을 하고 가려고 했는데…….
일이 이렇게 됐네."

"어쩔 수 없지."

론은 내심 가겠다는 줄리오의 말이 반가웠다. 매일 아델과 만
나 어울리는 줄리오에게 아델의 상태를 감추고 만나지 못하게
하는 것은 한계가 있었다.

"아, 그리고 대현자님은 먼저 가셨어. 나보고 인사는 대신 전

해 달라고 하시더라."

역시나 반가운 말이었다. 론은 고개를 끄덕였다.

"이것도 전해 달라고 하셨고."

줄리오는 데보라가 건네준 봉투를 내밀었다.

"가 볼게. 스톤 양에게 인사 대신 전해 줘."

"그래."

"그리고……. 곧 성에서 열리는 파티 말이야. 스톤 양도 참석하게 해 줘."

"참견할 일이 아니야."

"아니. 스톤 양의 친구로서 참견해야겠다. 내가 스톤 양에게 꼭 참석하라고 말했어. 다양한 사람을 만나 보고 경험을 쌓으라고. 꼭 필요한 일이라고 신신당부했지."

"줄리오."

론의 표정이 싸늘해졌다. 줄리오의 간섭은 과했다.

"너 이상한 거 알아?"

불쾌해하는 론에게 줄리오는 지지 않고 강하게 대꾸했다.

"네가 스톤 양의 후견인이라는 건 알겠어. 그런데 정도가 지나쳐. 과보호하다 못해서 가두려고 하잖아."

"내가 아델을 가두려고 한다고?"

"넌 스톤 양이 자립하도록 돕지 않고 있어. 같이 외출을 종종 했다고 하던데 들어 보니까 그때도 스톤 양은 철저하게 외부인과 접촉할 일이 없었더라. 찻집을 가든 레스토랑을 가든 미리 자리를 비워서 사람이 없게 한다며."

"그건⋯⋯."

"스톤 양을 위해서라고 하지 마. 날 안내해서 정원 구경시켜 줄 때 보니까 외성까지 잘만 나가더라. 그다지 겁내는 것 같지도 않았고."

"⋯⋯."

"네가 스톤 양을 못 미더워하는 심정이 뭔지는 알겠어. 어리고 약해 보이니까 걱정은 되겠지. 하지만 네가 언제까지 평생 데리고 살 수는 없는 일이잖아."

'스톤 양은 널 남자로 보기 시작했다고. 네가 다정하게 대해 주면 스톤 양에게는 오히려 독이 될 거야.'

줄리오는 머지않아 상처받을 아델의 모습이 빤해서 안타까웠다. 아델의 풋사랑은 아직 깊지 않아 보였다. 그래서 일부러 더 가볍게 아델의 짝사랑을 놀렸다. 자신이 던진 농담처럼 아델이 가볍게 앓고 지나가기를 바랐다.

지금 아델의 시야는 너무 좁았다. 아델은 좀 더 넓은 세상에서 많은 사람들을 만나고 다양한 경험을 하며 관심사를 넓힐 필요가 있었다.

'그럼 이 녀석이 별거 아니라는 걸 알게 되겠지.'

별거 아닌 건 아닌가. 하란에 일곱 명뿐인 대가문의 주인이었다. 솔직히 아델에게 '저놈보다 잘난 남자는 세상에 아주 많아.'라고 자신 있게 말하지는 못하겠다.

"네가 단순히 후원자가 아니라 스톤 양을 누이처럼 귀여워하는 건 알아. 하지만 애정과 집착을 착각하지 마라."

줄리오가 나가고 나서 론은 소파에 앉아 고개를 숙인 채 두 손으로 얼굴을 감쌌다. 짜증이 치밀었다.

'대체 왜 다들 내게서 아델을 떼어 놓지 못해서 안달이지?'

대현자 데보라가 한 말이나 줄리오가 한 말이나 이야기의 골자가 같았다. 하루빨리 아델의 홀로서기를 도우라고 한다.

고작 두 사람의 의견이라고 무시할 수는 없었다. 그와 아델을 외부에서 객관적으로 바라본 사람은 그들이 유일했다. 가신들이나 고용인은 론에게 조언을 할 위치가 아니었다.

"성주님."

어느새 들어온 제드가 곁에서 그를 불렀다. 고개를 들어 쳐다보자 제드가 말했다.

"의사를 불러서 아가씨가 어떠신지 다시 살피라고 할까요?"

제드는 깨어나지 않는 아가씨를 걱정하느라 성주님의 기분이 무척 저조해 보인다고 생각했다.

"아니다. 의사 부르지 마. 마틸다 집사에게 오라고 해. 두 사람에게 전할 말이 있다."

대답하고 물러간 제드가 잠시 후 마틸다와 함께 들어왔다.

"고용인들의 배치를 바꿔야겠다. 중앙탑을 드나드는 고용인의 수를 최소한으로 배치하고 오가는 시간도 철저히 정하도록. 둘이 함께 논의해서 계획서를 가져와."

마틸다와 제드가 서로를 마주 보았다가 마틸다가 물었다.

"언제까지 올려야 합니까?"

"가능한 한 빨리. 새로운 배치가 끝날 때까지 침실이 있는 복도로 누구든 접근을 불허한다."

두 집사는 혹시 이유를 들을 수 있을까 해서 잠시 기다렸다. 하지만 성주의 침묵으로 보아하니 지금 알려 줄 생각은 없는 것 같았다. 부당한 명령이 아니라면 그들은 복종할 의무가 있었다.

"아델은 당분간 수업을 받지 않는다. 가정교사들에게 두 달 정도 휴가를 주겠다고 전해."

제드가 대답했다.

"예. 성주님."

"그동안 아델의 의복 제작을 맡은 재단사가 누군지 알고 있나?"

마틸다가 대답했다.

"예."

"믿을 만한가?"

"어떤 의미에서 말씀입니까?"

"성 안에서 보고 들은 일을 밖으로 옮길 사람인가?"

"그렇지는 않을 겁니다. 이미 오래전부터 아가씨의 옷을 제작했지만, 밖으로 아가씨에 관한 정보가 나돈 적이 없습니다."

"불러. 빨리 왔으면 한다."

"예. 연락을 넣겠습니다."

집사들이 나가고 나서 론은 소파 테이블에 놓인 봉투를 열어 내용물을 꺼냈다. 줄리오가 주고 간 것이었다. 아델이 알아봐 달라고 부탁했던 내용, 즉 대륙에서 데보라가 아델을 처음 만났을 당시의 정황과 위치가 설명되어 있었다.

아델의 친인척이 존재하는지에 대한 정보는 없었다.

'사람을 보내서 조사해 봐야겠군.'

그는 눈을 감고 미간을 눌렀다. 머리가 무거웠다.

'정원에서 벌어진 일과 아델의 성장. 관계가 있는 건가?'

에릭에게 알시온에서 전해지는 전설을 조사하라고 지시한 적이 있었다. 얼마 전에 에릭이 숲으로 찾아와서 주고 간 보고서 속에는 그 내용이 뒤에 덧붙여 있었다.

전설은 알시온의 건국 설화와 관련이 있었다. 알시온의 건국 왕은 호수에서 나타난 여신의 도움을 받아 기적을 일으키고 주변의 적대적인 세력의 복종을 받아 냈다고 전해진다.

기대했던 것과는 다르게 전설 속에서 아델이 가진 능력이 무엇인지 알아낼 단서는 없었다.

'처음에는 어머니와 아델이 닮았다고 생각했지만, 이제는 모르겠다.'

데보라가 아델을 만난 장소는 알시온에서 매우 멀었다. 아델과 알시온 사이에 어떤 연관성도 없었다.

'노란 빛무리는…… 비슷해 보여도 다를지도 모르지. 내 어릴 적 기억이니까 왜곡이 있을 수도 있고.'

론의 어머니는 마치 하늘에서 뚝 떨어진 것처럼 나고 자란 흔적이 전혀 없었다. 십여 년이 넘도록 세월을 비낀 듯 외모가 변함없었다고 했다.

불분명한 출생, 나이가 들지 않는 외모, 두 가지가 어머니와 아델이 유사하게 닮은 부분이라고 생각했다.

'아델의 출생은 아직 조사하지 못했을 뿐이야. 그리고 아델은 성장했다. 어머니와 달라.'

이제는 어머니에 대해 그가 알고 있는 사실마저 의심이 들었다.

어머니에 대한 모든 정보는 꾸며진 것일 수 있었다. 론의 부친은 충분히 그런 정보 조작이 가능한 위치에 있었다.

'그분이 전부 꾸며 냈을 가능성이 커. 어머니를 아내로 맞아들이기 위한 정당성을 확보하기 위해서.'

론은 자신의 아버지를 단 한 번도 '아버지'라고 부른 적이 없었다. 항상 마치 제삼자를 부르듯이 호칭했다.

'그분이라면 그런 짓을 하고도 남지. 원하는 건 모두 손에 넣어야 직성이 풀리는 사람이니까.'

론의 친부, 알시온의 국왕 베르너 밀라우스는 오만한 왕이었다.

알시온의 왕실에서 드물게 적장자로서 왕좌를 이어받았다. 완벽한 정통성을 갖추었고 왕재의 능력도 출중했다. 형제가 하나 있으나 나이 차이가 커서 위협이 되지 않았다.

세상을 발아래 깔아 보던 오만한 왕이 사랑에 빠졌다. 왕은 연인을 아내로 맞이하고 싶었다. 하지만 그녀는 신분과 지위가 형편없었다.

주변에서는 정 원하시면 후궁으로 들이라고 읍소했으나 왕은 고집을 부렸다. 제 여자를 반드시 왕비 자리에 앉히기 위해 방법을 모색했다.

'왕실 대대로 내려오는 전설을 이용한 건 대단해.'

터무니없기도 하고 머리가 좋기도 했다. 당시에 주변 사람들은 얼마나 어이가 없었을까. 왕이 주장하는데 말도 안 되는 억지를 부리지 말라고 할 수는 없고, 그렇다고 순순히 인정하는 것역시 어려웠을 것이다.

'어머니께 독특한 능력이 있었던 것은 맞아. 내 눈으로 봤으니까. 하지만 대단한 건 아니었지.'

대단찮아도 평범한 사람은 가질 수 없는 힘이었다. 왕의 주장에 힘을 실어 주는 근거는 되었을 것이다. 적당히 그럴듯한 거짓 정보를 덧붙이는 일은 간단했을 것이다.

왕은 론의 모친, 세레니티를 여신의 환생이라고 주장했다. 많은 반대를 무릅쓰고 결국 국혼을 강행했다.

'정말 어머니를 사랑했을까.'

처음에는 어쩌면 사랑이었을 것이다. 주변에서 말리니까 왕으로서의 고집과 자존심이 발동했을지도 모르지만, 어쨌든 모든 반대를 물리치고 국혼을 치렀다.

하지만 론이 기억할 무렵에는 이미 그런 순수한 감정이 아니었다.

애정으로 착각하는 집착. 그게 얼마나 거대한 폭력이 될 수 있는지 직접 경험했다.

사람들은 모두 그의 아버지가 그의 어머니를 지독히 사랑했다고 말했다. 어린 마음에도 그들의 말을 이해할 수 없었다. 사랑이란 괴롭히고 망가뜨리는 감정을 말하는 것인가.

'어머니는 그분을 사랑했을까.'

론이 기억하는 어머니는 소박하고 내성적인 사람이었다. 왕비로서의 삶을 즐길 줄 몰랐다. 론이 기억할 무렵부터 별궁에 틀어박혀 정원을 가꾸며 살았다.

적어도 어머니는 왕비의 자리를 욕심낼 사람은 아니었다. 그게 문제였다. 어머니는 아버지의 옆자리를 견디지 못했다. 그리고 아버지는 그런 어머니를 이해하려고 하지 않았다.

'난 그분과 달라.'

애정과 집착을 착각하지 말라는 줄리오의 마지막 한마디가 날카로운 비수처럼 그의 가슴속을 헤집었다.

'그런 비뚤어진 애정이 아니야. 난 아델이 행복해질 수 있도록 지켜봐 주고 싶을 뿐이야.'

아델을 외부에 노출하지 않는 건 아델을 위해서였다. 보석은 존재를 아는 사람이 적을수록 안전하게 지켜질 테니까.

'가두는 게 아니라고.'

아델이 문을 열고 나가겠다고 하면 막을 사람은 없었다.

하지만 열리는 문이 존재하는지도 모른다면? 문 바깥에 다른 세상이 있다는 사실을 감추고 알려 주지 않는다면?

론은 자신의 주장에 커다란 허점이 존재한다는 것을 알고 있었다. 그래서 줄리오의 비난이 귓가에서 사라지지 않았다.

*   *   *

전당을 당분간 이용할 수 없게 되면서 많은 모임이 취소되거나 전당의 수리가 끝난 후로 미루어졌다. 그러나 사교계의 시계는 멈추는 날이 없었다. 저택을 개방하거나 고급 음식점을 빌려 파티는 꾸준히 열렸다. 그래도 예년에 비해서는 많은 사람이 모일 자리가 좀처럼 없었다.

매년 늦봄 열리는 마창 시합에 이번에는 유독 사람들이 몰린 이유였다.

수도의 경기장에서 벌어지는 마창 시합은 3년마다 열리는 검술 및 마창 대회보다는 규모가 작았다. 참가자의 신분도 제한이 있었다. 지난해에 기사 서임을 받은 신입 기사만 참가할 수 있었다.

규모가 크지 않아도 원래 평소에 꾸준한 관심을 받는 시합이었다. 여기서 두각을 나타낸 기사는 대부분 장차 기사로서 이름을 날렸다.

경기장이 아주 잘 보이는 특별석은 백 석이 채 안 되었다. 자리를 차지한 자들은 모두 이름만 대면 알 만한 가문의 사람들이었다.

시합은 이제 결승전만을 남겨 두고 3, 4위를 가리기 위한 참가자들이 경기장의 양 끝에서 준비 중이었다.

"내기 안 할래? 우승자가 누구일지."

마틴이 말하자 트래버가 코웃음 쳤다.

"우리 둘 다 같은 사람에게 걸 텐데 내기가 성립이 되겠냐?"

오늘의 우승자는 그들의 친구, 캘빈 코우가 될 것이라고 두 사람은 확신했다.

"그럼 누군가는 반대쪽에 걸어 줘야지. 안 그래?"

마틴이 붉은 머리의 청년에게 말하자 잠자코 둘의 말을 듣고 있던 레슬리가 대답했다.

"그건 그렇지. 난 캘빈에게 걸 테니까 둘이 반대쪽에 걸면 되겠네."

"우리가 왜 반대쪽이야?"

"내가 먼저 캘빈에게 걸겠다고 했으니까. 누군가는 반대쪽에 걸어야 한다고 말한 사람은 너고."

두 사람은 레슬리에게 야유를 보냈다.

"너 이런 녀석이 아니었잖아. 레슬리."

"마틴 네가 안 좋은 물을 들인 탓이야."

"누구 탓을 해. 레슬리와 가장 많이 놀러 다닌 사람은 너거든?"

서로를 비방하는 두 사람을 보며 레슬리는 쿡쿡 웃었다. 레슬리는 요즘 좋은 친구들과 어울리는 재미에 빠졌다. 고국에서는 항상 후작 가문이라는 배경을 보거나 그의 형을 만나기 위한 징검다리로 이용하려는 자들이 접근했다. 웃어도 웃는 게 아니었고 말 한마디도 항상 조심스러웠다.

레슬리는 하란에서 유학생으로 지내면서 진정한 자신을 찾은 것 같았다. 그의 고국 알시온 왕국은 하란과 어떤 연결점도 없었다. 처음에는 그게 약점이 되어 외톨이였다. 결과를 생각하면 오히려 잘되었다. 아무 이해득실을 생각하지 않는 진짜 친구를 사귈 수 있었다.

"좋아. 그러면 지금 시합에서 누가 이길지 내기하자."

"흠. 좋아."

마틴은 갈색 머리를 골랐고, 트래버는 금발 머리를 골랐다. 넌 어쩔 테냐. 두 사람의 시선을 받으며 레슬리는 고개를 저었다.

"난 통과. 도박은 절대 하는 게 아니라고 하셨지. 우리⋯⋯."

"또 그 형님이냐!"

마틴이 지긋지긋하다는 표정을 지었다.

"넌 말이야. 어린애도 아니고 툭하면 형님 타령이야. 너만 형 있냐?"

"레슬리는 내버려 두고. 그래서 뭘 걸 거야?"

마틴은 혈통 좋은 애마가 얼마 전에 낳은 망아지를 걸었고, 트래버는 값비싼 돈을 주고 제작한 방수 마법이 걸린 모자를 걸었다. 곧 시합이 시작되었다.

금발 머리의 기사가 환호하는 순간에 트래버도 환호했고 마틴은 절망적인 표정으로 비명을 질렀다.

결승전이 시작되기 전까지 휴식 시간이 주어졌다. 세 사람은 잠시 소음을 피해서 조용한 휴게실로 들어갔다. 특별석을 구매한 관람객을 위해 신경 써서 준비된 곳이었다. 휴게실에 들어오니 바깥의 소음이 전혀 들리지 않았다.

휴게실에는 이미 그들 외에 쉬고 있는 사람들이 많았다. 몇 명씩 모여서 낮은 목소리로 두런두런 대화를 나누었다. 그들이 무슨 이야기를 나누는지 대강 들렸다.

요즘 동부 사교계만이 아닌 모든 사교계에서 사람들이 모이면 같은 화제를 이야깃거리로 삼았다. 레바스 대가문이 성을 개방하여 파티를 개최한다는 소식이었다.

"저기 저 사람 보이지?"

사교계 마당발인 마틴은 금발의 미청년을 가리켰다. 청년의 주변에는 사람들이 모여 있었고, 청년이 입을 열자 사람들이 귀를 기울였다. 마틴은 청년에 대한 정보를 두 친구에게 속삭였다.

"서부의 대가문, 크리드 대가문의 후계 후보야. 아주 유력해. 라미아 크리드. 성주의 딸이지."

"여자라고?"

두 사람의 눈이 휘둥그레졌다. 하지만 놀라는 이유는 조금씩 달랐다. 트래버는 영락없이 남자 같아 보이는 외모에 놀란 것이고, 레슬리는 여자인데 후계 후보라는 사실에 놀랐다.

"하란에서는 후계로 삼는 데 성별에 차별을 두지 않는다는 말은 들었지만……."

"전혀 차별이 없지는 않아. 비슷한 능력이면 아들을 선호하는 편이지. 전혀 차별하지 않는 가문도 물론 있고."

"하지만 대륙에서는……. 내가 대륙의 모든 사정을 다 알지는 못하지만, 적어도 알시온에서는 불가능한 일이니까. 크리드 가문의 주인에게 아들은 없나?"

"라미아 크리드 위로 둘이 있는데 아마 배다른 형제일걸."

"그럼 후계가 정해지면 다른 사람은 어떻게 돼?"

"뭘 어떻게 돼. 후계가 못 되는 거지."

"그냥 그걸로 끝이야?"

레슬리의 물음에 오히려 마틴이 반문했다.

"끝이 아니면 뭐."

"후계가 된 쪽이 다른 경쟁자였던 형제들을 살려 둬?"

트래버가 기가 막힌다는 듯 웃으며 말했다.

"그럼 죽여?"

"응. 대륙에서는."

마틴과 트래버는 서로를 마주 보다가 입을 다물었다. 마틴이 진지한 표정으로 레슬리의 어깨를 두드렸다.

"레슬리. 우리 집에 빈방 많아. 평생 객식구 한 명은 먹이고 재워 줄 수 있다."

레슬리는 의아해하다가 이내 말뜻을 알아차리고 웃었다.

"내 얘기는 아니야. 우리 형님은 그럴 분이 아니야. 어차피 형님은 가문을 이어받았고 난 욕심내 본 적도 없어."

진심으로 안도의 숨을 내쉬는 둘을 보며 레슬리는 고맙기도 하고 이상한 오해를 받은 것이 민망하기도 했다.

"내 얘기는 아니지만, 그런 일이 일어나는 걸 봤지."

"후계가 되었다고 형제를 죽인 거냐?"

"좀 더 악질이야. 어머니가 아들을 죽였으니까."

레슬리는 이곳이 고국이었다면 절대 하지 않았을 이야기를 꺼냈다. 고국에서 함부로 말했다가는 왕실을 모독했다며 잡혀 들어갈 것이다. 알시온을 떠나온 지 오래되어서인가, 아니면 거리가 멀어지니 마음도 멀어진 것인가. 왕실에 대한 존경심과 고국에 대한 유대감이 느슨해진 기분이 들었다.

"어머니가 아들을?"

"대체 왜?"

"친모가 아니야. 계모가 전 부인의 아들을 죽였지. 자신이 낳은 아들을 위해서."

마틴과 트래버는 납득했다.

"있을 법하군."

"원래 사람의 욕심이 커지면 무서운 일을 저질러. 하란도 마찬가지야. 사람 사는 곳은 다 그래. 다만 여기서는 살인처럼 명백한 죄는 저지르지 못해. 마법사가 있으니까. 마법사는 땅의 기억을 불러낼 수 있으니 완전 범죄가 불가능하지."

"맞아. 그래서 교묘하게 법망을 피한 교활한 수법이 기승을 부려."

"대륙에도 마법사가 있었다면 좋았을 텐데……. 모든 정황이 의심스러웠지만, 증거가 없었어. 그 사건은 그냥 흐지부지 묻히고 말았지."

레슬리는 쓴웃음을 지었다. 나이 차이가 나는 형을 무척 존경하고 좋아했다. 아버지보다 형이 더 대단해 보였다. 세상에서 가장 완벽하고 강한 줄 알았던 형이 그토록 고통스러워하는 모습은 처음 보았다. 거대한 늑대 앞에 엎어져 서럽게 우는 형의 뒷모습이 아직 눈에 선했다.

"그럼 진실이 아직도 밝혀지지 않은 거야?"

"앞으로도 밝혀지지 않을 거야."

"네 형에게 말해 봐. 알시온에서 상당한 영향력이 있는 후작 가문의 주인이라면서."

"형이 손댈 수 있는 영역이 아니었어. 왕실에서 벌어진 일이니까."

"왕실이라면 죽은 사람이 그럼……."

"국왕 폐하의 적장자였지."

"너와 잘 아는 사이였나 봐?"

레슬리의 표정에서 아쉬움을 읽은 트래버가 물었다.

"난 아니고. 형님이 그분을 아주 좋아했거든."

"서로 죽이는 정도는 아니어도 대가문의 후계 다툼 역시 상당히 격한 편이야."

"맞아. 대가문마다 가풍에 따라 조금씩 다르지. 가능하면 장자에게 물려주는 곳도 있고 철저하게 능력 위주로 후계를 선발하는 가문도 있고."

"동부는 어때?"

레슬리의 질문에 마틴이 대답했다.

"동부의 레바스는 특별해."

트래버가 맞장구쳤다.

"특별하고말고. 레바스는 후계 다툼이 벌어진 적이 없어."

"어떻게 그게 가능하지?"

"이유는 단순해. 레바스는 후계 후보가 둘이 된 적이 없어. 아마 대가문 중에서 유일하게 방계가 없을걸."

"전대 성주께서 아들을 둘 낳으셨지만, 한 분은 성년이 될 무렵에 사고로 돌아가셨지. 결국, 후계는 한 분만 남게 되었고. 솔직히 지금껏 가문을 유지한 게 용한 일이야. 하나뿐인 후계자라니. 위험 요소가 많잖아."

두런두런 떠드는 사이에 휴식 시간이 끝났다. 휴게실에 있던 사람들은 모두 결승전을 보기 위해서 관람석으로 나갔다.

시합장의 양쪽 끝에서 결승전에 오른 두 명의 기사가 말 위에 올라탔다. 화려한 방어구를 걸친 말은 머리에 뿔이 달린 투구를 씌워 상대에게 압박감을 주었다.

말에 걸친 방어구가 기사를 구별했다. 한쪽은 검은색이고 한쪽은 짙은 푸른색이었다.

기사들은 몸에 빈틈이 보이지 않도록 은색의 갑옷을 입고 멋스러운 깃털이 달린 헬멧을 썼다. 방어구에 마법이 걸려 있어서 낙마하거나 강한 충격을 받아도 부상을 최소화할 수 있도록 안전장치가 마련되어 있었다.

도우미가 나무로 만든 거대한 렌스를 말 위에 올라탄 기사의 손에 건네주었다. 기사는 한 손으로 고삐를 잡고 한 손으로 렌스를 쥐어야 한다.

렌스의 무게가 만만치 않았기 때문에 한 손으로 렌스를 쥐고 말 위에서 균형을 잡아 달려가는 것만으로도 적지 않은 훈련이 필요했다.

양쪽에서 기사들이 출발 준비를 마쳤다. 시합 직전의 긴장감은 대단했다. 모든 관람객이 숨을 죽였다.

삐익.

출발 신호가 울렸다. 양 끝에서 두 기사가 렌스를 세우고 말의 옆구리를 툭 쳤다. 달려가는 말의 속도에 순식간에 가속이 붙었다. 서로에게 달려가는 기사들의 간격이 눈 깜짝할 사이에 좁혀졌다.

콰직.

요란한 소리와 동시에 관람석에서 탄성이 터졌다. 맞부딪친 렌스는 유효한 공격이었으나 누구도 상대방에게 치명적인 타격을 주지는 못했다. 둘 다 말 위에 올라탄 채 속도를 죽이고 고삐를 잡아당겨 말을 뒤로 돌게 했다.

첫 충돌은 대개 상대방을 파악하는 준비 과정이었다. 그래서 적당히 힘을 빼고 공격했다. 첫판에서 승부가 나는 경우도 종종 있지만, 결승전까지 올라오는 시합이라면 양쪽 모두 실력자이기 때문에 단숭 승부는 거의 발생하지 않았다.

곧바로 시합이 재개되었다. 신호음과 동시에 말이 달려 나갔다.

푸른 방어구를 걸친 말 위에 탄 기사가 렌즈를 상대방을 향해 곧바로 찔러 넣었다. 상대 기사는 마치 예상했다는 것처럼 슬쩍 피하면서 상대방의 가슴을 비스듬히 렌즈로 찔렀다.

양쪽에서 달려오는 말이 스쳐 지나가는 짧은 순간에 이루어진 빠른 공방이었다.

가슴에 공격을 허용한 기사는 달리던 말에서 자세가 흐트러지며 바닥으로 떨어졌다. 벗겨진 기사의 헬멧이 데구루루 굴러가다가 멈추었다.

"그렇지!"

트래버가 벌떡 일어나며 소리쳤다. 동시에 관람객들의 함성이 터졌다.

흑색의 방어구를 걸친 말 위에 오른 기사가 렌즈를 공중으로 높이 올렸다.

"녀석, 해낼 줄 알았다니까."

"당연하지."

세 청년이 친구의 승리를 기뻐하며 있는 힘껏 손뼉을 치고 환호성을 질렀다. 승리의 주인공이 헬멧을 벗자 흑발의 청년이 얼굴을 드러냈다. 다시 한 번 함성과 휘파람 소리가 요란하게 울렸다.

"꺄아아악! 멋져요, 코우 기사님! 최고예요!"

관람객 속에 섞여서 멜이 목이 터져라 비명을 질렀다. 아델 덕분에 난생처음으로 수도에서 개최하는 마창 시합을 구경하게 된 멜은 응원하던 사람이 승리를 거머쥐자 완전히 흥분했다.

하지만 소리를 지르는 사람이 멜뿐만은 아니었기에 그녀가 유독 눈에 띄는 것은 아니었다.

시상식을 준비하는 가운데 사람들 사이에서 오늘의 우승자에 대한 정보가 나돌았다.

"마커스 코우의 아들이라며?"

"역시."

대부분 캘빈 코우의 이름을 듣고 납득하며 고개를 끄덕였다.

시상대에 올라선 캘빈이 들고 있는 렌스의 윗부분에 하얀 손수건이 묶였다. 그걸 보며 트래버와 마틴이 수군거렸다.

"분명히 저거 어머니가 만들어 주신 걸 거야."

"그렇겠지. 내가 알기로는 저 녀석에게 손수건을 만들어 줄만한 여자가 없어."

우승자를 향한 관심만큼이나 우승자의 창대 끝에 묶이는 손수건을 누가 만들었는가도 관심의 대상이었다. 시상식이 끝나고 사회자는 간략하게 소감을 물은 후에 곧바로 손수건에 대한 질문을 던졌다.

"손수건을 선물한 분께서는 오늘 이 자리에 오셨습니까?"

"아닙니다. 개인 사정으로 오늘 오지 못했습니다."

음성이 증폭되는 마법 물품을 통해 두 사람의 목소리는 선명하게 넓은 시합장 곳곳으로 울려 퍼졌다.

"혹시 가족이 만들어 주신 손수건은 아니겠지요?"

"아닙니다."

"승리의 영광을 장식한 손수건을 구경하고 싶군요."

강제는 아니었으나 지금껏 거부한 사람은 없었다. 거부했다가는 두고두고 말이 돌 것이다. 아마 사람들은 캘빈 코우를 기억할 때 '마창 대회에서 우승해서 손수건 공개를 거부한'이라는 수식어를 붙일 것이다.

캘빈은 렌스에 묶인 손수건을 풀어서 사회자에게 보여 주었다.

"오, 귀여운 꽃이 수 놓였군요. 작게 이름도 보입니다. 스톤. 레이디 스톤인가요? 꽃 자수만큼이나 귀여운 아름다운 숙녀분일 것 같습니다."

트래버는 기가 막혀 중얼거렸다.

"스톤? 도대체 누구야?"

손수건을 만든 사람이 캘빈의 어머니가 아니라는 사실에 마틴 역시 충격을 감추지 못했다.

"이럴 수가. 여자라니. 저 녀석에게?"

멜은 손으로 입을 가리고 피식 피식 웃었다. 마치 자신의 이름이라도 불린 것처럼 얼굴이 화끈거렸다.

'아가씨도 오셨으면 좋았을 텐데.'

원래는 오고 싶어 했으나 결국 함께 오지 못해서 몹시 실망하고 있을 아가씨를 떠올렸다. 오늘 보고 들은 현장의 생생한 감동을 남김없이 기억해서 전해 드리기 위해 멜은 더욱 눈을 부릅떴다.

3장
변화

아델은 뾰로통한 표정으로 소파에 앉아 책장을 넘겼다. 내용이 제대로 머릿속에 들어오지 않았다.

지난 며칠 동안 그녀는 무척 시간이 많아졌다. 예정된 그녀의 모든 수업이 전부 취소되었기 때문이다. 하지만 여유로운 하루가 전혀 즐겁지 않았다.

'독재자 같으니라고.'

그녀의 마음속에는 론을 향한 분노가 부글부글 끓어올랐다.

'내 의사는 물어보지도 않고.'

그는 아델의 수업을 일방적으로 다 취소시키고 교수들을 장기간 휴가 보내 버렸다.

'나가지도 못하게 하고!'

오늘 개최되는 마창 시합에 가고 싶었다. 자라지 않는 병이 다 나았으니까 거리낄 것이 없었다. 친구의 시합을 응원하고 친구에게 달라진 자신의 모습도 보여 주고 싶었다. 이제는 캘빈과 함께 있어도 그녀를 캘빈의 어린 동생으로 본다거나, 캘빈이 아이 돌보기를 하고 있다고 생각하는 사람은 없을 것이다.

그런데 예상하지 못한 복병이 있었다. 그는 아델의 외출을 허락하지 않았다.

「내가 시간을 내기가 어려워. 오늘은 안 되겠다.」

「레온이 함께 가지 않아도 괜찮아요. 혼자 다녀올 수 있어요.」

「혼자 수도에 다녀오겠다고?」

「혼자는 아니에요. 멜도 같이 갈 거예요. 기사들과 같이 가도 괜찮아요. 단독 행동하지 않을게요.」

아델은 집무실 책상 앞에서 두 손을 모아 쥐고 간절하게 그를 보았다. 그가 살짝 미소를 지었을 때는 이제 되었다고 생각했다. 하지만 활짝 웃는 아델에게 론은 단호한 거절의 답을 돌려주었다.

「안 돼.」

「레온!」

몇 번 더 매달렸으나 대답은 바뀌지 않았다.

그는 평소에 아델의 부탁을 대부분 들어주었다. 하지만 드물게 허락하지 않을 때는 아주 단호했다. 그런 경우에 그는 결정을 번복하는 일이 없었다.

아델은 결국 포기하고 집무실에서 나왔다. 그럼 자신도 가지 않겠다는 멜을 억지로 떠밀어 보내면서 나 대신 잘 보고 오라고 말했다.

'이게 뭐야.'

아델이 진짜 속상한 이유는 따로 있었다.

'몸이 자라도 달라진 게 없잖아.'

그는 여전히 보호자의 위치를 굳건히 지키고 있었다. 변함없이 아델을 아이로 취급하며 모든 행동을 간섭하려 했다. 오히려 더 심해졌다. 정원에도 나가지 못하게 하고 거의 완공되었다는 연구실을 보러 가지도 못하게 했다.

"아가씨. 점심이 준비되었습니다."

멜이 자리를 비워서 다른 하녀가 들어와 알렸다.

'굶을까?'

그에게 화가 났다는 표시를 낼까. 하지만 식사 거부는 너무 어린애 같은 항의 방식이었다.

아델은 방을 나와서 식당으로 향했다. 마침 식당 앞에서 론과 마주쳤다. 아델은 그를 새침하게 노려보다가 고개를 홱 돌리고 안으로 들어갔다.

'단단히 골이 났군.'

론은 쓴웃음을 지었다. 하지만 안 되는 일은 안 되는 거다. 수
도라니. 그것도 마창 시합이라고? 아델이 그런 곳에 모습을 드
러내면 어떤 일이 벌어질지 빤히 보였다. 온갖 놈들이 들러붙어
순진한 아델을 꾀려고 수작을 부릴 것이다.

'외출을 막는 것도 한계가 있을 텐데.'

어린아이의 몸에서 벗어난 아델은 자신감이 충만해졌다. 그
의 울타리에서 벗어나려고 자꾸 틈을 노렸다. 요즘 그의 최대 고
민거리였다.

그의 선택지에 울타리의 문을 열어 주는 방법은 없었다. 어떻
게 하면 울타리를 더 높고 튼튼하게 만들까, 아예 울타리가 존재
하는지 인식할 수 없도록 넓게 칠까 고민 중이었다.

시름에 잠긴 주인의 어깨너머로 제드는 안 보는 척 아델을 흘
끔거렸다.

'내 눈으로 봐도 참 믿기지 않아.'

볼 때마다 놀란다.

갑자기 자라 버린 아델의 모습은 주변 사람에게만 공개한 상
태였다. 두 명의 집사와 시중을 들기 위한 최소한의 고용인, 외
부인으로는 옷을 새로 만들기 위해 방문한 디자이너 르네젤이
유일했다.

'이제 두 분은 어떤 관계가 되는 거지?'

제드만 궁금해하는 것이 아니었다. 두 사람을 바라보는 주변의 시선에 호기심이 생겼다.

론과 아델은 누가 봐도 남자와 여자였다. 더구나 나란히 서면 그림처럼 어울리는 선남선녀였다. 주변의 누구도 얼마 전까지 아델이 아이의 모습이었다는 사실을 전혀 중요하게 생각하지 않았다.

아델은 식당에서 의자에 앉을 때마다 몸이 달라진 것을 새삼 느꼈다. 전에는 발받침을 밟고 올라가서 의자에 앉았다. 어린 몸이었을 때는 공중에 떠 있던 발이 이제는 바닥에 닿았다.

좋기도 하고 낯설기도 하고 알쏭달쏭했다.

식사 시간은 조용했다. 후식이 나올 때까지 아델은 한 마디도 말하지 않았다. 먼저 입을 연 사람은 론이었다.

"아델. 우리 이야기 좀 할까?"

아델은 후식으로 나온 꿀에 절인 과일을 입에 넣고 대답이 없었다. 길지 않은 침묵에 긴장감이 돌았다.

모르는 척하면서 주변의 고용인들은 미묘한 기세 싸움을 주시했다.

"무슨 이야기요?"

아델이 뾰로통하게 대꾸했다.

"뭐든. 계속 나와 말도 하지 않을 셈이야?"

하고 싶지 않다고 쏘아붙이려다가 아델은 참았다. 고용인들 앞에서 성주님의 체면을 깎을 수는 없었다.

"장소는 조용한 데로 바꿔요."

"그래. 내 서재로 가자."

지켜보던 제드는 으음, 하고 중얼거렸다.

'이미 저울추는 기울었군.'

혹시 했으나 역시였다.

서재로 들어와서 두 사람은 마주 앉았다. 아델은 일정 거리를 두고 떨어져 서 있는 제드를 흘끔 보았다.

'왜 내보내지 않는 거야?'

기다려도 론은 제드에게 나가 보라는 말을 하지 않았다.

아델은 짜증이 나서 입술을 깨물었다. 원래 그의 서재나 집무실에서 대화를 나눌 때는 항상 둘만 있었다. 그런데 요즘 그는 집사를 내보내지 않았다. 그렇다고 아델이 집사에게 나가라고 할 수는 없었다.

"다음에 수도 구경시켜 줄게. 그걸로 골내는 건 그만하자."

"수도 구경이 하고 싶었던 게 아니에요."

"그래. 마창 시합. 많은 사람이 모이고 어수선한 자리야. 초행 길인 데다가 그렇게 복잡한 장소에 가는 건 더 위험하지."

"마창 시합은 한 번뿐이에요. 다음은 없어요."

"그보다 큰 대회는 정기적으로 열려. 캘빈, 그 친구가 참석할 대회는 앞으로도 더 있을 거야."

"……."

둘만 있었다면 아델은 더 따졌을 것이다. 하지만 듣는 사람이 있다는 건 은근한 부담이 되었다.

"수도 구경 말고 다른 거 말해도 돼요?"

"뭔데?"

"성에서 열리는 파티에 참석하고 싶어요."

론의 눈이 순간 흔들렸다. 동시에 속으로 줄리오에게 욕설을 퍼부었다.

"아델."

"안 된다고 하지 마요."

"며칠 남지 않았어. 넌 아무 준비가 되어 있지 않잖아."

"거창하게 뭘 하겠다는 건 아니에요. 잠깐이라도 좋아요. 구경만이라도 하게 해 줘요."

화려한 파티 구경을 하고 싶은 마음도 있지만, 아델은 얼마나 아름다운 미녀들이 참석하는지 확인하고 싶었다. 하녀들의 수다를 꿈으로 꾼 뒤 멜에게 슬쩍 물어보았다.

「멜. 성에서 열리는 파티에서 성주님은 인기가 좋겠지?」

「당연한 말씀이죠.」

「성주님이니까? 대가문의 성주라는 지위가 그렇게 대단해?」

「대단하고말고요. 아가씨는 매일 뵈니까 잘 모르겠지만요. 그리고 제가 알기로는 대가문의 성주님들 중에서 우리 성주님이 제일 젊고 아마 유일하게 아직 결혼을 안 하셨다고 들었어요. 성주님을 노리는 여자들이 많을걸요.」

아델은 위기감을 느꼈다. 심지어 성주가 아니었을 때도 인기가 좋았다고, 줄리오는 말했다. 도대체 어떤 여자들이 참석하는지 알고 싶었다.

론은 뒷골이 지끈지끈 아팠다. 아델의 성년 생일까지 그리 멀지 않았다. 그때에 맞추어서 아델의 사교 데뷔를 계획했다.

아델에게 과도한 호기심 섞인 관심이 몰리지 않도록 적절히 여론을 조절하고 정식 데뷔 전에 작은 티파티 등에 두어 번 얼굴을 내밀게 할 생각이었다.

"네 생일에 파티를 개최할 거야. 이미 전당에 홀을 예약해 놨어."

아델은 놀란 눈을 깜빡거렸다. 전혀 생각지 못한 이야기였다.

"너도 완벽하게 준비해서 사교 무대에 데뷔하면 좋잖아. 그러니까 성에서 열리는 이번 파티는 넘어가자."

이번 파티는 공개 파티나 마찬가지였다. 초대장은 있지만, 무기명 초대장은 누구든 마음만 먹으면 구할 수 있었다. 누가 참석할지 전혀 알 수가 없었다.

론은 아델의 성년 파티는 기명 초대장만 발송하려 했다. 물의를 일으키지 않을 손님을 엄격하게 고를 것이다.

마음 같아서는 사교 데뷔고 뭐고 사람들 앞에 아델을 내보이고 싶지 않았다. 하지만 그의 보호자로서의 법적인 권리는 아델이 성년이 되기 전까지만 유효했다. 막을 수 없다면 차라리 하나부터 열까지 통제할 것이다.

지금 아델이 노출되면 어떤 돌발 상황이 발생할지 알 수 없었다.

아델은 잠시 생각에 잠겼다. 하지만 이어서 내놓은 대답은 론의 기대를 저버렸다.

"완벽하지 않아도 괜찮아요. 말했잖아요. 그냥 구경만 하고 싶어요."

"그게 그렇게 간단한 일이 아니야. 며칠 만에 네 드레스를 만들 수도 없고."

"만들어진 드레스도 있다고 들었어요. 그런 것도 상관없어요."

어릴 때부터 시마가 선물해 준 화려한 드레스가 수백 벌이었다. 과도한 풍족함의 반작용인지 아델은 옷에 대한 욕심이 그다지 없었다.

론은 한숨을 내쉬었다. 아델의 기분을 풀어 주려고 불렀다가 다시 원점이 되었다.

"성에서 열리는 파티는 안 돼."

아델의 눈이 커졌다가 눈가가 파르르 떨렸다.

"왜 이렇게 일방적이에요?"

화가 났다. 그는 뭐든지 안 된다고 한다. 그는 자신을 동등한 위치에서 봐 주지 않았다.

왜 안 되냐고 묻고 매달리고 부탁하는 일도 더는 하기 싫었다. 그녀는 벌떡 일어났다.

"레온도 말했듯이 곧 성년 생일이에요. 그때는 내게 이래라저래라 할 수 없어요. 내가 성년이 되는 날 가장 먼저 무엇을 할지 기대하세요."

협박 같은 한마디를 남기고 아델은 그대로 서재를 나가 버렸다.

론은 두 손으로 얼굴을 감싸며 고개를 푹 숙였다가 소파에 기대며 고개를 뒤로 젖혔다.

'진짜 화났네.'

쌀쌀맞은 말투도, 성년이 되면 두고 보자는 선언도 충격이었다. 아델의 변화는 단순히 몸만 자란 것이 아니었다. 이제 그의 품에 답삭 안기던 어린 소녀는 없었다. 그런 식으로 손을 댈 수도 없고 단둘이 있는 상황도 피했다.

내색하지 않아서 그렇지 사실은 짜증이 났다. 금단 현상에 시달리는 것처럼 갑갑했다. 이전처럼 아델을 옆에 앉히고 재잘거리는 소리를 들을 수 있으면 얼마나 좋을까.

아델의 부드러운 머리카락을 쓸어 넘기고 하얀 볼을 만지고 싶었다. 이제는 할 수 없다. 하면 안 된다.

* * *

늦은 오후, 성문이 활짝 열렸다. 성 안으로 밀려들어 오는 마차의 행렬이 끊이지 않았다. 예측을 넘은 많은 사람이 몰리자 마차를 통제하기 위해 이리저리 뛰어다니던 하인들이 감당하지 못하고 집사에게 달려왔다.

"불안하더니만 역시."

제드는 머리를 감싸 쥐고 끙끙댔다. 레바스 성은 넓이에 비해 고용인의 수가 많은 편이 아니었다. 정확히 필요한 만큼의 인력만 상주했다. 챙길 사람은 고작 두 사람, 성주님과 아가씨뿐이고 그들은 손이 많이 가는 분들이 아니었다.

그렇다고 며칠의 파티 때문에 추가 인력을 고용할 수는 없었다. 단 하루를 써도 깐깐한 조사를 통해 믿을 만한 사람만 안으로 들인다. 단기간에 그런 사람을 다수 구할 여력이 없었다.

현재 대부분 고용인은 연회장 내부에 배치해서 바깥으로 뺀 인원은 소수였다. 이대로는 마차들이 엉키다가 아수라장이 될 것이다.

"문제가 있소?"

성벽 위에서 살펴보다가 마차의 움직임이 원활하지 못하자 앨런이 확인하러 내려왔다.

"코우 경. 손이 부족해서 큰일 났습니다."

사정을 들은 앨런은 잠시 생각하다가 해결 방안을 제시했다.

"기사들을 동원하겠소."

"아, 감사합니다. 이제 한시름 놓겠습니다."

"위에서 보니 들어오는 마차가 끝이 없소. 마차를 모두 내성으로 들일 수는 없을 텐데 어쩔 셈이오?"

"아무래도 손님 명부에 따라 마차를 분류해야겠습니다."

마차를 어떤 방식으로 분류해서 통제할지 두 사람은 간단한 토론으로 결론을 도출했다.

레바스에서 뿌린 초대장은 크게 두 가지였다. 초대객의 이름을 명시한 초대장과 무기명의 초대장. 금색 봉투에 담은 기명 초대장은 중요한 손님에게만 발송했다.

금색 봉투의 초대장을 지닌 손님의 마차만 내성 출입문을 통과시키기로 원칙을 세웠다.

앨런이 기사들을 지휘하자 바깥은 빠르게 질서를 찾았다. 상당수의 마차는 외성에 세워졌고 탑승자는 마차에서 내려서 안으로 걸어 들어가야 했다.

상대적으로 우선순위에서 밀린 손님 중에 불평하는 자는 거의 없었다. 일부러 천천히 걸어 성 내부를 구경하며 즐거워하는 사람이 많았다.

중앙탑의 가장 높은 곳에 올라 아델과 멜은 밑을 내려다보며 감탄했다.

"저렇게 많은 마차는 처음 봐."

"저도 처음 봐요. 아가씨."

아델은 오전 내내 손님 맞을 준비를 마친 홀과 남쪽 탑을 돌아다니며 구경했다. 언제나 조용했던 성의 부산스러움이 낯설었다.

텅 비어 있던 홀의 한쪽 편에 테이블을 붙이고 곳곳에 소파를 놓고 구석구석 쓸고 닦느라 고용인들 전부가 정신없이 바쁘게 움직였다.

아델, 그리고 아델의 전담 하녀 멜, 두 사람만 성에서 가장 한 가했다.

'예쁘다.'

위에서 내려다보니까 귀부인들이 입은 드레스가 알록달록한 꽃 같았다. 풍성하게 퍼지는 드레스 자락이 거닐 때마다 흔들흔들 움직였다. 마차와 마차에서 내리는 손님들이 들어오는 모습만 계속 보는데도 질리지 않았다.

아델은 잔뜩 설레었다. 화려한 파티의 정경을 소설 속에서만 접하며 상상했다. 실제로는 처음이었다.

'나도 구경하고 싶어.'

부풀어 오른 기대가 푸시시식 바람 빠지는 소리를 내며 푹 가라앉았다. 바로 눈앞에서 벌어지는 파티를 외면해야 하는 건 잔인했다.

'차라리 눈을 감았다가 떴을 때 파티가 끝나 있었으면 좋겠어.'

해가 저물어 마차의 모습이 잘 보이지 않게 될 무렵에 아델은 침실로 돌아왔다. 저녁 식사를 멜이 챙겨서 응접실로 가지고 들어왔다.

멜은 아델의 표정을 조심스레 살폈다.

'속상하시겠다. 난 이따가 몰래 구경하러 가면 되지만…….'

아가씨는 밑에서 화려한 파티가 벌어지는데 홀로 조용한 침실에서 잠들어야 한다.

아델은 수프 접시 안을 숟가락으로 젓다가 뚱하게 물었다.

"레온은?"

"아……. 성주님께서는 오늘 저녁을 따로 드시지 않으신대요. 지금 한창 홀로 내려갈 준비하시는 중일 거예요."

멜은 아델이 성주의 이름을 부르는 순간 움찔 놀랐다. 어린 소녀의 모습으로 부를 때와 다 자란 숙녀가 되어 부를 때 듣는 입장에서 뭔가 달랐다.

소녀 아델이 '레온'이라고 부르면 흐뭇했다. 두 분의 격의 없는 친밀함이 느껴져서 다행이라고 생각했다. 성주님이 아가씨를 아껴 주셔야 아가씨가 성에서 대접받을 수 있으니까. 그러나 상황이 달라졌다. 아델은 이제 소녀가 아니었다.

'으음. 남녀 사이에는 함부로 이름을 부르는 게 아닌데.'

아가씨에게 이제 조심하셔야 한다고 말을 해야 하나, 괜한 오지랖인가 고민했다.

'근데 아가씨가 여자……인가? 여자가 맞지. 이제 곧 성년이시고, 자라지 않는 병도 나았잖아. 근데 아직 달거리는 시작 안 하셨는데……. 으음.'

멜은 근본적인 의문을 해결하지 못하고 혼란에 빠졌다.

별 투정은 없이 제대로 식사를 다 하는 아델을 보며 멜은 슬며시 웃었다.

'겉모습이 바뀌어도 아가씨는 아가씨인데, 뭐.'

식사를 마치고 아델은 베개를 품에 안은 채 침대에 앉았다.

"멜. 이제 나가 봐."

"네? 벌써 주무시려고요?"

"가서 구경해. 여기서 나와 둘이 할 일도 없잖아. 한 사람이라도 재밌게 보내야지."

'아, 정말 착한 우리 아가씨.'

가슴이 찡했다. 아가씨를 위해서 뭐든 하고 싶다는 욕구가 마구 솟구쳤다.

'성주님이 너무하셨어. 왜 구경하지 못하게 하시는 거야.'

"아가씨. 이따가 몰래 구경 가실래요?"

"어떻게?"

"누구도 아가씨라는 것을 모르면 되잖아요. 변장을 하는 거예요. 제가 도와 드릴게요."

멜은 개구쟁이 소년처럼 웃었다. 마틸다 집사가 봤다가는 사고 치기 직전의 불길함이 느껴진다고 잔뜩 경계했을 것이다.

아델이 혹하는 표정으로 망설였다.

"저한테 맡겨 주세요."

자신만만하게 큰 소리 치고 잠시 사라진 멜이 잔뜩 이것저것 챙겨 들어왔다.

"이건 홀에서 잡무를 담당하는 하녀 의상이에요."

바닥 청소나, 빈 그릇을 치우는 등의 자질구레한 정리를 맡은 하녀들이 입는 의상은 눈에 띄지 않도록 무채색으로 제작했다.

"대충 아가씨께 맞을 거예요."

아델이 옷을 다 갈아입고 나자 멜은 손등을 이마에 대고 과장된 몸짓으로 비틀거렸다.

"세상에. 옷이 날개가 아니라 아가씨가 옷에 날개를 달아 주네요."

무채색의 옷을 입으니 오히려 금발이 더 화려하게 빛났고, 뽀얀 피부는 더 두드러졌다.

"좋아요. 어디 해보자고요."

멜은 두 팔을 걷어붙이고 추녀 만들기 작전에 돌입했다. 아델의 허리에 옷을 몇 겹을 둘렀다. 두툼한 조끼를 입히고 품이 넉넉한 의상을 입게 했다. 전체적으로 아델의 체형이 다소 살집이 있는 밋밋한 몸이 되었다.

"옷은 대충 됐군요."

"저기, 멜. 좀 더워. 움직일 때도 둔하고."

"아가씨. 모든 일에 대가는 있는 거예요. 지금 아가씨는 누구보다도 못생겨야 한다고요. 눈에 안 띄도록! 누구도 알아보지 못하게!"

멜의 기백에 밀려 아델은 고개를 끄덕였다. 예뻐지기 위해서가 아닌 못생기기 위해서라니, 참 이상하다고 생각하면서.

"아가씨의 머리카락도 손을 써야겠어요."

멜은 붉은 가루를 물에 개었다. 걸쭉하게 변한 적갈색 액체를 아델의 머리카락에 발랐다. 빗으로 빗기며 머리 위통과 정수리 부근만 꼼꼼하게 발랐다.

"염색약인데 감으면 다 씻겨요. 근데 꼼꼼히 감아야 해서 이따가 도와 드릴게요."

"냄새가 이상해."

"마르면 거의 사라질 거예요."

아델의 머리를 묶은 후 뒷부분을 땋아서 둥글게 말아 위로 올렸다. 염색은 윗부분만 했기 때문에 올린 머리는 금발 그대로였다. 머리에 두건을 씌우자 금발이 감추어지면서 정수리 부근만 드러났다.

"마무리를 해 볼까요?"

멜은 아델의 피부보다 어두운 색조의 화장품을 얼굴 전체와 목까지 발랐다. 하얀 피부는 어딘지 모르게 탁하고 어두운 피부가 되었다. 붉은 입술에 회색빛의 화장품을 바르자 생기가 죽고 말라 보이는 입술이 되었다.

아델의 얼굴을 요리조리 살펴보다가 멜은 고개를 저었다. 아직 부족했다. 눈 밑에 음영을 짙게 주고 콧등과 볼에 주근깨를 다닥다닥 찍어 그렸다.

딸랑딸랑, 멜의 품속에서 종소리가 울렸다. 두 사람의 몸이 순간 경직했다. 멜은 주머니에서 자갈처럼 둥근 알람을 꺼냈다.

멜의 알람은 아델의 응접실 테이블에 있는 종과 연결되어 있었다. 지금 응접실에 누가 들어와서 종을 흔들었다는 것이고 그럴 만한 사람은 한 사람뿐이었다.

"서…… 성주님이세요."

"어떡해."

두 사람은 하얗게 질린 얼굴로 서로를 마주 보았다.

"아가씨. 침대로 가세요. 어서."

아델은 얼른 침대 위로 올라가서 이불을 뒤집어썼다.

"성주님이 밖에서 부르셔도 절대 나오지 마세요. 아시겠죠?"

"응."

멜은 침실의 불을 끈 후 문을 열고 응접실로 나갔다. 응접실에 서 있는 성주님을 보고 눈이 커졌다. 검은 연미복을 차려 입은 성주의 모습을 보자마자 침이 꼴깍 넘어갔다. 더 샅샅이 구경하고 싶은 욕망을 누르고 고개를 숙였다.

"부르셨습니까? 성주님."

"아델은 자는 건가?"

론은 멜이 문을 열고 나오는 뒤쪽으로 침실 안이 어두운 것을 눈여겨보았다.

"예. 막 잠이 드셨습니다."

"벌써?"

"아가씨께서 기분이 별로 좋지 않으신 것 같습니다."

잠시 성주는 아무 말이 없다가 조심스레 물었다.

"많이 안 좋아 보였나?"

멜은 문득 지금 성주의 표정을 보고 싶었다. 하지만 감히 고개는 듣지 못하고 대답했다.

"속상해하셨지만, 크게 내색은 하지 않으셨습니다."

론은 닫힌 침실 문을 바라보았다. 며칠 내내 아델은 찬바람이 쌩쌩 불었다. 함께 식사하자고 해도 거절하고 침실에 틀어박혀 얼굴도 보여 주지 않았다.

'시간이 지나면 화가 풀릴 줄 알았는데.'

아델의 의도가 그를 괴롭히려는 것이었다면 훌륭히 성공했다. 이대로 계속 남처럼 지내려고 그러나, 속이 탔다.

그는 침실 안으로 들어가지 못했다. 곧 성년이 되는 미혼 아가씨의 침실은 가족이라고 해도 함부로 들어가서는 안 된다.

하지만 그는 불과 얼마 전까지 거리낌 없이 아델의 침실에 드나들었다. 침대 맡에 앉아 책을 읽어 주고 가끔 잠든 아델을 보러 들어가서 이부자리를 정돈해 주기도 했다.

지금 똑같은 짓을 하면 파렴치한이 되어 버린다.

달라진 건 아델이 자랐다는 사실뿐이었다. 그런데 아주 많은 것이 바뀌었다. 변화가 너무 급작스러웠다.

"성이 어수선하다. 자리를 비우지 말고 아가씨 곁을 지켜라."

"예. 성주님."

론이 나가고 나서 멜은 안도의 숨을 내쉬었다.

'십년감수했다. 침실 안으로 들어가실까 봐 조마조마했네.'

멜은 침실 안으로 들어가서 불을 켜고 아델의 곁으로 쪼르르 달려갔다.

"가셨어요. 아가씨."

"그래……."

아델은 안도하는 마음이 반, 실망하는 마음이 반이었다.

멜은 상기된 표정으로 두 손을 맞잡고 몸을 배배 꼬았다.

"아아 정말! 연미복을 입으신 성주님은 정말 최고로 근사해요."

"정말? 나도 보고 싶다."

"아가씨는 직접 가서 보시면 되잖아요."

멜은 아델의 손을 잡아끌어 거울 앞에 세웠다.

"와아."

아델은 거울에 비친 제 모습을 보고 감탄했다. 붉은 갈색 머리카락에 거무스름한 피부를 가진, 주근깨가 잔뜩 돋은 여자가 거울 속에 있었다.

"대단해. 멜. 정말 다른 사람 같아."

놀라워하는 아델과 다르게 멜은 불만족스러웠다.

"곤란하네요. 아무리 해도 아가씨는 예뻐요. 이래서는 눈에 띄겠어요."

어떤 화장으로도 긴 속눈썹 아래 커다랗고 푸른 눈망울을 감출 수 없었다. 오밀조밀하고 균형 있게 자리 잡은 이목구비는 그림처럼 단정했다. 누구나 관심 있게 자세히 들여다보면 짙은 피부색과 주근깨에 감추어진 미모를 알아차릴 것이다.

"아가씨를 제가 모시고 다녀오려고 했는데 전 못 가겠어요.

성주님께서 저보고 여기서 꼼짝하지 말라고 하셨거든요."

"같이 가자. 멜."

"홀에서 성주님께 들키면 전 죽어요. 아가씨."

"그럼 나도 안 갈래."

"이렇게 변장까지 했는데 아깝잖아요! 할 수 있어요. 눈에 띄지 않게 아가씨가 노력하시면 돼요. 절 잘 보고 저처럼 해 보세요. 시선을 내리고 어깨는 아래로 늘어뜨리고요. 아뇨, 아가씨. 더 어깨에 힘을 빼셔야죠."

멜은 아델의 자세를 교정하기 위한 짧은 훈련에 들어갔다.

*　　*　　*

중앙탑 1층의 널찍한 홀은 평소에는 광활하게 느껴질 정도로 넓었다. 오늘은 몰려든 사람들로 발 디딜 틈이 없었다.

홀의 한쪽 편에서는 악단이 연주를 멈추지 않았다. 부드럽고 잔잔한 음악이 적당히 분위기를 돋웠다. 한쪽 편의 테이블 위에는 간단히 들고 먹을 수 있는, 보기 좋고 먹음직스러운 요리가 가득했다.

오가는 사람들이 테이블에서 요리가 담긴 접시 혹은 샴페인이나 와인잔을 들고 갔다. 빠르게 소진되는 음식을 채우느라 하인들이 부지런히 움직였다.

사람들은 몇 명씩 무리를 지어 서로의 안부를 묻거나 새로운 사람을 소개하며 인사를 나누었다.

저녁이 되자 분위기는 더욱 무르익었다. 남쪽 탑에 방을 받은 손님들이 짐을 풀고 대부분 홀로 내려왔다. 오늘 참석할 생각이 있는 손님이라면 도착하고도 남을 충분한 시각에 이르렀다.

흥겨운 파티는 어떤 경우에도 방해가 있어서는 안 된다는 규칙이 있었다. 손님들이 지루함을 모르고 즐거운 시간을 보냈는지 여부가 그 파티가 성공인지 실패인지를 판단하는 기준이었다.

때문에 파티장에 사람이 유입되거나 빠져나가는 과정은 물이 흐르듯이 자연스럽게 이루어져야 했다. 어떤 거물이 나타나도, 파티의 주최자가 등장한다고 해도 요란하지 않았다.

홀에서 중앙탑의 위로 올라가는 계단은 모두 기사들이 통제했다. 누구도 올라갈 수 없는 계단 위에서 연미복을 입은 푸른 머리의 사내가 천천히 내려왔다.

파티를 즐기느라 알아차리지 못하는 사람이 대부분이었지만, 일부 눈치 빠른 자들은 주인공의 등장을 금방 포착하고 수군거렸다.

"저기 보세요."

"저분이 소문으로만 듣던 레바스의?"

"생각했던 것보다 훨씬 젊은 분이군요."

루터가 아내와 함께 가장 먼저 성주에게 다가가 인사를 건넸다.

"초대에 감사합니다. 성주님."

"만나 뵈어 영광입니다. 성주님."

바실 부인은 슬쩍 남편에게 눈을 흘겼다. 새 주인께서 이처럼 매력적으로 잘생긴 청년이라고는 듣지 못했다. 주인의 외모에 대해 이러쿵저러쿵 할 남편이 아니라는 건 알지만, 그래도 얻어 들은 정보가 너무 없었다.

귀부인들과 모임을 가지면 자신이 오히려 소식이 가장 늦을 때가 있었다. 명색이 고문관을 남편으로 두었는데 면이 서지 않았다.

론은 넉넉한 풍채의 인상 좋은 귀부인을 향해 미소 지었다. 빈틈없는 바실 수장의 아내 치고는 웃음이 순했다.

"아름다운 귀부인께 인사드리게 되어 영광입니다."

론은 바실 부인의 하얀 레이스 장갑을 낀 손등에 입을 맞추었다. 가신의 아내가 아닌, 레이디에 대한 예의를 표했다.

"어머나."

짧은 탄성을 지른 바실 부인이 기쁘게 웃었다. 그녀는 매너 있고 정중한 새 주인이 마음에 쏙 들었다. 물론 가장 마음에 드는 점은 잘생긴 외모였다.

일곱 가문의 수장들이 하나씩 론의 주변으로 모여들었다. 자연스레 사람들의 시선이 모이기 시작했다.

가장 먼저 인사를 건넨 루터 부부는 얼마 후에 슬며시 성주의 곁에서 떨어졌다.

레바스의 성주는 오늘이 첫 사교계 등장이었다. 사람들에게

이 사람이 성주님이라는 정보를 주는 역할을 맡을 사람이 필요했다. 루터는 역할을 완수했다.

"당신이 염려하지 않아도 되겠어요."

아내의 말에 루터는 고개를 끄덕였다.

"그러게 말이오."

멀찍이 떨어져 지켜보니 성주는 이미 오늘 파티의 중심이 되었다.

파티의 주최자가 주인공이 되지 못하는 예가 더러 있었다. 더 화제의 인물이 참석해서 관심이 그쪽으로 쏠린다거나 유행하는 가십에 정신을 빼앗겨 모두 모여서 그 얘기만 한다거나.

나중에 파티가 끝나고 나서 '주최자가 누구였더라.' 하고 참석자들이 고개를 갸웃하면 이른바 '유령 파티'라고 이름이 붙어 호사가들의 조롱거리가 되었다.

레바스 주인의 데뷔 날이었다. 그런 최악의 결과가 발생해서는 절대 안 되었다. 루터는 오늘 단단히 기합을 넣고 왔다.

루터는 성주가 사교적인 사람은 아니라고 생각했다. 딱히 말솜씨가 좋은 것도, 남의 말을 무던히 들어 넘기는 성격도 아니었다.

그런데 괜한 걱정이었다. 오히려 기대 이상으로 잘하고 있었다.

"이게 누구십니까. 이런 자리는 오랜만이시지요."

중년 남자가 루터에게 다가오며 아는 척했다.

"오랜만입니다. 그간 격조했군요."

루터의 주변으로 사람들이 다가왔다. 사교 활동을 즐기는 편은 아니었지만, 오늘 참석자 중에 고문관 루터를 모르는 사람은 없었다.

루터는 인사를 나누고 적당히 대화에 참여하면서 끊임없이 성주를 살펴보았다.

성주의 곁에는 몬트 수장이 있었다. 루터는 사전에 몬트 수장과 말을 맞추어 두었다. 화술이 뛰어나고 발이 넓은 몬트 수장이 성주의 곁에서 주선인의 역할을 맡기로 했다.

몬트 수장은 사교계의 명사였다. 성주의 어지간한 실수는 덮을 능력이 있었다.

'저렇게 잘 웃는 분이었나?'

성주에게 말을 걸고 싶은 사람들이 기웃거리며 주변을 맴돌았다.

평소에 웃음이 많지 않은 분이었다. 그러니 저 웃음은 분명 가면이었다. 그런데 억지로 꾸민다는 위화감이 없었다. 웃으며 사람들과 대화하는 성주의 모습이 낯설었다.

'마치 이런 자리에 익숙하신 것 같군.'

과거에 대륙의 용병으로 살았다면 가질 수 없는 모습을 성주에게서 종종 발견했다. 하지만 루터는 의문을 갖지 않으려 했다. 그는 젊은 주인을 인정하고 받아들였다. 쓸데없는 의심은 불필요했다.

"스물넷이라고 했던가?"

금발의 청년이 사람들에게 둘러싸인 레바스의 주인을 보며 중얼거렸다.

"라미아. 너보다 두 살 위네."

곁에 함께 있는 풍만한 가슴의 미녀, 바네사가 대답했다.

미청년과 미인은 잘 어울리는 조합이었다. 두 사람을 잘 모르는 누군가가 봤다면 그들을 커플로 오해했을 것이다. 하지만 그들은 둘 다 여자였다.

"전대 성주는 스무 살, 이번엔 스물네 살. 빠른 승계가 레바스의 전통인가?"

"너도 이 년 안에 승계하면 레바스만의 전통은 아니겠지."

"그 노인네는 앞으로 이십 년은 거뜬할 거야."

라미아는 부친을 떠올리며 중얼거렸다. 라미아 크리드. 그녀는 서부의 대가문, 크리드의 후계 후보였다. 그리고 가문을 이어받을 자격은 멍청한 두 이복 오라버니가 아니라 자신에게 있다고 생각했다.

"다른 대가문들은 저 나이면 다들 후계가 되려고 서로 물고 뜯느라 정신없는데 말이야."

"부러워?"

"아니라고 하면 거짓말이지. 네가 보기엔 느낌이 어때?"

"미남이야."

"누가 외모를 감상하래?"

라미아의 타박에 바네사가 오히려 인상을 썼다.

"저길 봐. 저 사람들은 오늘 처음 보는 레바스 성주를 좋은 사람이라고 생각할 것 같아? 외모가 그 사람의 전부는 아니지만, 훌륭한 외모가 첫인상을 많이 좌우하는 건 사실이야. 너도 그 혜택을 보고 있다고. 이러니저러니 해도 넌 훌륭한 껍데기를 네게 주신 부모님께 감사해야 해."

할 말이 없어진 라미아는 입을 다물었다.

*　　　*　　　*

홀까지 내려오는 동안 아델은 바짝 긴장했다. 다행히 다들 자기 일에 바빴다. 두 손을 앞으로 모으고 고개를 숙인 채 부지런히 걷는 아델을 눈여겨보는 사람은 없었다. 그녀는 무사히 홀에 들어갈 수 있었다.

'와아.'

아델은 홀에 가득한 사람을 보며 놀라 입을 벌렸다. 상상했던 것보다 훨씬 화려하고 시끌벅적했다.

'천장에 원래 저런 게 있었나?'

크리스털이 주렁주렁 매달린 거대한 샹들리에가 휘황찬란하게 빛났다. 날이 저물어 홀에 내려오면 어둑어둑하던 평소와 딴

판이었다. 지금 바깥은 새카만 어둠이 내려앉았는데 홀 내부는 대낮처럼 환했다.

'아, 이럴 때가 아니야.'

재빠르게 정신을 차리고 주변을 둘러보다가 구석에 세워 둔 빗자루를 들었다.

「아무 일도 하지 않으면 혼날 거예요. 빗자루라도 하나 들고 뭐라도 하는 척하세요.」

멜의 조언은 소중했다. 아넬은 서투른 비질로 바닥을 쓸면서 움직였다. 다른 사람과 부딪칠까 봐 가능한 벽 가까이 붙었다.

비질을 하다가 시선을 올려 파티를 즐기는 사람들을 구경했다.

요리 접시를 들고 식사하는 사람, 잔을 부딪치며 웃는 사람, 군데군데 놓인 소파에 앉아 대화를 나누는 귀부인들, 음악에 맞추어 왈츠를 추는 사람 등등 모두 각자 즐거운 시간을 만끽하는 중이었다.

따로 노는 것 같아도 크게 분위기를 해치는 사람은 없었다. 마치 거대한 톱니바퀴에 알아서 맞물려 돌아가는 것 같았다.

전체적인 분위기를 파악하자 세밀한 부분이 눈에 들어왔다. 여자들은 머리를 생화로 장식한 사람이 많고 드레스의 색상은 붉은 계열이 많았다.

'요즘 유행이 맞구나.'

며칠 전에 봤던 마담 르네젤과 비슷한 스타일이었다.

아름답게 치장한 여자들은 외모와 나이와 몸매를 불문하고 가진 매력 그대로 아름다웠다. 아델은 그중에서 볼륨이 있는 몸매의 귀부인에게 자꾸 시선이 갔다.

중년의 귀부인은 꽉 졸라맨 허리가 곁에 서 있는 젊은 여자보다 가늘었다. 귀부인이 손목을 탁 튕기자 들고 있던 부채가 단번에 쫙 펼쳐졌다. 얼굴에 살랑살랑 흔드는 모습이 무척 도도하고 세련되어 보였다.

'어떻게 하는 거지? 이렇게?'

아델은 귀부인을 흉내 내서 마치 부채를 쥔 것처럼 손목을 움직였다.

"그렇게 하는 게 아니지."

아델은 놀라 고개를 들었다. 바로 곁에 사람이 다가오는 줄 몰랐다. 미남보다는 미인이라는 수식어가 어울리는 금발의 청년이었다. 잿빛이 섞인 금발은 아델의 머리카락보다는 화려한 느낌이 덜하지만, 차분하고 은은했다.

'레온보다는 작아.'

아델의 모든 기준은 레온이었다. 올려다보는 각도가 달랐다.

낯선 사람이 자신에게 말을 건 것이 신기해서 청년을 빤히 쳐다보다가 멜이 단단히 이르던 말이 생각났다.

「누가 불러도 절대 고개를 들지 마세요. 시선은 항상 발 끝에 두고요.」

아차, 아델은 고개를 푹 숙였다.

라미아는 파티의 열기를 피해 잠시 쉬고 있었다. 벽 쪽에 기대 거나 벽에 붙인 소파에 앉아 있으면 쉬겠다는 암묵적인 표현이 었다. 가끔은 규칙을 깨는 자도 있으나 오늘은 아니었다. 오늘 파티에서 라미아는 관심 밖으로 밀려났기 때문이었다.

파티에서 곁가지 취급을 받는 건 처음이지만, 가끔은 이런 여 유로움도 좋았다.

빗자루를 들고 돌아다니는 하녀가 우연히 눈에 띄었다. 처음 에는 비질을 보고 '어지간히 일하기가 싫은가 보다'라고 생각했 다.

평소라면 하녀에게 관심을 두지 않았을 것이다. 하지만 따로 할 일이 없으니 눈으로 하녀를 좇게 되었다.

하녀는 청소는 건성이고 구경에 여념이 없었다. 넋을 놓고 사 람들을 보다가 흠칫 놀라 주변을 돌아보며 어색하게 비질을 하 다가 손이 느려지면서 다시 넋을 놓기를 반복했다.

'일을 시작한 지 얼마 안 되었나 본데.'

고용인은 따로 받는 교육이 있었다. 레바스 대가문 정도 되면 체계적인 교육법이 따로 있을 것이다. 라미아 본인이 대가문 출 신이다 보니 주워들은 게 있었다.

가장 바람직한 고용인의 자세는 존재감을 드러내지 않는 것이다. 있는 듯 없는 듯 눈에 띄지 말아야 한다. 연회장을 구경거리 삼아 기웃거리는 짓은 절대 해서는 안 되었다.

'저러다 혼나지.'

혀를 차면서도 라미아는 참견할 생각이 없었다. 남의 집 고용인인데 혼나거나 말거나.

그런데 시간이 지날수록 하녀는 노골적으로 귀부인들을 관찰했다. 이윽고는 부채를 흔드는 흉내를 냈다. 그냥 두었다가는 혼나는 정도로 끝나지 않을 것 같았다.

라미아의 주변에는 능숙하고 완벽한 고용인들만 있었다. 어설픈 하녀가 귀여웠다. 사소한 실수로 봉변을 당하면 안쓰러울 것 같기도 했다. 그래서 주의를 주려고 말을 붙였다.

고개를 푹 숙인 하녀를 보며 라미아의 입술 끝이 올라갔다.

'특이해.'

눈빛에 겁먹은 기색이 없었다. 실수를 들키면 고용인들은 대부분 두려워했다.

자세도 이상했다. 고개만 숙이고 등과 허리는 뻣뻣했다.

"부채 펴는 법은 단순해 보여도 하루아침에 되는 게 아니야."

"……."

"하루에 한 시간씩 몇 개월 동안 부채 펴는 연습만 하기도 해."

"몇 개월이나요?"

하녀가 고개를 들었다. 거리낌 없이 라미아의 눈을 똑바로 보며 시선을 마주쳤다.

'어라. 앙큼하네.'

라미아는 속으로 헛웃음을 지었다.

'내가 말려든 건가?'

보란 듯이 이상한 짓으로 시선을 끈 거였나.

파란 눈동자가 순진한 아이처럼 맑아서 딴 속셈은 없어 보이지만, 속과 겉이 다른 사람은 널렸다.

권력과 부를 지닌 사람들이 가득한 사교 파티가 신분 상승의 수단이 된다는 건 새로운 이야깃거리가 아니었다. 파티에서 하녀와 눈이 맞는 스캔들은 종종 일어났다.

'미인이기는 해. 자신감을 가질 만하네.'

화장법이 상당히 이상해서 그렇지 조금만 꾸미면 빛이 나겠다.

'하지만 미안해서 어쩌나. 헛짚었다고.'

겉모습이 어찌 되었든 라미아의 성별은 여자였다. 그녀는 평범한 이성애자였다. 같은 여자를 연애의 대상으로 보지 않았다. 가끔은 착각해서 들이대는 여자도 있다는 게 비극이지만.

"연습을 하고 싶어도 아무도 모르는 곳에서 해. 저 귀부인은 아주 무서운 사람이야."

아델은 아직 부채를 흔들고 있는 중년 여인을 응시했다. 교양 있게 호호 웃는 귀부인이 무서운 사람처럼 보이지 않았다.

"자길 흉내 내는 널 보면 가만 두지 않을 거야. 조롱했다고 생각할걸."

"그런 의도는 아니었어요."

"네 의도는 상관없어. 기분이 상했으니 네게 화풀이하려 들겠지. 일자리를 잃고 싶지 않으면 조심해."

아델은 잠시 생각하다가 고개를 끄덕였다.

"친절하시군요. 충고 감사합니다."

아델은 습관적으로 치맛자락을 잡고 무릎을 굽혀 인사했다.

라미아는 미련 없이 몸을 돌려 저만치 가 버리는 하녀의 뒷모습을 멍하게 보았다. 내 앞에서 먼저 등을 돌려? 기분이 묘했다. '날 이런 식으로 대한 사람은 네가 처음이야.' 같은 상투적인 문구가 떠올랐다.

"이건 새로운 작전인가. 신선해."

"혼자 중얼거리는 버릇이 생겼니?"

댄스 신청을 받아 남자의 손을 잡고 갔던 바네사가 돌아왔다.

"하녀를 붙들고 대체 뭐하는 거야? 정말 한심해 보인단 말이야."

"너무하네. 한심하다니."

그다지 충격 받지 않은 표정으로 라미아는 대꾸했다.

"시간이 남아돌면 사람들과 어울려 봐. 저쪽에 안 가 볼 거야?"

바네사가 눈짓으로 가리키는 방향에는 사람들이 잔뜩 모여 있었다. 그리고 그들의 중심에는 오늘 파티의 주인공, 레바스의 성주가 있을 것이다.

"아직 시간은 많아. 서두를 것 없잖아."

파티는 이제 시작이었다. 라미아는 아무 정보를 갖지 못한 상태에서 선뜻 레바스의 성주와 인사를 나누고 싶지 않았다. 며칠 더 지켜볼 셈이었다.

*　　*　　*

아델은 이제 그만 방으로 돌아가려고 마음먹었다.

'더 있다가는 실수하거나 들키겠어.'

사교 파티를 묘사하는 연애소설을 굉장히 많이 읽었다. 그러나 홀에 가득한 사람들을 보며 깨달았다. 저들 사이에 끼어들어 웃으며 대화를 나누려면 이론보다는 경험이 필요했다.

성과가 조금은 있었다. 많은 사람들이 거북하다거나 겁이 나지 않았다. 도와주는 사람이 있다면 해 볼 만할 것 같다. 은근히 자신감이 생기자 파티 참석을 허락하지 않은 레온이 야속했다.

'레온은 대체 어디 있지.'

금방 그를 찾을 수 있을 줄 알았다. 하지만 생각보다 사람이 많았고 색색의 화려한 드레스를 입은 귀부인들이 시야를 교란시켰다.

'저기는 아까부터 사람이 많아.'

잔뜩 사람들이 몰려 있는 곳이 있었다. 벽 가까이에 붙어서 움직이는 그녀로부터 거리가 있어서 잘 보이지 않았다. 지나치려다가 아델은 크게 무리지어 모인 사람들을 유심히 보았다.

'혹시…….'

그가 왠지 저 무리 속에 있을 것 같은 예감이 들었다. 그래 봤자 다가갈 방법이 없었다.

"오오."

여기저기에서 작은 탄성이 들렸다. 웅성거림이 커지며 각자 파티를 즐기던 사람들의 시선이 모여들었다.

말쑥하게 옷을 차려입은 남자들이 수레차를 끌고 홀의 중앙으로 나왔다. 수레차에 거의 사람 키의 두 배가 될 정도의 높이로 와인잔을 쌓아 올려놓았다.

삼각뿔 형태로 쌓아 올린 와인잔에는 모두 투명한 액체가 가득 차 있었다. 자칫 잘못 건드려 쓰러지면 난장판이 될 것이다. 보기에 아슬아슬 아찔했다.

파티의 중간에 흥을 돋우기 위한 가벼운 이벤트였다. 남자들은 이벤트를 위해 고용된 곡예사들이었다.

사람들은 곡예사들에게 기꺼이 홀의 중앙을 잠시 내어 주었다. 곡예사들을 중심으로 일정 거리만큼 모두 물러섰다.

곡예사 남자가 다른 남자의 손을 도움닫기 삼아서 가뿐하게 어깨 위를 밟고 섰다. 또 다른 남자가 들고 있던 샴페인 병을 현란하게 공중 위에 던졌다가 받았다.

받았다가 던지는 술병이 점차 높이 올라갔다. 이윽고 어깨에 올라 선 남자의 손에 잡혔다.

남자가 과장된 몸짓으로 능숙하게 마개를 땄다. 퐁 튀어나온 마개가 공중으로 날아갔다. 동시에 병에서 샴페인이 분수처럼 터져 나왔다. 남자는 가장 꼭대기의 와인잔에 샴페인을 부었다.

맨 위에서 흐르는 샴페인이 아래로 흐르면서 쌓인 층마다 와인잔에 담긴 투명한 액체의 색이 바뀌었다. 여기저기에서 탄성이 흘렀다.

붉은색, 노란색, 초록색 등등 마침내 가장 바닥의 마지막 층이 무지개처럼 다양하게 변하는 모습을 보면서 박수와 웃음이 터졌다.

'와아! 정말 멋져.'

아델은 처음 보는 곡예에 완전히 푹 빠졌다. 잘 보이는 위치를 찾아 걸어 나오며 손님들 틈에 섞였다. 대부분 이벤트를 즐기느라 고용인이 자신들의 사이에 끼어들어 옆에 서 있는 것을 알아차리지 못했지만, 일부 몇 명은 아델을 보고 표정이 미묘해졌다.

속으로는 별꼴이라고 생각하겠지만, 주제 모르는 하녀를 끌어내라고 하는 사람은 아직 없었다.

화려한 파티 의상들 속에서 무채색의 옷은 상당히 이질적이었다. 멀찍이서 아델을 발견한 다른 고용인들의 표정이 사색이 되었다.

'도대체 저건 누구야?'

'어떤 정신 나간 애야?'

아델을 발견한 사람이 그들만은 아니었다.

라미아가 아델을 보며 혀를 찼다. 이미 많이 본 곡예사의 묘기

보다는 하녀의 돌출 행동이 더 재미있었다.

'너 많이 혼나겠구나.'

손님들 틈에서 신나게 손뼉을 치는 하녀를 보며 론의 눈썹이 스윽 올라갔다. 그는 미간을 좁혔다.

'새로 고용된 하녀인가?'

집사들의 고용인 교육은 꽤 엄격한 것으로 알고 있었다. 파티를 준비하면서 한층 강한 규칙을 세웠을 것이다.

하녀의 실수가 뜻밖이었지만, 딱히 나무랄 생각은 없었다. 눈에 보이는 볼거리를 외면하고 모르는 척 일하는 고용인들의 고충이 꽤 클 것이다.

'고용인들끼리 즐기는 파티를 열게 해 주는 것도 괜찮겠어.'

하녀가 뒤늦게 정신을 차렸는지 흠칫 놀라며 주변을 돌아보았다. 그리고 론과 정확히 시선이 마주쳤다.

짧은 순간에 론은 하녀의 파란 눈동자에 가득 차오른 반가움과 기쁨을 읽었다.

"하."

그는 어이없는 웃음을 흘렸다. 눈이 마주친 순간의 표정, 시선을 피할 때 보이는 버릇. 아무리 딴사람처럼 변장했어도 론이 그걸 알아보지 못할 리가 없었다.

한 박자 늦게 하녀는 소스라치게 놀라며 얼른 눈을 피했다. 그리고는 사람들 틈에서 슬금슬금 몸을 뺐다. 어지간히 당황했나 보다.

'레온이 날 알아봤을까?'

아델은 자신의 실수를 자책했다. 그와 눈이 마주치자마자 자신의 상황을 까맣게 잊고 평소처럼 반응하고 말았다.

'괜찮아. 방에 돌아가서 자는 척하자. 내일 물어보면 모른다고 해야지.'

하지만 상황이 더 나빠졌다. 아델은 자신을 흘끔거리며 귀엣말을 나누는 하녀들을 발견하고 흠칫했다. 그들의 손가락이 아델을 가리키더니 한 명이 어디론가 달려갔다.

'들켰어.'

차분히 생각하면 딱히 그녀가 죄인처럼 도망칠 이유가 없었다. 하지만 지금 아델은 몹시 당황해서 무작정 몸을 피해야 한다는 생각만 들었다.

마음이 다급해진 아델은 숨을 곳을 찾았다. 그녀는 내부 장식을 위해 벽에 드리운 두터운 커튼 너머의 어디가 벽이고 어디가 발코니인지 알고 있었다. 발코니에 잠시 숨어 있다가 창을 열고 정원으로 나가면 된다.

아델이 커튼을 들추고 숨어드는 모습을 론은 느긋하게 지켜보았다. 그의 한쪽 입술 끝이 올라갔다.

그는 몬트 수장에게 뒤를 부탁했다.

"잠시 자리를 비우겠소. 오래 걸리지는 않을 거요."

"예. 성주님."

론이 움직이자 즉시 사방에서 사람들이 다가오려 했다. 그들에게 적당히 미소 지으며 손을 들어 거절의 의사를 보이자 아쉬운 표정으로 물러났다. 사람들의 틈을 비집고 걷다가 눈이 마주친 기사를 불렀다.

커튼으로 막은 테라스 근처에는 일부러 소파를 배치하지 않아서 사람이 없었다. 론은 누가 난입하지 못하도록 기사를 세워두었다. 그리고 커튼을 열어 안으로 들어갔다.

'뭐지, 저건.'

라미아가 미간을 찡그렸다. 전형적인 고용인의 행동 방식에서 벗어난 하녀가 흥미로워서 계속 눈으로 좇으며 지켜보고 있었다.

'혹시 성의 고용인이 아니라 잠입한 외부인인가?'

당황해서 도망치는 모습이 수상했다.

커튼의 뒤쪽으로 숨는 걸 볼 때만 해도 의아할 뿐이었지만, 잠시 후 같은 곳으로 들어가는 푸른 머리의 사내를 보면서 충격 받았다. 영락없이 눈이 맞은 두 남녀가 은밀한 장소로 숨어드는 현장이었다.

'대단해. 그새 레바스의 성주를 꿴 거야?'

맹랑하긴 해도, 순진해 보였는데.

'역시 사람은 겉만 보고는 모르는 거군.'

놀라우면서도 실망스러웠다. 레바스의 성주는 방탕한 놈이었다.

'오늘 같은 날은 자제를 해야지. 저게 무슨 짓이야.'

레바스의 성주를 비난하다가 의문이 생겼다.

'아니지. 하녀가 접근해서 꾀었다고 단정하기는 일러.'

하녀가 성추행의 피해자일 가능성도 있었다. 혹은 그보다 더 심한 짓도.

지위를 이용해 고용인을 유린하는 일은 흔하게 벌어졌다. 그리고 라미아가 몹시 경멸하는 범죄였다. 만약 그런 일이라면 라미아는 하녀를 도와줄 것이다. 그녀는 결심하고 걸음을 옮겼다.

* * *

1층의 홀에서 바깥으로 돌출된 발코니는 몇 곳이 있었다. 아델이 숨어들어 간 곳은 그중에서 규모가 작고 구조적으로 구석에 위치했다. 으슥한 느낌을 주는 터라 일부러 막아 두었다. 다른 널찍한 발코니는 커튼으로 감추지 않고 손님들을 위해 개방한 상태였다.

한밤중이라 발코니 창 바깥은 어두컴컴했다. 홀에서 흘러들어 오는 빛은 커튼이 완벽하게 차단했다. 다행히 창 너머에서 달빛이 일부 비치지 않았다면 한 치 앞도 분간하기 어려운 암흑이었을 것이다.

아델은 잠금 고리를 풀고 창을 밀었다.

'잠겨 있네.'

낭패였다. 바깥에서도 잠근 이중 잠금이었다. 이래서는 창을 열고 나가기는 틀렸다.

막다른 곳에 몰렸다는 생각이 들자 초조해졌다.

'설마 누가 여길 들어오지는 않겠지.'

그런 생각을 하자마자 커튼이 젖히며 밝은 불빛이 쏟아져 들어왔다. 아델이 놀라 몸을 돌렸을 때 이미 커튼은 내려지고 새카만 그림자 같은 형태만 보이는 사람이 들어온 후였다.

아델은 주춤거리며 뒤로 물러났다. 몇 걸음만으로 이미 등이 난간에 닿았다.

'누구지?'

어둠, 그리고 낯선 사람. 이런 상황은 처음이었고, 처음 겪는 공포였다. 목이 꽉 막혀서 아무 소리도 나오지 않았다.

"일찍 잔다더니. 여기서 뭐하는 거야?"

나직한 목소리가 귀에 익었다. 들을 때마다 좋아서 설레는 음성이었다.

갑자기 막힌 숨이 트였다. 아델은 크게 숨을 들이마셨다.

"레온……?"

"그래."

대답을 듣자마자 다리에 힘이 풀렸다. 주르륵 미끄러져 주저앉는 아델을 단단한 힘이 부축했다. 온몸에 힘이 빠져서 축 늘어지다시피 매달리는데도 그녀를 지탱하는 그는 흔들림이 없었다. 바람 냄새가 났다. 틀림없는 그의 냄새. 긴장감이 완전히 풀려 버렸다.

"괜찮아?"

"놀랐……잖아요."

"왜?"

"왜긴요! 놀랐다고요! 그렇게 갑자기! 내가 얼마나…….."

아델은 말을 채 잇지 못하고 울먹거렸다. 그리고 그의 어깨에 고개를 묻고 히잉, 울음을 터뜨렸다.

론은 어이가 없었다. 고작 이 정도로 놀라 울면서 대체 무슨 배짱으로 너는! 하고 싶은 말은 그저 속으로만 삼켰다.

"놀라게 해서 미안해. 내가 잘못했어."

따끔하게 한마디 하려고 별렀으나 그의 결심은 아주 쉽게 무너졌다. 아델의 등을 토닥토닥 두드리며 사과했다.

훌쩍거리는 소리는 곧 그쳤다. 아델은 그의 목을 두 팔로 꼭 안고 있다가 고개를 들었다. 바로 눈앞에 그의 턱이 보였다.

대놓고 들켰으니 시치미 떼기는 틀렸다.

"나인지 어떻게 알았어요?"

아델은 기어들어 가는 목소리로 물었다.

"얼굴에 이상한 칠을 해 봤자."

"이상한 칠이라뇨. 거울로 봤을 때 얼마나 감쪽같았는데요. 시간도 오래 걸렸다고요."

"대체 이게 무슨 꼴이야? 하녀 옷은 어디서 났어?"

"……."

"네 하녀 짓이지?"

"아니에요!"

대답이 너무 빨랐다. 아델은 자신의 반응이 아주 수상쩍다는 걸 느끼자 당황했다.

"멜은 아무 잘못이 없어요. 내가 부탁한 거고, 내가 고집부리면 멜이 못 하겠다고 할 수는 없잖아요."

"알았으니까 이건 좀 풀어 봐."

론은 자신의 목을 감고 매달린 아델의 팔을 잡아 풀어내려고 했다. 아델은 잠시 힘을 뺐다가 더 꽉 잡고 매달렸다. 그가 원하는 대로는 절대 해 주지 않겠다는 듯 오히려 그를 끌어안았다.

"싫어요."

"아델."

"왜 나 피해요?"

"……피한 적 없어."

아델은 속으로 코웃음 쳤다. 머뭇거리는 그의 대답이 늦었다. 절대 자연스럽지 않았다.

"이렇게 안아 주지 않잖아요. 나와 이야기하는 것도 거북해하고. 내가 모를 줄 알았어요?"

지금도 자신의 허리와 등을 감싸 안은 그의 손길이 어딘지 모르게 어색했다.

"며칠 계속 날 피한 건 너야."

"그 전부터요. 전부터 그랬다고요."

아무 대답이 없었다. 그리고 작은 한숨 소리가 들렸다. 난처해하는 것 같기도 하도 피곤해하는 것 같기도 했다. 아델의 마음 속에 조금씩 쌓여 가던 서운함 위에 두려움이 덧씌워졌다.

"내가 뭘 잘못했어요?"

"아니야."

"그럼 내가…… 성가신가요? 귀찮아졌어요?"

"그게 아니라……."

상황이 바뀌었다고 어떻게 설명해야 하나. 론은 자신의 말솜씨가 이렇게 형편없는 줄 몰랐다. 아델을 이해시킬 말이 떠오르지 않았다.

론이 가장 곤란함을 느끼는 부분이 이것이었다. 그가, 그리고 주변의 다른 사람들이 생각하는 것과 다르게 아델은 자신의 변화를 그다지 의식하지 않고 있었다.

어쩌면 아직 실감하지 못하는 것일 수도 있고, 아델은 자신이 그저 키가 좀 컸을 뿐이라고 단순하게 생각할 수도 있다. 그러니 아델에게 '이제 우리는 주변의 시선을 생각해야 한다.'라고 하면 과연 제대로 이해하고 받아들일지 의문이었다.

"사람들이 있는 곳에서 내가 예전처럼 행동하면 곤란하다는 건 알아요. 하지만 우리만 있을 때는 상관없잖아요."

"……."

이러면 할 말이 없었다. 주변 사람 핑계가 우스워진다.

'상관없지가 않아.'

'우리'만 있을 때가 사실 가장 큰 문제였다. 그래서 절대 둘만 있는 상황을 만들지 않으려고 한 것이다.

론은 자신이 처음부터 아델을 열아홉 살의 나이로 인지했다고 생각했다. 하지만 아니었다. 그동안 아델을 어린 소녀로 보고 있었다.

그렇지 않고서야 아델은 달라진 것이 없는데 겉으로 보이는 모습이 바뀌었다고 혼란을 느끼는 자신의 상태를 설명할 수 없었다.

도저히 아델을 예전처럼 대할 수가 없었다. 사심이 생겼다. 이걸 인정하는 순간이 가장 끔찍했다. 흔들리는 자신이 인간으로서의 기본적인 도리를 저버린 것 같은 기분이 들었다.

아델은 그의 침묵이 거부처럼 들려서 슬퍼졌다. 그의 목을 안은 팔을 풀고 그의 가슴을 밀어냈다.

"됐어요."

"뭐가?"

론은 인상을 찌푸렸다. 아델이 체념처럼 중얼거리는 말투가 거슬렸다.

"레온이 내가 불편하다면 어쩔 수 없죠. 주인이 싫어하면 손님은 떠날 수밖에 없어요."

"무슨 말도 안 되는 소리야. 불편하긴, 누가?"

"누구겠어요?"

아델은 검지로 그의 가슴을 꾹꾹 눌렀다.

"잊었을까 봐 말하지만요. 할머니가 내게 엄청난 선물을 남겨 주고 가셨거든요. 갈 곳이 없어서 레바스 성에 있는 게 아니라고요."

지금껏 할머니의 유산으로 위세를 부릴 생각은 해 본 적도 없었지만, 지금은 허세를 떨었다. 그녀의 솔직한 심정은 두려움이었다. 그가 이제 아이 돌보기가 지겨워졌다고 할까 봐 겁이 났다.

"그걸 어떻게 잊겠어."

론은 한숨처럼 중얼거렸다. 언제부턴가 아쉬웠다. 아델이 받은 유산이 탐이 나서가 아니다. 일가붙이가 없는 아델은 가진 것이 없으면 오직 그를 의지할 수밖에 없을 터이다. 이 아이를 언제까지고 자신의 곁에 붙잡아 둘 수 있었을 텐데.

어둠 속에서 그의 눈이 깊게 가라앉았다. 아델의 등과 허리를 감은 팔에 힘이 들어갔다. 놓고 싶지 않았다. 다른 건 몰라도 그것만은 확실했다.

"그러니까 확인해 보겠다는 것 아닙니까."

홀에서 들려오는 목소리였다. 두 사람은 반사적으로 숨소리를 죽였다. 론은 커튼 가까이 가서 귀를 기울였다.

"찾으시는 분은 안쪽에 계시지 않습니다."

"내가 분명히 봤습니다. 잠시 확인하는 게 어려운 일은 아닐 텐데요."

밖에서 언쟁이 벌어지고 있었다. 언쟁에 휘말린 사람은 바깥에 세워 둔 기사가 분명했다.

론은 목소리를 낮추고 아델에게 당부했다.

"여기 꼼짝하지 말고 있어. 사람을 이쪽으로 보낼 테니까 얌전히 방으로 돌아가는 거다."

"알았어요."

의문이나 반론은 없었다. 평소의 아델이라서 론은 미소 지었다.

"네가 오늘 한 일이 얼마나 잘못된 건지는 내일 이야기하자."

"……네."

그가 커튼은 열고 나간 후에 아델은 한숨을 내쉬었다. 기분이 복잡했다. 어린애 취급은 싫다고 생각하면서 정작 말썽을 부리고 들킨 민망함이 반, 그를 본 것만으로 기쁜 마음이 반이었다.

론이 나간 후에 얼마간 들려오던 목소리는 점점 멀어지다가 사라졌다.

오래 기다리지 않아서 론이 말한 대로 사람이 왔다. 그런데 생각했던 방향이 아니었다. 발코니 바깥의 정원 쪽에서 잠금장치가 풀렸다.

창을 연 사람은 앨런이었다. 곁에는 마틸다 집사가 전등을 들고 서 있었다.

"아가씨. 난간을 넘으실 수 있겠습니까?"

"……할 수 있어요."

두 사람을 보니까 창피해서 얼굴이 화끈거렸다.

사람들의 눈을 피해서 앨런의 호위를 받으며 마틸다와 함께 침실로 돌아왔다.

멜은 응접실에서 아델을 기다리고 있었다.

"미안해. 멜. 걸렸어."

성주님께 들켰다는 말을 들은 멜의 표정은 희게 질렸다. 그리고 반쯤 영혼이 나간 표정으로 웃었다.

"설마 성주님께서 절 죽이시겠어요."

"멜이 절대로 책임지는 일은 없게 할게."

'아가씨가 성주님은 막아 주셔도 마틸다 고모까지 방어해 주지는 못하겠죠. 사흘 밤낮은 잔소리 듣게 생겼네요.'

멜은 자신의 앞날에 드리운 암운을 느꼈다.

짙은 화장을 모두 지우는 일은 화장하는 것과 다름없이 공이 들었다. 염색약을 깨끗이 지우느라 머리를 몇 번 감았다.

꽤 늦은 시간이 되어서야 아델은 겨우 잠자리에 들 수 있었다. 하지만 그녀는 쉽게 잠들지 못하고 뒤척였다.

'지금쯤이면 파티가 끝났을까?'

어쩌면 그가 자신의 침실에 잠시 들를지도 모른다고 기대했다.

그는 가끔 아델이 깊이 잠든 늦은 시간에 침실에 들렀다. 이불을 정돈해서 덮어 주고 침대 곁에 잠시 서 있다가 나갔다. 그가 바빠서 제대로 대화할 시간이 없었던 날은 꼭 그랬다. 그걸 알게 된 이후 아델은 자는 척하며 그를 기다렸다.

어둠 속에서 침대에 누워 잠들지 않는 일은 꽤 힘들었다. 애써 잠을 쫓는 노력은 항상 보상을 받았다. 커다란 손이 다정하게 머리를 쓸어 주면 아델은 몹시 행복했다.

'아까 화해했으니까. 화해한 거 맞지? 맞을 거야. 그러니까 오늘은 올지도 몰라.'

그녀가 견디지 못하고 새벽에 잠들어 버릴 때까지 침실 문은 열리지 않았다.

*　　　*　　　*

아델은 멜이 부르는 소리에 깼다. 평소보다 늦잠을 잤는데도 늦게 잠들어서 머릿속이 개운하지 않았다.

'레온이 안 왔어.'

화해한 줄 알았는데 혼자만의 생각이었나. 어제 몰래 파티 구경하러 간 것 때문에 화가 난 걸까. 그녀는 울적해졌다.

아델의 기분이 좋지 못한 것을 알아차린 멜은 평소와 다르게 수다 없이 세수 시중을 들었다.

"아침은 어쩌시겠어요?"

"생각 없어. 좀 이르게 점심을 먹을래."

머리를 빗기며 멜이 말했다.

"아까 성주님께서 다녀가셨어요."

아델이 몸을 홱 돌리며 소리쳤다.

"언제?"

"아가씨가 주무실 때요. 아직 일어나지 않으셨다고 했더니 점심을 함께하자고 전하라고 하셨어요."

"날 깨우지."

아델이 원망의 눈초리로 보자 멜은 당황했다.

"아⋯⋯. 저도 그러려고 했는데요. 워낙 곤히 주무셔서요. 성주님께서 깨우지 말라고도 하셨고⋯⋯."

"다른 말은? 기분은⋯⋯ 어때 보였어? 화나신 것 같았어?"

멜은 고개를 저었다. 성주님의 표정으로 기분이 좋구나, 나쁘구나, 판단해 본 적이 없었다. 고용인으로서는 그게 좋았다. 그날그날의 기분이 표정에 고대로 드러나는 주인은 몹시 피곤하다.

아가씨에 관한 일만 아니면 관대한 주인이었다.

"저는 모르겠던데요. 절 보시고 별다른 말씀도 없으셨어요."

아까 성주님 앞에서 잔뜩 얼었던 자신을 떠올리며 멜은 헤헤 웃었다. 어제 일 때문에 혼날 줄 알고 얼마나 덜덜 떨었는지 모른다.

"집무실에 계실까?"

"그러시겠죠."

"가 볼래."

벌떡 일어나는 아델을 멜이 붙들었다.

"아우, 아가씨. 이 꼴로 어딜 간다고 그러세요. 자다가 막 일어난 얼굴을 귀엽다고 해 줄 사람은 이제 없어요. 그건 어린아이만 가지는 특권이라고요."

아델의 눈동자가 충격으로 흔들렸다.

"내가 못나졌어?"

시무룩하게 묻는 아델을 보며 멜은 마른침을 삼켰다.

'그럴 리가요.'

매일 보고 또 보면서도 넋을 놓고 보게 된다. 여자도 여자에게 반할 수 있다는 사실을 알게 되었다.

머리가 부스스하게 산발이 되어도, 자다가 흘린 침이 입가에 말라붙어 있어도 퇴색될 미모가 아니었다.

멜은 흔들리는 푸른 눈동자를 들여다보았다. 말간 눈동자는 물기를 머금은 것처럼 촉촉했다. 그런데 우울해 보이지 않는 게 신기했다. 도자기처럼 매끄러운 피부에는 작은 점 하나도 없었다.

어떤 미인도 못난 구석은 있다는데 아직 찾지 못했다.

"아가씨. 원래 사람들은 아이들을 더 예쁘게 봐 줘요. 아가씨는 이제 아이가 아니잖아요."

멜은 뭘 모르는 아가씨를 잘 가르쳐야겠다는 사명감을 느꼈다. 겉만 바뀌었지 하는 행동은 그대로였다.

전에는 아가씨가 겉모습은 어려도 나이만큼 성숙하다고 생각했다. 하지만 막상 자라고 나서 하는 행동을 보니까 과거의 모습은 흉내에 불과했다.

누구도 성숙한 숙녀로서 행동하기를 기대하지 않으니 그저 얌전히 걷고 차분히 말하는 것만으로도 충분해 보였다. 아직 아가씨에게는 소녀의 몸으로 했던 습관들이 배어 있었다.

"전에 볼품없이 하고 다니셨다는 건 아니지만, 더 신경 써야 해요. 아침에 일어나면 최소한 두 시간 정도는 다른 사람을 만나는 게 아니에요. 얼굴의 붓기가 가라앉을 때까지요."

"얼굴이 부어?"

"사실 아가씨는 그다지 차이가 없지만, 그래도 막 일어났을 때와 시간이 좀 지났을 때는 다르거든요. 좀 더 예쁜 게 좋은 거죠."

아델은 순순히 고개를 끄덕였다. 예뻐 보이고 싶었다. 다른 사람은 상관없어도 그에게 보이는 모습만큼은.

아델이 집무실 앞에 도착했을 때 마침 제드가 안에서 나오고 있었다.

"성주님은 안에 계시죠? 많이 바쁘신가요?"

"아닙니다. 잠시 쉬고 계십니다. 들어가 보십시오."

아델은 조용히 문을 열었다. 어제 일 때문에 그를 어떤 얼굴로 봐야 할지 모르겠다. 문 앞에서 잠시 망설이다가 안쪽으로 들어 갔다.

넓찍한 책상 위는 언제나처럼 온갖 문서와 서류가 어지럽게 널려 있었다. 그는 의자에 등을 기대어 고개를 뒤로 젖히고 눈을 감고 있었다.

잠시 쉬는 중이라고 했던 집사의 말이 떠올랐다. 휴식을 방해하고 싶지 않으면서도 더 가까이 가고 싶었다. 살금살금 발소리를 죽이며 책상으로 다가갔다. 그는 미동도 없이 눈을 감은 채 반응이 없었다.

'잠들었나?'

집무실 내부의 공기가 서늘했다. 요즘 같은 봄 날씨는 안보다 오히려 바깥이 따뜻했다. 아직 아델의 침실은 난방 장치를 가동했다.

그런데 집무실은 언제나 기온이 낮았다. 집무실은 한겨울에 와도 훈훈한 온기가 없었다. 난방 장치가 고장 났느냐고 물으니 그는 말했다.

「조금 추운 게 집중하는 데 좋아.」

아델은 가지런히 개어 놓은 담요가 눈에 보이자 집어 들었다. 그리고 책상을 빙 돌아 그의 옆으로 다가갔다.

그가 천천히 눈을 떴다. 마치 아델이 들어온 것은 이미 알고 있었던 것처럼 차분하게 가라앉은 보라색 눈동자가 그녀를 응시했다. 잠든 것은 아니었는지 눈빛이 또렷했다.

아델은 담요를 양손으로 쥐고 반쯤 편 채 오도카니 섰다.

"나 주려고?"

아델은 고개를 끄덕였다.

"감기 걸리면 안 되니까요."

잠시 아델을 바라보던 론이 그녀에게 손을 뻗었다. 더 가까이 다가오는 아델의 허리를 잡아 끌어당겼다. 휘청 흔들린 가느다란 몸이 그의 품에 기댔다. 훌쩍 키가 자랐는데도 오히려 팔 안으로 들어오는 허리가 더 가냘프게 느껴졌다.

작은 저항조차도 없었다. 어떤 의문도 없이, 그에 대한 신뢰가 가득 담긴 눈으로 그를 보았다. 알껍데기를 깨고 나온 새끼가 처음 만난 부모를 각인한 것처럼 절대적인 믿음이었다.

그는 희열과 절망을 동시에 느꼈다. 아델이 이 세상에서 믿는 사람은 자신뿐이라는 희열과 그 믿음을 배신할 수 없다는 절망.

완벽하게 지켜 주고 싶으면서도 손아귀에 꽉 쥐어 옴짝달싹하지 못하게 만들고 싶기도 했다. 혹은 그보다 더 위험한 갈망이었다. 순백의 그녀를 자신의 색으로 물들이고 싶은.

'정말 미쳤구나.'

론은 한 손으로 눈을 덮었다. 스스로에 대한 환멸이 밀려왔다.

"어디 아파요?"

"아니. 좀 피곤해서."

피곤한 건 사실이었다. 파티는 새벽까지 이어졌고, 첫날이라 끝날 때까지 자리를 지켰다. 내내 사람들과 인사한 기억밖에 없었다. 나중에는 그 얼굴이 그 얼굴 같았다.

하지만 하루 이틀 정도 샜다고 비실비실하는 체력은 아니었다. 그의 피로는 정신적인 것이다.

심란해서 거의 잠을 못 잤다. 그리고 지금 바로 곁에 고뇌의 근원이 아무것도 모른다는 표정으로 서 있었다.

"이따가 다시 올까요? 과로하지 마요. 또 쓰러지겠어요."

론은 손을 내리면서 어이없다는 표정을 지었다. 아델의 말투는 마치 훈계하는 것 같았다.

"쓰러지긴 누가."

"그렇게 오래전의 일도 아니거든요. 며칠씩이나 의식이 없어서 속을 까맣게 태우게 한 사람이 누군데요."

"그건……."

과로 때문이 아니었지만, 설명할 말이 마땅치 않았다.

"화제 돌리려고 수 쓰지 마. 어제 일을 그냥 넘어갈 생각은 없으니까."

아델은 속눈썹을 파르르 떨다가 눈을 데구루루 굴렸다. 론은 피식 웃었다. 당황할 때 나오는 버릇은 그대로였다.

"레온. 무릎에 앉아도 돼요?"

"안 돼."

그는 다급히 방어했다.

"왜 안 돼요?"

"아델. 이제는 전처럼 행동하면 안 돼."

"다른 사람이 있으면 안 그럴게요. 우리만 있을 때는 뭘 하든 상관없잖아요."

듣기에 따라서는 얼마나 위험한 발언인지 모르니까 하는 말이겠지. 어디서부터 어떻게 시작해야 할지 암담했다. 론은 관자놀이를 꾹 누르다가 일어났다.

"이리 와서 앉아. 얘기 좀 하자."

론은 소파로 가면서 아델에게 손짓했다. 아델은 그의 옆자리에 앉고 싶었지만, 그가 또 안 된다고 할 것 같았다. 아무렇지 않은 척해도 그의 거부는 가슴속에 생채기를 남겼다. 그래서 그를 보며 마주 앉았다.

'처음엔 저랬지.'

론은 새삼 깨닫고 중얼거렸다.

후견인이 된 초반에 아델은 항상 그에게서 일정 거리를 유지했다. 아델이 그의 옆에 붙어 앉아서 재잘재잘 떠들기 시작한 지가 그다지 오래되지 않았다.

아이가 마음을 열어 주어서 기꺼웠다. 만지고 쓰다듬는 일이 아무렇지 않았다.

들을 준비가 되었다는 표정으로 앉아 있는 아델을 보며 론은 자신에게 질문했다. 대체 뭐가 달라진 걸까. 아델은 여전히 사랑스러웠다. 그를 따르고 믿는 태도도 변함없었다.

'문제는 나구나.'

그는 자신에게 던진 질문에 대한 답을 금방 얻었다. 어른이 되어 버린 아이가 더는 아이로 보이지 않았다. 아델은 여전히 아델인데 겉모습이 바뀌었다고 흔들리는 자신이 한심할 따름이었다.

론은 자신의 위치를 재확인했다. 아델을 보호해야 하는 후견인이었다.

"어제는……."

"잘못했어요."

말을 꺼내기가 무섭게 아델이 재빠르게 용서를 구했다.

"성에서 열리는 파티가 너무 궁금했어요. 언제 다시 볼 기회가 있을지도 모르고……. 화났어요?"

"화나지 않았어."

어제 아델에게 사고가 있었다면 화가 났을 것이다. 그랬다고 해도 그의 분노를 감당할 사람은 그녀가 아니었다.

"정말요?"

자신의 눈치를 살피는 아델을 보고 있으니 론은 오히려 미안했다. 파티에 참석하지 못하게 한 건 전적으로 그의 억지였다.

후견으로서의 그의 권리와 의무는 동전의 앞뒤와 같았다. 아델을 보호할 의무가 있기에 그러기 위한 권리도 있는 것이다. 활동의 자유까지 제약하는 것은 지나친 권리의 남용이었다.

"파티에 참석하지 말라고 한 이유는 네가 걱정되어서 그랬어. 아직 준비가 덜 되었다고 생각했지."

아델을 사람들 앞에 내놓고 싶지 않았다. 아델의 세상이 넓어지는 것을 바라지 않았다. 그가 깨달은 자신의 진심은 편협하고 조악하기 짝이 없었다. 부끄러워서 이마가 뜨끈하다.

"네가 원하면 참석해도 좋아."

아델이 도무지 믿기지 않는다는 표정을 지었다.

"당장 오늘은 곤란해. 드레스도 필요하고 최소한의 파티 예절과 왈츠 정도는 속성으로 배워야겠지. 급히 사람을 알아보라고 했으니 늦어도 오후에는 임시 교사들이 올 거야. 네가 게으름을 부리지 않고 배우면 파티 마지막 날에 에스코트해 줄게."

"레온!"

벌떡 일어난 아델이 론의 품으로 뛰어들었다. 미처 그가 제지하기 전에 벌어진 일이었다.

"고마워요. 열심히 배울게요. 절대 실망시키지 않을게요."

아델은 그를 와락 끌어안고 그의 어깨와 가슴에 고개를 비비며 고마움과 기쁨으로 벅차오르는 감정을 표현했다.

"아……. 그래."

무심결에 손으로 아델의 등을 감싸 안으려다가 닿지 못하고 공중에서 배회한 손이 주먹을 쥐었다.

'안 돼. 반응하지 마. 반응하면 넌 개새끼야.'

왜 정신으로 육체를 완전히 통제할 수 없는 것인가. 그는 절망스러웠다.

아이였을 때의 아델을 안을 때와 달랐다. 훨씬 더 부드럽고 말랑말랑한 몸이 마치 그의 몸에 휘감기는 것 같았다. 그는 가슴을 누르는 물컹한 느낌의 정체를 생각하지 않으려고 했다. 머릿속에 양목장을 건설했다. 수십 마리의 양이 마구 뛰어다녔다.

코끝에 스치는 비누 향은 평소와 같은 것인데 왜 훨씬 더 달콤하게 느껴지는지 모르겠다. 촉각과 후각, 양쪽으로 그는 공격받고 있었다.

"아, 참."

아델은 그의 가슴을 두 손으로 짚으며 상체를 일으켰다. 그를 올라타서 아래를 내려다보는 자세가 되었다.

"피곤하다고 했죠. 그럼 점심 먹기 전에……."

말없이 자신을 바라보는 그의 표정이 낯설었다. 보라색 눈동자 속에 침잠한 빛이 날카롭게 날이 선 것 같으면서도 나른하게 늘어진 것 같기도 했다. 이상하게 목이 막혔다.

"점심 먹기 전에. 그리고……?"

평소보다 낮은 목소리였다.

아델은 자기도 모르게 멍하게 그를 보았다. 갑자기 그가 다른 사람 같았다.

"낮잠을…… 한숨 자 두면 좋을 거예요."

'만지고 싶어.'

그녀는 생각과 동시에 행동으로 옮겼다. 손을 들어서 손끝으로 그의 이마와 눈가를 훑으며 내려왔다. 입술 근처까지 내려왔을 때 손목이 잡혔다. 마주친 그의 눈이 몹시 사나워 보였다.

'화났나?'

기분 나빴다면 미안해요, 사과하려고 했다.

갑자기 그녀의 시야가 빙글 돌아갔다. 순식간에 자세가 바뀌었다. 이제는 아델이 그의 아래에 누운 상태가 되었다.

론은 헛웃음이 나왔다. 아델은 말똥말똥한 눈으로 자신을 보고 있었다. 변함없이 맑은 눈이었다.

아델의 행동에는 아무런 의미가 없었다. 그걸 이상하게 해석하는 게 잘못된 거다. 론은 소파에서 일어나 아델을 등지고 섰다.

"더 할 말 없지?"

"레온."

"나가 봐. 오늘 좀 바쁘다."

잠시 후 출입문이 여닫히는 소리가 들렸다.

조용해진 집무실에 한숨 소리가 흘렀다.

론은 소파에 털썩 앉아 기대어 고개를 뒤로 젖혔다. 전력 질주라도 한 것처럼 진이 다 빠졌다. 그는 두 손으로 얼굴을 덮고 기나긴 한숨을 재차 내쉬었다.

아델은 닫힌 집무실 문에 등을 기댄 채 붉어진 눈시울을 손등으로 문질렀다.

'날 쫓아냈어.'

이런 적이 없었다.

'레온은 바뀐 내가 마음이 들지 않나 봐.'

몸이 자라면 가장 기뻐하고 축하해 줄 사람이 레온이라고 생각했기 때문에 아델의 충격은 컸다.

'할머니라면 정말 기뻐하셨을 텐데.'

그녀는 갑자기 외로워졌다.

*   *   *

총 닷새의 파티에서 나흘째 되는 날, 이른 아침부터 마담 르네젤은 조수를 다섯이나 데리고 방문했다.

다섯 명의 조수로 부족해서 하녀까지 동원하여 마차 가득 싣고 온 드레스를 아델의 방으로 운반했다. 테이블 위에 잔뜩 쌓이는 드레스를 보며 아델이 물었다.

"저게 다 뭐예요?"

"뭐긴요. 아가씨가 내일 입으실 드레스지요."

"난 한 벌만 있으면 되는데요?"

"그렇지요. 그러니까 이제부터 그 한 벌을 골라야겠죠."

　생긋 웃는 르네젤의 미소가 왠지 불길했다. 이때까지만 해도 어떤 강행군이 자신을 기다리고 있을지 아델은 생각하지 못했다.

'이게 몇 번째더라.'

　보라색의 드레스를 입은 여자가 거울 속에서 퀭한 눈으로 아델을 응시했다. 처음 몇 벌까지는 즐거웠다. 다섯 번을 갈아입고부터는 적당히 대충 골랐으면 싶었다. 지금 심정은 제비뽑기를 해서 고른 것을 내일 입어야 한대도 아무 불만이 없었다.

　르네젤은 아델이 드레스를 갈아입을 때마다 '오오.' 하고 감탄했다. 드디어 낙점했나! 기대해서 바라보면 진심으로 유감스러워하며 탄식했다.

"정말 속상해요. 아가씨의 첫 데뷔인데 이 정도로는 안 되죠."

'뭐가 문제지. 예쁘잖아.'

　아델이 디자이너는 아니지만, 르네젤이 정성을 다해서 제작한 드레스를 이미 수백 벌 갖고 있었다. 대충 잘 만들어진 옷인지 아닌지 정도는 구별하는 센스가 있었다. 드레스는 르네젤이 말하는 것만큼 형편없지 않았다.

'완벽하지 않은 건 어쩔 수 없지. 내 맞춤복이 아니니까. 마담이 그걸 모르지는 않을 텐데.'

드레스는 아델의 체형에 맞지 않았다. 입어 본 드레스 대부분이 조금씩 크거나 작았다.

워낙 고가품인 파티 드레스는 주문을 받아야 제작했다. 견본품도 거의 만들지 않았다. 제작 기간은 빠듯하게 잡아도 최소 보름은 걸렸다.

르네젤이 오늘 가져온 드레스는 제작 후 이런 저런 사정으로 결국 주인을 찾지 못하고 창고에 있었거나 누군가 한두 번 입고 되판 것들이었다.

"하아……. 이건 안 되겠어요. 색이 너무 탁해요."

르네젤의 말이 떨어지자마자 조수들이 아델의 곁에 달라붙어 드레스를 벗겼다.

"시간이 조금만, 최소한 열흘만 더 있었어도 제가 아가씨께 아주 완벽하게 어울리는 드레스를 만들었을 텐데요."

"마담. 다음에는 꼭 마담이 만들어 주는 드레스를 입을게요."

원통해하는 르네젤을 위로하면서 아델은 속으로 애원했다.

'제발 적당히 하고 아무거나 골라 줘요!'

"하지만 아가씨의 데뷔 무대인데!"

"성년 생일에 성주님께서 파티를 열어 준다고 하셨어요. 성년을 기념하는 파티는 특별하잖아요."

"성년 파티요?"

르네젤은 생각지 못한 보물을 발견한 자처럼 눈을 번뜩였다.

"맞아요. 성년 파티는 아주 특별하죠. 그날은 제가 아가씨께 최고의 드레스를 만들어 드릴게요."

금방 발랄해진 르네젤이 손뼉을 두 번 쳤다.

"자, 자. 아가씨도 힘내세요. 거울을 볼 때는 웃으시고요. 힘 드신 건 알지만, 파티의 꽃이라 불리는 레이디가 되는 과정은 절대 만만하지 않답니다."

아델은 다른 드레스로 갈아입은 후 다시 거울 앞에 섰다. 옆에서 르네젤이 '미소!' 하고 지적하자마자 있는 힘껏 양쪽 입꼬리를 위로 올렸다. 볼과 턱의 근육에 경련이 일어났다.

'레온의 말이 맞았어.'

아델은 반성했다. 사교 파티에 참석하는 것을 너무 만만하게 생각했다. 대단한 인내심과 체력이 필요한 과정이었다.

'참자. 오늘만 참으면 되잖아.'

론이 알았다면 참 안타까워했을 정보였다. 르네젤을 이틀만 투입했어도 아델은 아마 제풀에 지쳐 파티 참석을 포기했을 것이다.

마침내 르네젤이 '이걸로 하죠.'라고 낙점했을 때는 오후가 다 되었다.

"아가씨께 딱 맞도록 수선해서 내일 다시 올게요. 혹시나 해서 드리는 말씀이지만, 오늘 저녁은 과식하지 마시고 야식은 절대 안 됩니다. 아셨죠?"

르네젤이 돌아가고 나서 아델은 속옷 차림으로 침대 위에 축
늘어졌다.

"괜찮으세요? 아가씨."

"응……."

멜이 아델을 측은한 눈으로 바라보았다.

"좀 더 쉬실래요? 왈츠 수업을 미루겠다고 할까요?"

"아니야. 가야지."

아델은 벌떡 일어났다.

'레온하고 약속했어.'

며칠 만에 교양과 화법, 예절, 왈츠까지 배우려니 숨이 찰 지
경이었다. 비록 겉핥기에 불과했지만 최소의 필요한 내용을 익
히는 것만으로도 만만치 않았다.

그래도 아델은 절대 힘들다고 하지 않았고 더 열심히 했다. 게
으름은 피우지 않을 것이다. 얼마든지 해낼 수 있다는 걸 그에게
보여 주고 싶었다.

연습실은 성주의 집무실 근처에 있는 응접실이었다. 꽤 넓어
서 가구를 한쪽으로 몰아 두니 왈츠 연습이 가능한 충분한 공간
을 확보할 수 있었다.

왈츠 교사 이자벨은 이미 도착해서 아델을 기다리고 있었다.
여교사였으나 남성용 연미복을 입었다. 그녀는 아델의 파트너

가 되어 왈츠 수업을 진행했다.

"준비되었으면 시작할까요?"

"네."

아델은 작게 심호흡하고 이자벨의 앞에 섰다.

"하나 둘 셋. 둘 둘 셋."

이자벨이 입으로 박자를 세면서 두 사람은 서로에게 다가섰다. 아델은 왼손을 이자벨의 어깨에, 오른손은 이자벨의 손 위에 올렸다. 이자벨은 아델의 손을 살짝 잡으며 다른 손은 아델의 어깨 아래의 등을 받쳤다.

"하나 둘 셋. 여기서 턴."

박자를 놓치지 않기 위해서 아델은 신경을 곤두세웠다. 아직 그녀는 왈츠를 즐기는 단계에 들어가지 못했다. 박자가 틀리면 어쩌나, 발의 위치를 잘못해서 상대의 발을 밟으면 어쩌나 고민하느라 정신이 하나도 없었다.

'이번에 오른발이 앞으로. 다음에는 돌면서 왼발을 뒤로.'

몸의 기억이 아닌 머릿속의 암기를 따라갔다.

"좋습니다. 뒤로 뒤로 턴."

빙글빙글 도는 두 사람이 넓은 응접실을 누비고 다녔다. 시작했던 장소에 다시 돌아오면서 한 번의 왈츠가 끝났다.

이자벨은 흐뭇한 표정으로 손뼉을 쳤다.

"좋아요. 잘했어요. 실력이 많이 늘었군요."

아델은 발갛게 상기된 얼굴로 수줍게 웃었다. 처음으로 스텝을 한 번도 틀리지 않았다.

"비웃음을 사는 수준은 넘은 거죠?"

이자벨이 웃었다.

"그런 걱정을 했어요? 우리가 만난 날에 설명했지만, 왈츠는 여성의 역할이 소극적이에요. 남성이 잘 리드해야 근사하게 폼이 나는 춤이지요. 남성이 제대로 이끌면 왈츠를 전혀 모르는 여성도 그럴듯하게 출 수 있거든요."

"네⋯⋯."

"스톤 양은 왈츠가 세 박자라는 것만 잊지 않으면 돼요. 아마여러 남성들과 왈츠를 추다 보면 파트너가 잘 리드해 주는지 아닌지 알게 될 겁니다. 사실 왈츠 연습에 매진하는 사람들은 남성이 더 많아요. 내가 가르치는 제자 중에는 여성보다 남성이 압도적으로 많답니다. 그래도 역시 여성의 실력도 좋아야 멋진 왈츠가 완성되지요. 그럼 연습을 더 할까요?"

"네."

두 사람은 연습실을 돌고 또 돌았다. 소리를 녹음하고 재생하는 마법 물품에서 왈츠곡이 끊임없이 흘러나왔다.

'처음에 봤을 때는 우아한 춤이라고만 생각했는데.'

왈츠를 배우기로 한 첫날, 이자벨은 조수를 파트너로 삼아 아델의 앞에서 왈츠를 추었다. '네가 배울 왈츠란 이런 것이다'라고 보여 주었다.

부드럽게 미끄러지듯 스텝을 밟으며 왈츠를 추는 두 사람이 얼마나 근사해 보이던지. 연애소설을 읽으며 상상했던 것보다 훨씬 멋졌다. 파티 홀에서 왈츠를 추는 자신의 모습을 그리는 것만으로도 가슴이 벅차올랐다.

그런데 직접 배워 보니 왈츠는 수면 아래에서 물장구치는 백조였다. 우아한 몸짓을 위해서는 온몸이 땀으로 흠뻑 젖는 연습이 필요했다.

'여기서 한 발 앞으로. 그리고 턴.'

휙 몸을 돌리다가 아델의 눈이 휘둥그레졌다. 응접실의 문이 열려 있고 론이 문에 기대어 그들을 보고 있었다.

"어허. 집중하세요."

따끔한 지적을 듣고 아델은 다시 정신을 바짝 차렸다. 왈츠가 끝나자마자 고개를 돌려서 아직 그가 있는지 확인했다. 여전히 같은 자리에 있는 그를 보자 얼굴이 화끈거렸다. 미숙한 왈츠 실력을 보인 것이 부끄러웠다.

론은 숨을 고르고 있는 아델에게 다가왔다.

"잘하는군. 며칠 배운 실력 같지 않아."

이자벨이 맞장구쳤다.

"스톤 양이 배우는 속도가 빠릅니다. 성주님, 괜찮으시면 스톤 양의 파트너가 되어 상대해 주시지 않겠습니까?"

아델이 화들짝 놀랐다.

"선생님. 제가 아직 실력이……."

"스톤 양의 실력은 하루 이틀 더 배운다고 달라지지 않아요.

당장 내일이죠? 남성이 파트너가 되면 어떤 느낌인지 경험해 보세요. 내가 파트너일 때와 많이 다를 거예요."

당혹스러워하는 아델의 앞으로 론이 다가섰다. 무의식적으로 흠칫 놀라는 아델을 보며 론이 미간을 구겼다. 그녀를 피해 다닌 건 자신이면서 아델이 불편해하자 섭섭했다.

아델은 그가 내미는 손을 물끄러미 보다가 손을 올렸다. 마지못해 손을 내어 준 것처럼 조심스러웠다.

'첫 스텝은 오른발부터.'

아델이 교사의 가르침을 되새기는데 잡힌 손이 확 당겨졌다.

'헉!'

그의 가슴에 그대로 부딪칠 것 같아서 한 손으로 그의 어깨를 붙들었다. 그의 손이 등을 감싸 안았을 때 아델은 어느새 완전한 왈츠의 준비 자세가 되었다는 사실을 깨달았다.

"하나 둘 셋. 둘 둘 셋."

교사가 박자 추임새를 넣으며 시작을 알렸다.

'어떡해. 실수할 것 같아.'

바짝 긴장해서 온몸이 뻣뻣했다. 달달 외우고 있던 왈츠의 스텝이 전혀 떠오르지 않았다.

'오른발이었나? 다음은 왼발인가?'

등에서 식은땀이 났다. 그런데 얼마 지나지 않아 잔뜩 굳어 있던 아델의 표정이 풀어졌다.

'왜 이렇게 쉽지?'

얼떨떨했다. 그저 자연스럽게 몸이 움직이는 대로 발을 옮기면 바로 다음 동작으로 연결되었다. 아델은 자신의 실력에 자만하지 않았다. 머리가 아닌 몸이 기억하는 단계에 이르려면 아직 멀었다. 이건 파트너의 실력이었다.

왈츠는 남성이 주도라는 춤이라는 교사의 말이 비로소 이해가 되었다.

'이게 남자의 힘이구나.'

인형사의 손에 조종되는 마리오네트가 된 것 같았다. 압도적인 힘의 차이를 느끼는 기분은 정말 이상했다. 그가 이끄는 대로 맡기면 된다고 생각하자 몸에서 힘이 빠졌다.

지금 왈츠를 추는 자신의 모습을 외부에서 관찰할 수 없지만, 느낌으로 알았다. 연습 때보다 훨씬 자연스러워 보일 것이다.

박수 소리를 들으며 아델은 정신을 차렸다. 어느새 왈츠가 끝났다.

"훌륭합니다. 성주님의 왈츠 실력은 아주 수준이 높으시군요."

이자벨은 호감이 가득한 표정으로 론을 칭찬했다.

왈츠를 가르치는 사람으로서 실력자에 대한 호의 이상은 아닐 것이다. 알면서도 아델은 기분이 상했다.

다른 사람이 그를 보고 웃지 않으면 좋겠다.

'못됐어.'

그를 좋아하면서 왜 다른 사람이 그를 싫어하기를 바라는 거지?

아델은 자신의 비뚤어진 마음이 실망스러웠다.

"힘들어 보이는군요. 여기까지만 할까요?"

이자벨은 어두운 아델의 표정을 기력을 소진해서라고 오해했다.

"행운을 빌어요. 스톤 양. 내일 성공적인 데뷔 무대가 되기를 바랄게요."

"네. 감사해요. 가르침 덕분에 많이 배웠습니다."

"그럼 성주님. 저는 제 짐을 정리해서 오늘 중으로 나가겠습니다."

이자벨은 임시 교사였다. 오늘까지만 가르치기로 계약을 맺었다.

"급한 일이 있는 게 아니면 내일 파티에 참석하시겠소? 가르친 제자가 잘 배웠는지 확인도 할 겸 말이오."

"아……. 초대해 주셔서 영광입니다만, 그런 장소에 입고 나갈 옷이 없군요. 말씀만 감사히 받겠습니다."

"그런 문제라면 도와주겠소."

론은 하녀를 불러서 이자벨의 의상을 구해 주도록 지시했다. 이자벨은 기뻐하며 감사를 표하고 하녀와 나갔다.

연습실에는 두 사람만 남았다. 순간 두 사람의 시선이 부딪쳤다. 론이 고개를 돌리려는데 아델이 그의 옷을 덥석 잡았다. 그리고 놀라 손을 떼며 물러났다.

"미안해요."

"뭐가?"

또. 아델이 자신을 피했다. 론은 예민하게 신경이 곤두섰다.

"불편하게 해서요. 내가 가까이 가는 것도, 만지는 것도 싫어
하잖아요."

"무슨 소리야? 내가 언제."

아델은 그를 노려보았다.

"날 예민하다고 몰아갈 생각 마요. 레온은 이틀 전에 집무실
에서 날 쫓아냈어요."

그때의 민망함과 분한 기분은 잊지 못할 것이다.

"쫓아낸 게 아니라……."

론은 한숨을 내쉬며 제 머리를 헤집어 쓸어 올렸다. 아델이 이
대로 오해하게 놔두는 게 나을 것이다. 두 사람 사이에 적당한
거리가 유지되는 것이 그가 바라는 일이었다.

아니, 바랐다고 생각했으나 아니라는 걸 지금 알았다. 아델이
멀어지는 게 싫다.

'도대체 네가 진짜 원하는 게 뭐야?'

론은 자신을 다그쳤다. 지난 이틀 내내 끊임없이 고민한 문제
였다. 끝내 답을 얻지 못했으나 새침하게 자신을 노려보고 있는
아델을 보고 있으니 해답이 떠올랐다. 오랜 고민이 무색했다.

"아델."

"왜요."

아델은 퉁명스럽게 받아쳤다. 그 모습마저도 예뻐 보였다.

론은 이미 돌아갈 수 없는 먼 길을 왔다는 사실을 깨달았다. 아델은 그의 가슴에 깊이 박혀 버렸다. 갑자기 달라진 아델의 모습에 당혹스러워서 끙끙대는 자신의 고뇌는 사소한 문제에 불과했다.

'네가 행복해졌으면 좋겠다.'

궁극적으로 그가 바라는 것이었다. 절대 흔들릴 수 없는 원칙이었다. 시마에게 아델을 부탁받았을 때부터 지금까지 그가 아델에게 바라는 것을 오직 그것뿐이었다.

아델이 자신에게 바라는 것이 믿음직스러운 보호자의 역할이라면 충실히 해 주면 된다.

"그날은 미안. 내가 피곤해서 괜한 화풀이를 했나 봐."

"그러니까. 내게 짜증을 낸 거예요? 아무 이유 없이?"

이유 없는 화풀이 대상이 되었다는데 아델은 오히려 기분이 풀렸다. 레바스의 성주님은 결코 감정적인 사람이 아니었다. 그만큼 나와 친하고 내가 편해서 그랬겠구나, 생각하니까 우쭐해졌다.

"다시는 그러지 마요."

"안 그럴게."

아델은 그의 앞으로 바짝 다가섰다. 잠깐 그는 움찔했지만 물러나지 않았다.

"앞으로는 항상 먼저 물어볼게요. 지금 바쁘거나 피곤해요?"

"……."

뜻밖에 뒤끝이 있다.

"시간 괜찮으면 왈츠 연습 하는 거 도와줘요."

지은 죄가 있으니 론은 순순히 손을 내밀었다. 두 사람이 준비 자세를 잡고 나서 아델이 중얼거렸다.

"음악이 없네요."

이자벨이 아까 나갈 때 마법 물품을 챙겨서 가져갔다. 그건 이 자벨 소유의 수업 도구였다.

"음악은 없어도 돼."

부드러운 출발이었다. 그의 말대로 음악은 필요하지 않았다. 수업 시간 내내 반복해서 들었던 왈츠곡이 아델의 머릿속에서 저절로 연주되었다.

대신 음악이 없으니 끝이 나지 않았다. 두 사람은 계속해서 연 습실 안을 돌며 왈츠를 추었다.

그와의 왈츠는 확실히 편했다. 아예 실수가 없지는 않았다. 가끔 스텝이 꼬이고 그의 발등을 살짝 밟기도 했다. 하지만 그가 전혀 당황하지 않고 동작이 끊어지지 않게 유도하니까 실수에 민망해할 틈이 없었다.

이자벨이 파트너일 때와 다른 점이 눈에 들어왔다. 가장 큰 차 이는 눈높이였다. 이자벨의 키는 아델과 거의 비슷했다. 하지만 론은 아델이 고개를 위로 들어야 얼굴을 볼 수 있었다.

"왈츠는 언제 배웠어요?"

대화를 나눌 여유도 생겼다.

"예전에."

"레바스에 와서 배운 건 아니죠? 용병이 왈츠도 배워요?"

"용병이 되기 전에 배운 거야."

"줄리오를 만났을 때가 열네 살이었다면서요. 그보다 어릴 때 겠네요."

론이 미간을 찡그렸다. 별 얘기를 다 했군, 속으로 투덜거렸다.

"어릴 때 배운 걸 아직 기억해요?"

"한 번 배운 건 안 잊으니까. 머리로 배웠든 몸으로 배웠든."

아델은 눈을 동그랗게 떴다가 쿡쿡 웃었다.

"왜 웃어?"

"줄리오가 한 말이 떠올라서요. 용병대에 있을 때 레온이 음……. 얄미웠다고 했거든요."

론은 코웃음 쳤다. 그런 순화된 표현을 쓰지는 않았을 것이다. 재수 없었다거나 싸가지 없는 놈이었다거나, 그런 식으로 말했겠지.

"잘난 척하려는 의도는 없이 '내가 원래 잘났어.'라고 하면 오히려 더 얄밉기는 할 것 같네요."

"……."

론은 키가 자라는 것과 말재주가 느는 것에 무슨 상관관계가 있는지 고민했다.

"레온의 왈츠 실력이 좋아서 다른 사람과 제대로 출 수 있을지 모르겠어요. 자꾸 실수할 것 같아서 걱정이에요."

'다른 사람? 그건 아직 일러.'

론은 무의식중에 아델을 더 가까이 당겨 안았다.

"그만할래요. 다리가 아파요."

두 사람은 널찍한 연습실의 정중앙에서 멈추었다.

"내일. 내가 잘할 수 있을까요?"

투정 한마디를 하자마자 아델은 아차, 싶었다. 그는 괜한 마음 고생하지 말고 지금이라도 포기하라고 말할 것 같았다.

"걱정 마. 잘할 수 있어. 옆에서 도와줄게."

예상과 다른 다정한 위로를 들으니 가슴이 뭉클했다. 아델은 그를 올려다보며 배시시 웃었다가 두 팔로 그의 등을 안으며 가슴에 푹 기댔다. 그가 자신을 밀어내면 어쩌나 조마조마했다. 다행히 그는 마주 앉아 주지는 않았지만, 거부하지도 않았다.

자신을 꼭 안고 있는 금발의 정수리를 내려다보며 론은 한숨을 삼켰다. 그의 두 손은 갈 곳을 찾지 못하고 방황했다.

소담한 어깨를 감싸고 한 팔에 들어오는 허리를 끌어안고 싶어서 그는 치열하게 갈등했다.

그가 지금 손을 못 대는 이유는 간단했다. 그 이상을 원하게 될 것 같으니까.

"흠, 흠."

제3자의 낮은 헛기침 소리가 들렸다. 반쯤 열린 문 앞에 제드가 어느새 들어와 서 있었다.

"성주님. 연회장으로 내려가시려면 준비하셔야 합니다."

"알았다."

당황하면 더 이상해 보일 것이다. 론은 무감정하게 대답했다.

제드는 꾸벅 고개를 숙이고 물러갔다. 마치 '자리를 비켜 드리겠습니다.'라고 말하는 것 같았다. 헛기침을 한 것도 신경 쓰였다. 붙들고 '그런 거 아니야!'라고 외칠 뻔했다.

'그런 게 아닌 건 또 뭐냐.'

자신이 한심한 얼간이 같았다.

"아델. 가 봐야 해."

아델은 마지못해서 팔을 풀었다. 그를 안은 것이 오랜만이라 무척 아쉬웠다.

론은 아델의 머리 위를 가볍게 툭툭 두드렸다. 그러자 아델이 눈을 치켜떴다.

"그거 하지 마요. 난 이제 어린애 아니에요."

뭐래. 론은 어이가 없었다.

"……얼른 커라."

키만 크다고 어른인가.

어린애다 어린애. 론은 주문처럼 되뇌었다.

아무래도 갑자기 자란 아델에게 적응할 시간이 필요했던 모양이다. 달라진 겉모습 안쪽에 숨어 있는 소녀의 모습이 잔상처럼 보였다. 그러자 불편하게 뛰던 심장이 어느 정도 진정이 되었다.

아델은 휙 돌아서 나가는 그의 등에 소리쳤다.

"무슨 뜻이에요? 난 다 컸다고요!"

론은 대답 없이 나가 버렸다. 홀로 남은 아델은 분해서 발을 굴렀다.

'역시 날 아직도 어린애 취급하고 있어!'

키가 다 컸는데도 그가 자신을 바라보는 시선에 변화가 없으면 대체 뭘 더 해야 하는 걸까. 아델은 초조한 표정으로 입술을 깨물었다. 키가 크면 모든 문제가 다 해결될 줄 알았다. 만능 답안인 줄 알았더니 아니었다.

아델은 뚱한 표정으로 방에 돌아왔다.

"연습을 오래 하셨네요. 다리 주물러 드릴게요. 풀어 주지 않으면 내일 더 아프실 거예요."

"응."

엎드려 누운 아델의 다리를 멜이 마사지해 주었다.

"멜. 다르게 보이고 싶으면 어떻게 해야 할까."

"다르게라니, 어떻게요?"

"날 어린애로 보는 사람에게 이제 난 어린애가 아니라고 알려 주고 싶어."

꾹꾹 손끝으로 종아리를 누르던 멜의 손짓이 멈칫했다.

"어떻게 보이길 바라시는데요?"

"그냥…… 좀 다르게."

"아가씨를 여자로 보기를 바란다는 말씀이세요?"

"난 원래 여자야."

멜이 웃으며 말했다.

"혹시 아가씨를 다르게 봐 줬으면 하는 분이 성주님이세요?"

대답이 없었다. 한참 만에 기어들어 가는 목소리로 아델이 말했다.

"……어떻게 알았어?"

멜은 소리를 죽여 웃었다.

'귀여운 우리 아가씨.'

어쩌면 이렇게 풋풋할까.

'아가씨가 성주님께 연애 감정을 품기 시작했나?'

아델의 마음이 시작 단계가 아닌, 어느 정도 무르익은 상태라고는 전혀 짐작조차 하지 못했다. 멜도 어쩔 수 없이 보이는 대로 판단하는 편견이 있었다.

'성주님과 아가씨?'

멜은 두 분을 나란히 세워 보았다. 둘 다 미남 미녀라서 그런지 흠잡을 곳이 없이 어울렸다.

안주인으로 어떤 분이 들어오실까, 라는 주제로 하녀들과 수다를 떤 적이 있었다. 그때 누군가가 말했다.

「아가씨의 병만 아니었어도 아가씨가 성주님과 결혼하서도 될 텐데.」

처음에는 말도 안 된다고 생각했다. 그런데 고모인 마틸다 집사와 대화하던 중에 이런 말을 들었다고 했더니 반응이 뜻밖이었다.

「전대 성주님께서 살아 계셨다면, 손자분을 더 일찍 찾으셨다면, 아가씨가 병에 걸리지 않았다면. 벌어지지 않은 일로 만약을 논하는 건 쓸데없다지만, 나는 전대 성주님이 적극 나서서 두 분을 맺어 주셨을 것 같구나. 그분은 가법 때문에 아가씨를 양녀로 들이지 못하셨지. 손자와 결혼하면 법적인 가족이 될 수 있을 테니까 그 기회를 놓치지 않으셨을 거야.」

그때는 그냥 들어 넘겼다. 그런데 고모가 '만약'이라고 제시한 세 가지 경우에서 한 가지가 이루어졌다.

'아가씨와 성주님……. 두 분이 안 될 이유가 없지. 안 그래?'

멜은 혼자 묻고 혼자 답하며 고개를 끄덕였다.

'근데 아가씨는 이성에 관심이 없으신 줄 알았는데.'

기사가 왜 멋지냐고 묻는 분이었다. 그쪽 방면으로는 정말 무지했다.

'아! 연애소설. 한동안 무척 많이 읽으셨지.'

그런데 멜이 아델에게 빌려준 소설은 심각한 문제점이 있었다.

'남녀의 사랑이 포옹과 키스, 그리고 결혼으로 연결된다고 아시면 어쩌지? 설마……. 아니야, 그럴 수 있어. 아가씨가 어디서 배우시겠어.'

아델에게는 친구도, 어머니도, 유모도 없었다. 몸이 자라지 않으니 성장하며 자연스럽게 나타나는 신체의 변화를 겪을 일도, 당황할 일도, 배울 이유도 없었다. 여자의 몸에 대해서 남녀의 사랑에 대해서 아델에게 가르쳐 줄 사람이 없었다.

"아가씨는 성주님께서 아가씨를 여자 어른으로 봐 주기를 바라신다는 거죠?"

아델은 엎드린 채 고개를 끄덕였다.

"제가 방법을 알려 드릴게요."

"진짜?"

아델이 눈을 동그랗게 뜨고 고개를 뒤로 돌렸다. 가끔 아델은 멜이 요술주머니 같았다.

"시간은 좀 걸릴 것 같아요. 제가 자료를 구해야 하거든요."

멜은 아델에게 성교육을 시켜 줘야겠다고 생각했다.

4장
연회장에서 벌어진 일

레바스 성에서 개최한 파티의 마지막 날이 밝았다.

라미아는 침대에서 뒹굴뒹굴하다가 정오 가까이가 되어 일어났다. 느지막이 아침 겸 점심을 먹고 있는데 바네사가 들어왔다.

부스스한 머리와 구겨진 잠옷 차림의 라미아와 다르게 바네사는 당장 무도회에 나가도 될 차림새였다.

"이제 일어난 거야?"

바네사는 테이블의 맞은편에 앉았다.

"넌 어디 갔다 왔어?"

"성 안 구경을 하고 왔지. 오늘이 마지막 날이니까. 레바스 성을 언제 또 와 볼 수 있겠어. 넌 나가 보지 않을 거야?"

"첫날에 봤잖아."

"그건 대충이었고. 오늘은 첫날보다 더 많이 공개했어."

라미아는 잠시 혹하는 표정이었다가 고개를 저었다.

"귀찮아. 어차피 진짜 중요한 곳은 보여 주지도 않을 텐데. 난 여기 관광하러 온 게 아니라고."

"여기 와서 너 되게 늘어져 있더라."

"그러게. 보는 눈이 없으니 편하네."

라미아는 평소에 규칙적인 일과에 맞추어 생활했다. 아무리 늦게 자도 일찍 일어났고 곁에서 보면 몸 하나로 부족할 만큼 바쁘게 살았다.

이복형제들과 후계 자리를 두고 신경전이 한창이었다. 누구에게도 빈틈을 보일 수 없었다. 어디서 무슨 실수를 하면 경쟁자의 귀에 들어간다고 생각했다. 하루하루가 전쟁이었다.

레바스 성에서 개최한 닷새의 파티는 유례가 드문 긴 일정이었다. 개최자도 부담스럽고 참석자도 부담스럽다. 그런데 라미아는 이미 파티 첫날에 몰려든 사람을 보고 예감했다. 대성공으로 마무리될 거라고.

어쨌든 라미아는 이곳에 오려고 닷새를 뺐다. 여기서 할 일은 파티 참석뿐이니 온종일 침대에 늘어져도 거리낄 게 없었다.

"정말 멋진 성이야. 웅장하고 고풍스럽고. 크리드 성의 두 배는 되는 것 같지 않아?"

"더 될걸."

"더 커질 수도 있겠지? 주변이 빈 땅이잖아."

"여기서 더 넓혀서 뭐하게."

말은 그렇게 하면서도 라미아는 레바스 성의 확장 가능성이 부러웠다. 레바스를 제외한 다른 대가문의 성은 모두 시가지의 중심지에 있었다. 주변에 건물이 꽉 들어차 있고 땅값이 비싸서 성을 넓힐 엄두를 내지 못한다.

"재미있는 일이 있었어."

문득 생각난 듯 바네사가 쿡쿡 웃었다.

"조금 전에 들은 이야기인데 금색 초대장을 받았다고 허풍을 떨었다가 들통나서 망신당한 사람이 있었나 봐. 대체 왜 그런 거 짓말을 하는지 몰라. 별사람이 다 있어."

"네 가문은 받았으니까 넌 여유로운 거야. 받지 못한 입장이면 그 해프닝이 즐거울 것 같아?"

라미아는 바네사가 서부의 명문가 출신이라는 점을 상기시켰다.

"그럴 수도 있지. 그런데 대부분 파티는 손님을 선별해서 초대장을 발송해. 기명 초대장을 받은 게 자랑할 일은 아니고 못 받았다고 무시당할 일도 아니라고. 그걸 거짓말까지 해서 자랑하는 사람이 우스운 거지."

"이번에는 좀 달랐잖아. 금색 초대장으로 사람들 사이에 묘한 신경전이 있었다고 들었어. 언제부터 레바스 가문의 초대 명단이 다른 가문의 수준을 결정하는 기준이 되었는지 모르겠다."

"뭘 그렇게까지 비약해. 레바스는 좀 특별하잖아."

"특별?"

라미아의 음성이 삐딱했다.

"고깝게 듣지 마. 난 대부분 사람의 생각을 말하는 거니까."

"그러면 어디 들어 보자. 어디가 어떻게 특별해?"

"레바스 가문은 역사서에도 나와. 최초의 일곱 가문 중 하나라고. 하란의 역사란 말이야. 그래서 그런지 뭐랄까……. 하란의 유일한 왕족 같아."

라미아는 눈을 크게 떴다가 푸하하 웃음을 터뜨렸다.

"다들 귀족이니 왕족이니 이런 환상은 깨진 거 아니었어? 실제로 그런 자들은 대륙에서 실컷 보잖아. 오만하고 권위적이고 비합리적이고 비효율적이지."

바네사는 눈을 흘겼다.

"너무 비웃는다. 그리고 나도 대륙의 귀족을 여럿 봤지만 다 그렇지는 않아. 진짜 고귀한 신분의 기품이 이런 거구나, 하는 사람도 있었어."

"백에 한두 명 있을까 말까. 그리고 여자는 절대 동등한 인격으로 대우 안 하지."

"그건 동감."

'왕족이라…….'

닷새 전에 같은 말을 들었으면 한바탕 웃고 잊었을 것이다. 그런데 지금은 바네사의 말이 무슨 뜻인지 이해가 되었다.

레바스의 주인, 레온 레바스.

그는 정말 인상 깊은 사람이었다.

파티 첫날에 라미아는 정의감에 불타올라서 예기치 않게 성주와 인사를 나누게 되었다.

「*라미아 크리드입니다. 서부에서 왔습니다.*」

라미아의 소개말을 듣자마자 성주의 눈빛이 살짝 변했다. 라미아가 누구인지, 성별이 여자라는 것도 아는 눈치였다.

모든 손님을 다 파악하기는 어려워도 중요한 손님의 신상정보는 파악해 두었을 것이다. 라미아 크리드의 가치가 그 정도는 되었다. 자신을 알아본 건 놀랍지 않지만, 성주의 담백한 시선이 의외였다.

네가 정말 여자? 그런 흥미를 담아 관찰하는 눈빛이 아니었다. 그거 하나만으로도 첫인상은 좋았다.

「*내 기사에게 무슨 용무입니까?*」
「*커튼 뒤에 누가 있는지 확인하게 해 주십시오. 그저 제가 아는 사람이 맞는지 확인만 하면 되는데 성주님의 기사가 길을 막고 있습니다.*」
「*누구를 찾고 있는지 모르겠지만, 찾는 사람은 안에 없습니다.*」

라미아가 끈질기게 요구하자 성주는 자리를 옮기자고 제안했다.

> 「언쟁을 벌이기에는 보는 눈이 많군요.」

그들은 구석진 기둥 뒤로 이동했다.

> 「사람을 찾고 있다면 기사를 불러 도우라고 하겠습니다.」
> 「제가 찾는 사람이 아까 그 커튼 뒤로 들어가는 것을 분명히 봤습니다.」

보여 달라는 요청과 완곡한 거절이 몇 번 오가다가 라미아는 짜증이 나서 쏘아붙였다.

> 「제가 찾는 사람은 성의 하녀입니다. 제게 도움을 준 일이 있어서 감사 인사를 하려고 찾다가 커튼 뒤로 들어가는 모습을 보았습니다. 그 뒤를 성주님께서 따라 들어가시는 모습도요. 저는 하녀에게 아무 일이 없는지 알고 싶습니다.」

지금 생각하면 참 어이없는 짓이었다. 명확한 증거도 확보하지 않고 상대를 불한당으로 의심하고 몰아갔다.

'욱하는 버릇을 고쳐야 하는데.'

라미아가 인정하는 자신의 치명적인 단점이었다. 그리고 크리드 가문 혈통의 특징이기도 했다.

그날 실수한 사람은 라미아였다. 대단한 무례를 범했다. 성주가 노해서 라미아를 당장 성 밖으로 쫓아낸대도 할 말이 없었다. 그런데 성주는 불쾌해하는 게 아니라 난처한 듯 웃었다.

「염려하는 그런 일은 없었습니다. 그리고 그녀는 하녀도 아닙니다.」

「예?」

「만약 커튼 뒤로 따라 들어간 사람이 내가 아닌 다른 사람이었고, 그때도 이렇게 나서 주었다면 무척 감사하게 생각했을 겁니다. 그녀는 괜찮습니다. 염려 마시고 파티를 즐기십시오.」

정중하게 말하는 성주는 아무리 봐도 추잡한 짓을 저지를 사람 같지 않았다. 라미아는 더 따지지 못하고 물러섰다.

'독특했어.'

레바스의 성주는 지금껏 만난 사람 중에서 손꼽히게 인상적이었다. 속이 보이지 않는데 교활하다는 느낌이 없었다. 약간은 느릿하고 차분한 말투, 웃는 듯 마는 듯 기분을 알 수 없는 표정.

라미아는 빵을 우물거리며 바네사가 한 말을 곱씹었다.

'대륙에서 자랐다는 말이 있던데. 어머니 쪽이 대륙인인가? 혹시 외가가 어느 나라 왕실일 수도……'

"라미아. 오늘이 마지막 날이야. 성주님과는 언제 인사를 나눌 거야?"

"인사했어. 대화도 했고."

"뭐? 언제?"

"첫날에."

"그런 말 안 했잖아. 어디서? 무슨 얘기 했어? 인사만?"

쏟아지는 질문을 한 귀로 듣고 한 귀로 흘리며 라미아는 딴생각을 했다.

'다음 날부터는 그 하녀를 계속 못 봤단 말이야. 정말 하녀가 아니었나? 설마 대충 입막음해서 쫓아낸 건 아니겠지.'

                    *   *   *

르네젤이 수선을 마친 드레스를 가지고 방문했다. 혼자가 아니라 미용사도 동반했다.

아델이 가장 먼저 한 일은 목욕이었다. 욕조 가득히 받은 물에 르네젤의 조수들이 마른 꽃잎과 향수를 뿌렸다. 욕조에 몸을 담그니 달콤한 향기가 진동했다.

아델은 두 손으로 물을 떠서 코에 가져다 대고 킁킁 냄새를 맡왔다.

'물에서는 아무 냄새도 안 나는데.'

미용사들이 좌우에서 아델의 한쪽 손을 잡고 손톱을 정리했다. 손톱은 그러려니 하는데 발톱까지 다듬어 줄 때는 속으로 '왜?'라고 생각했다. 어차피 구두를 신고 드레스 치맛자락에 가려져 누가 볼 사람도 없을 텐데.

모든 게 생소한 경험이라 묻기 시작하면 끝이 없을 것 같았다. 그래서 아델은 질문 대신 잠자코 구경했다.

목욕을 마치고 나오자 특수한 옷걸이에 걸린 드레스가 형태가 잡혀 세워져 있고 조수들이 달라붙어 실밥이 나와 있거나 레이스가 뜯어진 곳은 없는지 꼼꼼하게 마지막 검수를 하는 중이었다.

"어제 본 것과 어딘지 다르네요."

색은 기억했던 드레스와 같은데 드레스의 장식이나 꾸밈이 훨씬 화려하고 정교했다.

"여기저기 조금씩 손을 댔지요. 드레스는 가장 나중이에요. 먼저 화장하고 머리부터 시작할까요?"

아델을 앉혀 두고 사람들이 달라붙어 본격적인 꾸미기에 들어갔다.

머리를 틀어 올리면 나이보다 노숙해 보이는 효과가 있지만, 아직 성년이 되지 않은 아델에게는 적합하지 않다고 르네젤은 생각했다.

'자연스럽게 늘어뜨리는 게 좋겠지. 워낙 풍성한 금발이라서 붙임 머리도 필요 없겠고.'

미용사들이 아델의 머리카락을 정돈하는 동안에 르네젤이 화장을 맡았다.

'부러워라. 뽀얀 피부 좀 봐. 아직 솜털도 보송보송하네.'

워낙 피부가 맑아서 오히려 피부 화장을 하면 역효과가 날 것이다. 르네젤은 눈 화장에만 공을 들이기도 했다. 드레스 색에 맞추어 분홍색을 베이스로 깔았다.

"아가씨. 몸이 참 예뻐요."

르네젤은 드레스를 입혀 주면서 아델의 허리에서 엉덩이로 내려가는 부분을 손으로 쓸어내렸다.

"특히 여기 곡선이 정말 매혹적이네요. 엉덩이도 동그랗고."

아델은 얼굴을 붉히며 웃었다.

드레스는 은은한 색의 분홍색이었다. 가슴과 허리에는 화려한 비즈가 잔뜩 달려서 화사하게 반짝거렸다. 허리가 가늘어 보이게 꽉 잡아 주면서 허리 아래부터 부풀어 오르듯이 풍성한 치마라 속치마가 여러 겹이었다.

가슴골이 보이지는 않지만, 어깨는 드러났다. 청순해 보이면서도 약간 도발적인 느낌이 있었다.

"다 되었습니다."

르네젤이 흐뭇하게 웃었다. 시중을 드느라 몇 시간을 계속 함께 있었던 조수들은 드디어 허리를 펴고 제대로 아델을 볼 수 있었다. 그들은 벌어진 입을 다물지 못했다. 완벽하다는 표현이 과하지 않았다.

르네젤은 조수들에게 거울을 가져오라고 지시했다. 전신 거울에 비친 자신의 모습을 보며 아델은 놀라 숨을 들이켰다.

'다른 사람 같아.'

화장만으로 사람의 인상이 달라 보일 수 있다니. 거울 속의 그녀는 도도하고 여유로워 보였다. 처음 참석하는 파티에 대한 기대와 두려움으로 잔뜩 긴장한 사람처럼 보이지 않았다.

구두에 발을 밀어 넣고 조수가 건네주는 레이스 장갑을 손에 끼는데 멜이 안으로 들어왔다.

멜은 아델을 보고 멈칫 서서 두 손으로 입을 꽉 막고는 제자리에서 발을 구르며 뛰다가 아델에게 쪼르르 다가왔다.

"아가씨. 정말 예뻐요. 환상적이에요. 오늘 아가씨가 최고로 아름다울 거예요."

멜은 아델의 주변을 빙빙 돌면서 한참 오두방정을 떨었다. 정신 사납게 구는데 주변에서 아무도 말리지 않고 웃기만 했다.

"멜. 내게 할 말 있어서 온 거 아니야?"

"아, 참. 성주님께서 기다리고 계세요. 아가씨를 에스코트하러 오셨어요."

"뭐? 그걸 이제 말하면 어떡해."

르네젤이 호호, 웃었다.

"괜찮아요. 아가씨. 이렇게 아름다운 숙녀를 모시러 왔으면 잠시 기다리셔도 됩니다. 그럼 준비되셨나요?"

아델은 크게 심호흡을 하고 고개를 끄덕였다. 그녀는 응접실로 나가는 문을 향해 걸어갔다.

아델을 기다리며 응접실에 서 있자니 론은 기분이 이상했다. 아델과 외출할 때 종종 데리러 왔었기에 처음도 아니었다. 그는 알 수 없는 갑갑증을 느끼며 고개를 좌우로 틀었다.

곁에 서 있는 집사의 침묵이 거슬렸다.

"아침에 일어난 그 일은 어떻게 됐지?"

"예?"

"남쪽 탑."

"아……. 예."

오늘 아침에 남쪽 탑에서 작은 소란이 벌어졌다. 침실에 침입자가 들어왔다는 신고가 들어온 것이다. 가해자는 남자 피해자는 여자였다.

기사들이 달려가서 상황을 알아보니 손님이 침실을 잘못 찾아 들어가서 발생한 사건이었다.

간밤에 남자가 거나하게 취해서 방을 잘못 찾아 들어갔다. 응접실 소파에서 늘어지게 자는 모습을 피해자가 아침에 일어나서 뒤늦게 발견했다.

실수로 비롯된 일이고 딱히 피해는 없었다. 가해자와 피해자 사이에서 사과와 용서 정도로 마무리될 일이라 굳이 집사에게 확인할 사안은 아니었다.

론은 무슨 말이든 해서 기묘한 어색함을 떨쳐 버리고 싶었다.

"두 분 다 문제를 크게 만들고 싶지 않다고 하셨습니다. 중재도 필요하지 않다고 하셔서 문서로 받아 두었습니다."

제드의 대답을 들으며 시선을 돌리던 론은 침실 문이 열리는 모습을 보고 흠칫했다.

튤립 꽃잎처럼 펼쳐진 분홍색 드레스의 치맛자락이 걸을 때마다 나풀나풀 흔들렸다. 하얀 어깨에 늘어뜨린 금발이 화사하게 빛이 났다. 눈이 마주친 파란 눈동자가 곱게 휘어지며 웃었다.

론은 움직이지 못하고 서 있었다. 정말 머릿속에 아무 생각도 들지 않았다.

갑자기 자라 버린 아델을 처음 보았을 때도 이런 기분은 아니었다. 소녀가 여자로 성장하는 광경을 목격한 충격이었다. 그리고 오늘 그는 어린 새를 새장 밖으로 데리고 나가는 역할을 맡았다.

영광인가?

'아니.'

미룰 수 있을 때까지 미루고 싶었다. 누구에게도 보여 주고 싶지 않았다.

"성주님."

재촉하듯 제드가 목소리를 낮추어 우두커니 서 있는 그를 불렀다.

아델은 무심한 표정으로 자신을 바라보기만 하는 그의 반응이 섭섭했다. 멜처럼 호들갑스럽게 표현할 정도는 아니어도 예쁘다거나, 잘 어울린다거나 같은 말은 해 줄 줄 알았다.

그는 말없이 다가와 옆에 섰다. 아델은 샐쭉하게 그를 흘끔봤다가 들어 올린 그의 손등 위에 손을 얹었다.

"가실까요?"

아델이 눈을 크게 뜨고 고개를 들었다. 마주친 보라색 눈동자가 부드럽게 휘어졌다.

"레이디 스톤."

화끈 달아오른 얼굴로 아델은 웃었다. 오늘은 마음껏 얼굴을 붉혀도 이상해 보이지 않을 테니까 안심이 되었다. 흥분해서 그런다고 생각할 것이다.

그와 나란히 복도를 걸으며 가슴이 뛰었다. 이런 날이 오다니, 정말 꿈만 같았다. 오늘은 그녀의 일생에서 절대 잊지 못할 밤이 될 것이다.

복도가 끝나고 계단 앞에서 그들은 멈추어 섰다.

이 계단을 내려가면 돌이킬 수 없었다.

그녀는 모든 사람의 관심을 받을 것이다. 친해지고 싶은 자들이 주변에 몰릴 것이다. 사람을 배우고 세상의 이치를 배우겠지.

친구를 사귀고 사랑을 알고. 언젠가는 자신의 곁을 떠날 것이다.

론은 갑자기 심장이 조여드는 것 같았다.

"아델."

아델은 그를 보면서 크게 숨을 들이마셨다가 내쉬었다.

"아, 정말 떨려요."

긴장한 만큼 기대가 가득한 그녀의 눈동자를 보며 없던 일로 되돌리자고 할 수 없었다.

"계단 조심해."

"네."

두 사람은 천천히 계단을 내려갔다.

*　　*　　*

여러 날 연속으로 파티를 개최하는 경우 마지막 날이 절정이었다. 그래서 오늘은 첫날보다 사람이 더 많았다.

"발 디딜 틈이 없네. 캘빈은 어쩐대?"

트래버의 물음에 마틴이 대답했다.

"이따 시간 봐서 온대."

성에서 파티가 열리는 기간 내내 성의 경비는 더 촘촘해졌고 만일을 대비한 비상 대기 근무자의 수를 늘렸다. 캘빈은 내내 일하느라 바빴다.

"코앞에서 파티가 벌어지는데 불쌍한 놈."

마틴이 혀를 찼다.

번을 서지 않는 자유 시간에 기사가 파티에 참석하면 안 되는 법은 없지만, 단장 마커스가 엄포를 놓았다.

「사교 파티는 사람을 방심하게 하는 요인을 모두 모아 놓은 곳이다. 이번 파티가 얼마나 중요한 자리인지 알고 있겠지? 너희 놀이터가 아니다. 괜히 기웃거리다가 문제를 일으켰다는 말이 내 귀에 들려오면…….」

항상 모든 것이 분명한 마커스답지 않게 말끝을 흐리는데 그게 더 무시무시했다. 소집된 기사단 전원은 등에 식은땀이 났다.

마커스의 한마디는 아주 효과가 좋았다. 기사 대부분이 파티 참석을 포기했고 극히 일부가 한두 시간 구경만 하고 돌아갔다.

캘빈은 원래 참석할 생각이 없었으나 친구들을 보러 잠깐 얼굴만 내밀기로 했다.

"나 때문에 미안하다. 나는 신경 쓰지 말라니까."

레슬리는 야윈 얼굴로 겸연쩍게 웃었다. 그는 향수병으로 우울해하다가 감기까지 걸리는 바람에 단단히 탈이 났다. 하필 파티 기간과 딱 겹쳐서 며칠 끙끙 앓았다.

"아니야. 캘빈도 없고 너도 없고. 무슨 재미로."

"맞아. 마지막 날만 참석하면 다 본 거나 다름없지."

"근데 너야말로 무리하지 말지 그랬냐. 정말 괜찮은 거야?"

트래버가 걱정스레 레슬리의 안색을 살폈다.

"괜찮아. 언제 또 성에서 파티를 열지 알 수 없다며. 기회를 놓치기는 아깝잖아."

처음에는 주변 사람들이 떠도는 소리에 그들의 목소리가 묻혔다. 그런데 언제부턴가 목소리를 오히려 작게 하는데도 더 잘 들렸다.

그들의 귀가 밝아진 게 아니라 주변이 조용해진 것이다.

수많은 사람이 모인 장소에 침묵이 감도는 분위기는 정말 기이했다. 의아해하며 주변을 둘러보던 마틴은 사람들의 시선을 따라갔다가 '음.' 하고 중얼거렸다.

어느새 그들 셋도 모두 입을 다물었다.

홀에 모인 자들의 모든 시선이 계단을 내려오는 한 쌍의 남녀에게 고정되었다. 정확히 말하면 숨 막히게 아름다운 금발의 미녀로부터 남녀 가릴 것 없이 눈을 떼지 못했다.

두 사람이 완전히 계단을 내려오고 나서 경직된 분위기가 풀렸다. 여기저기서 수군대는 속삭임은 길거나 짧거나 의미는 다 같았다.

"저분은 대체 누구죠?"

사람들은 성주가 에스코트해서 나타난 미녀의 정체를 궁금해했다.

아델의 성장과 오늘의 데뷔. 꼭 알아야 할 사람들에게는 미리 말해 두었다. 아델에게 가장 먼저 다가온 몬트 수장은 정보를 받은 사람 중 하나였다. 몬트 수장은 론에게 고개를 숙여 인사하고 아델에게 말을 건넸다.

"아가씨. 오랜만에 뵈어요."

아는 사람이 말을 걸자 아델은 긴장을 풀고 미소를 지었다.

"몬트 수장. 그동안 잘 지내셨어요?"

주변 사람들에게 과시하듯 친밀한 대화를 나누고 몬트 수장이 물러나자 바실 수장 부부가 자연스럽게 바통을 이어받았다.

'아가씨를 보셨으면 얼마나 기뻐하셨을까요.'

몬트 수장은 시마를 떠올리며 가슴이 뭉클해졌다. 아델은 시마의 말년에 유일한 행복이었으며 시마가 늘 마음에 두고 걱정한 대상은 아델이었다.

「부탁하네. 리나.」

자신의 손을 꼭 잡고 당부하던 전대 성주님의 음성이 아직 귓가에 아른거렸다.

리나 몬트는 아주 오래전에 시마의 부탁을 받아 만든 서류를 그녀의 비밀 금고에 보관 중이었다. 그건 아델을 위해 시마가 남긴 은밀한 보호 장치였다.

'성주님. 아무래도 그걸 쓸 일이 없을 것 같습니다. 아가씨는 행복해 보이는군요.'

몬트 수장은 조금 떨어진 곳에서 아델을 바라보았다.

'긴장하셨구나. 귀여워라.'

아델은 말을 거는 사람의 인사를 받으며 고개를 끄덕이고 미소를 지었다. 어색하게 굳은 표정으로 웃으려고 애쓰는 노력이 가상했다.

아델이 곁에 있는 론을 보며 무슨 말을 건네자 그가 고개를 숙여 그녀의 귓가에 대답했다. 다시 고개를 들며 아델을 바라보는 보라색 눈동자가 부드럽고 온화했다.

'어머나?'

몬트 수장은 눈을 동그랗게 떴다. 불현듯 느낌이 왔다.

그녀는 론과 아델이 함께 있는 모습을 처음 봤다. 둘 사이에 감도는 분위기가 심상치 않아 보였다.

성주를 만나고 집으로 돌아갈 때마다 유능할지는 몰라도 인간미는 없는 사람이라고 생각했다. 그녀는 지나친 완벽주의자를 좋아하지 않았다. 그런 의미에서 루터 바실도 좋아하지 않았다.

루터 바실이 새로운 성주님을 꼭 저같이 만들 생각인가 보다, 혀를 찼다.

차갑고 무심한 보라색 눈동자가 저렇게 달콤해 보일 수 있다니.

'성주님과 아델 아가씨?'

몬트 수장은 두 사람의 조합을 생각해 보았다.

'설마 상속받은 아가씨의 재산 때문에?'

최악의 가능성을 짚어 보았다. 하지만 성주가 그렇게 탐욕스러운 사람이라는 느낌은 받은 적이 없었다.

"오늘도 파티는 성황이군요."

귀부인이 다가와서 몬트 수장에게 말을 걸었다. 의례적인 인사말을 나누다가 귀부인은 말을 건 목적을 드러냈다.

"아까 보니 꽤 친밀해 보이시던데요. 성주님의 곁에 계신 저숙녀분은 누구신가요?"

"아, 네. 그분은……."

몬트 수장은 아델의 정보를 주변에 알리는 역할을 맡았다. 시간은 한정되어 있고 모든 사람이 아델과 말을 나눌 수는 없었다. 정확하고 긍정적인 정보를 주변에 퍼뜨릴 사교계 유명 인사는 성공적인 사교 데뷔를 위해 꼭 필요한 존재였다.

* * *

라미아는 아델이 등장했을 때 느릿하게 손뼉을 치며 감탄했다.

"여왕님 등장이네. 오늘 여긴 저 레이디가 평정이다."

바네사가 헛웃음을 쳤다.

"왕족이니 귀족이니 하는 말은 웃긴다며?"

"저 정도 미모면 여왕님 해도 돼."

"하여간, 웃겨 넌. 너 정말 남자보다 여자 좋아하니? 보면 미남보다 미녀를 더 좋아하는 것 같아."

"글쎄다. 아직 여자에게 연애 감정을 느껴 보지는 못했지만.
근데 아름다운 여자를 보면 정말 감탄이 나오고 기분이 좋고, 넌
안 그래?"

"아름다운 남자를 보면 기분이 좋지. 저 미녀 곁에 서 있는 성
주님 같은."

"난 미녀가 좋고 넌 미남이 좋고. 잘됐네. 가자."

"어딜?"

"사람 장벽에 둘러싸여 있는 저 두 사람에게."

라미아는 바네사를 끌고 두 사람에게 다가갔다. 다행히 꼴사
납게 사람들을 밀치지 않아도 알아서 자리를 비켜 주었다. 비록
며칠간 방치되었으나 라미아 크리드는 유명인이었다.

"훌륭한 파티입니다. 성주님. 오늘이 지나면 가장 성공적인
파티로 이름이 남을 것 같군요."

"과찬입니다. 부디 즐거운 시간이 되기를 바랍니다."

"곁에 계신 아름다운 숙녀분. 제 소개를 드려도 될까요?"

아델이 웃으며 고개를 끄덕였다. 라미아를 보자마자 알아보
았다. 파티 첫날에 하녀 분장으로 몰래 숨어들어 왔다가 이야기
를 나누었던 그 사람이라는 것을. 그런데 상대는 아델을 전혀 알
아보지 못하는 눈치였다.

"라미아 크리드입니다."

"아델 스톤이에요."

"정말 미인이시군요. 눈이 멀 것 같은 아름다움의 뜻을 비로소 알았습니다."

론이 미간을 살짝 좁히고 바네사는 고개를 돌려서 우엑, 하는 표정을 지었다. 아델은 쿡쿡 웃음을 터뜨렸다. 많은 사람과 인사하고 얼굴을 익혔지만 이렇게 능글맞은 찬사를 보내는 남자는 처음이었다.

지금까지 대화를 나눈 사람들은 거의 부부 혹은 나이가 지긋한 귀부인이었다. 그럴 수밖에 없는 것이 아무리 보기 드문 미녀라고 해도 곁에 다른 사람도 아닌, 파티의 개최자이자 성의 주인이 딱 붙어 눈을 부라리고 서 있는데 감히 접근할 남자는 없었다.

"레이디 스톤. 한 곡 청해도 되겠습니까?"

라미아는 구애하듯 허리를 숙이며 손을 내밀었다. 그녀는 여자이기 때문인지 론이 뿜어내는 경고가 그다지 위협적으로 와닿지 않았다.

'어…….'

아델은 당황했다. 승낙해야 하나 말아야 하나. 라미아의 손을 바라보다가 그녀는 흠칫 놀라 고개를 옆으로 들었다. 론의 팔이 자신의 허리를 감아 당겼다.

"첫 곡은 예약되어 있습니다."

"이런. 그럼 두 번째는 제가 예약하겠습니다."

라미아는 개의치 않으며 씨익 웃었다.

두 사람의 시선이 부딪쳤다. 그들 사이에 감도는 묘한 긴장감을 보며 바네사는 부채를 펴서 흔들었다.

'이해를 못 하겠네.'

여자를 놓고 두 남자가 기세 싸움을 하는 분위기라니. 말이 안 되지 않는가. 두 남자라는 전제 자체가 성립되지 않았다. 라미아는 여자이니까.

론은 물론 라미아가 여자라는 걸 알고 있었다. 라미아 크리드가 동성애자라는 말도 들어 보지 못했다.

하지만 라미아의 겉모습만큼은 아주 훌륭한 미청년이었다. 그래서인지 자꾸 수컷으로서의 경계심을 자극했다.

'와우. 엄청난 파수견을 뒀네. 레이디 스톤.'

라미아는 아델을 곁눈질하며 생각했다.

때마침 음악이 바뀌었다. 조용한 배경음을 연주하던 악단이 볼륨을 키워 왈츠의 전주곡을 시작했다. 이곳저곳에서 한 커플, 두 커플씩 손을 잡고 홀의 중앙으로 나갔다.

론은 라미아에게 고개만 까딱이고 아델의 허리를 한 팔로 안은 채 있던 자리를 벗어났다.

"너 왜 이상한 짓을 하고 그래?"

바네사가 유치한 도발을 한 라미아를 나무랐다. 라미아는 어깨만 으쓱했다. 며칠 전에 대화를 나눴을 때와 느낌이 너무 달라서 장난을 좀 쳤다.

'그때는 혈통 좋은 명마 같았는데.'

오늘은 잔뜩 방어벽을 세우고 으르렁대는 맹수 같았다.

기품 있고 고아한 명마와 사납고 거친 맹수 중에서 골라야 한다면 라미아의 취향은 맹수 쪽이었다. 물론 아름다운 명마도 좋았다. 라미아는 승마가 취미라서 그녀의 마구간에는 값비싼 애마가 여러 마리였고 몹시 애지중지했다.

하지만 아무리 우아한 명마도 맹수보다 강할 수는 없었다. 초식동물과 육식동물의 차이는 어마어마했다.

그녀는 강해지고 싶었다. 강해야 크리드 대가문의 성이 그녀의 것이 될 수 있을 테니까.

'레바스의 새 주인은 대륙에 관심이 있을까?'

라미아는 새로 시작하는 사업의 동업자가 필요했다.

이번 파티에 참석한 목적도 레바스의 성주가 사업적인 파트너로 믿을 만한 사람인지 살펴보기 위해서였다.

론에게 이끌려 홀의 중앙으로 나간 아델이 '어어······.' 하는 사이에 왈츠가 시작되었다.

어제 그와 왈츠 연습했던 기억이 아직 선명한 덕분에 그녀는 여유가 있었다. 어떤 실수를 해도 파트너가 수습해 준다는 믿음이 있기 때문일 것이다.

"나 저분하고 얘기해 본 적이 있어요. 어떻게 알게 된 사람인가 하면요."

"라미아 크리드. 서부의 크리드 대가문 성주의 딸이야."

론은 화제를 돌려서 아델이 흥미로워할 정보를 던졌다.

개인적으로 라미아 크리드에게 유감은 없었다. 어처구니없는 오해를 받은 건 웃어넘길 수 있었다. 그녀처럼 남의 일에 나서는 사람이 있어야 만약 아델이 곤란할 때 도움을 받을 수 있을 테니까.

하지만 라미아와의 에피소드를 말하면 아델이 자신을 도와주려고 했던 그녀에게 호감을 느낄 것 같았다. 굳이 그러지 싫지 않은 삐딱한 마음이 들었다.

"딸? 여자라고요?"

아델은 론이 던진 미끼를 꽉 물었다.

"내게 왈츠를 청했잖아요. 그래도 돼요?"

"남장하고 다니는 기행으로 워낙 유명한 사람이라. 동반하는 파트너도 항상 여자라고 하지."

"신기해요. 영락없이 남자인 줄 알았어요. 앗."

실수로 그의 발끝을 제대로 밟았다. 그가 능숙하게 무마해 줬지만 민망한 아델이 살짝 혀를 내밀었다.

"미안해요."

"괜찮아."

"레온하고 왈츠를 추면 내 실력은 전혀 늘지 않겠어요."

"그럼 나하고만 추면 되지."

아델은 눈을 가늘게 뜨고 그를 보았다.

'방금 한 말은 소설 속의 바람둥이가 하는 대사 같아.'

밤새워 섭렵한 연애소설 덕분에 아델은 여자를 꾀려는 남자의 달콤한 대사에 상당한 방어력을 갖고 있었다. 현실의 어떤 남자도 소설 속의 등장인물보다 느끼한 말을 하지는 못할 테니까.

'레온은 바람둥이였을까?'

줄리오에게 더 자세히 물어볼 것을 그랬다. 급한 일이 있다고 떠난 줄리오에게 작별 인사도 못 했다.

「많은 사람을 만나 봐, 스톤 양. 누군가를 의지만 해서는 그 사람과 올바른 관계를 만들어 갈 수 없다는 걸 명심해.」

줄리오가 남긴 조언은 아델의 마음에 깊이 와 닿았다.

'그래. 왈츠와 비슷해. 레온과 추면 편하겠지. 하지만 내 실력은 언제까지나 제자리일 거야.'

*   *   *

캘빈은 홀에 들어서자마자 마틴이 입구에 세워 놓은 하인의 손에 붙들려 냅다 친구들 앞으로 끌려왔다.

"오랜만이다. 다들."

"오랜만이고, 뭐고."

마틴은 고개를 디밀고 윽박질렀다. 멱살이라도 잡을 기세였다.

"너 이 자식. 레이디 스톤이 누구야? 엉?"

트래버가 팔짱을 낀 자세로 옆에서 고개를 힘차게 끄덕였다.

이놈들은 또 왜 이래, 마창 대회가 끝나고 시달린 것만으로도 충분했다. 캘빈은 두 녀석을 보고 혀를 차며 레슬리에게 인사를 건넸다.

"좀 괜찮아? 힘들면 쉬지 뭐하러 얘네 장단 맞춰 주고 그래."

"아니야. 훌륭한 파티라서 오기를 잘했어."

"야. 저길 보란 말이다, 저기를!"

마틴이 캘빈의 어깨를 붙들어 시선을 강제로 돌렸다. 사람들이 크게 에워싸듯 홀의 중앙에 만들어 준 공간에서 수십 쌍의 커플이 왈츠를 추고 있었다. 마틴이 정확하게 가리키지 않았지만, 캘빈은 단번에 알았다.

한눈에 들어오는 한 쌍이었다. 홀을 누비고 다니는 두 남녀는 주변 사람들을 모두 배경으로 만들었다.

사교 파티에 모인 사람들이 다른 사람을 이처럼 대놓고 바라보며 구경하는 일은 드물 것이다.

'형님께 듣기는 했지만, 놀랍네.'

금발의 여인을 바라보는 캘빈의 눈빛이 흔들렸다.

'잘됐다. 아델.'

언젠가 아델을 다시 볼 수 있게 되기를 바랐다. 성에 갇혀 사는 외로운 친구가 안타까웠다. 전혀 생각하지 못한 모습으로 다시 만났지만, 캘빈은 아는 척할 생각이 없었다.

'옛날의 모습을 아는 나를 만나고 싶지 않을 거야.'

옆에서는 마틴이 캘빈에게 대답을 종용했다.

"말해. 저분이 네 손수건, 맞지?"

"동명이인."

캘빈은 단호하게 대답했다.

"무슨 헛소리야. 내가 다 알아봤는데."

"그래. 나도 어머니께 여쭈어 봤다. 저분이 그 유명한 상속녀 '스톤'이었다고."

트래버는 어머니인 몬트 수장이 아델과 가장 먼저 인사를 나누는 모습을 보았고 즉시 어머니께 쪼르르 달려가서 정보를 얻어 왔다.

이미 '스톤'이라는 이름은 사교계에 제법 유명했다. 시마의 소유였던 광산이나 상단의 소유주 이름이 '스톤'으로 바뀌면서 신비의 상속녀 '스톤'은 사람들의 입에 계속 오르내렸다.

아델 스톤이라는 이름은 홀 한 바퀴를 다 돌았다. 내일이면 모든 사교계로 퍼져 나갈 것이다.

사람들 대부분이 상속녀 '스톤'과 오늘 나타난 '스톤'을 동일인이라고 생각했다.

"내가 앞뒤 맞추어 보니까 맞는데 어디서 시치미를 떼."

"아니라니까."

"그럼 손수건이 누군지 말해. 동명이인이라면 말해 보라고."

말하라고 닦달하는 쪽과 모르쇠로 입을 다무는 쪽의 공방이 이어졌다. 집요한 마틴은 포기할 줄 모르고 물고 늘어졌다.

트래버는 마틴과 다르게 금방 포기했다. 친구의 성격을 잘 안다. 캘빈이 입 다물겠다고 생각했다면 절대 아무것도 들을 수 없을 것이다. 트래버는 홀의 중앙에서 시선을 떼지 못하는 레슬리의 어깨를 툭 쳤다.

"대단한 미인이지?"

"음. 그런데 성주님 말이야."

레슬리가 보고 있던 쪽은 론이었다. 처음에는 다른 사람과 마찬가지로 미녀의 등장에 단번에 시선을 빼앗겼지만, 시간이 지날수록 자꾸 눈에 들어오는 사람은 푸른 머리의 남자였다.

"대륙에서 오셨다고 했지?"

"비공식적인 사실이야. 왜?"

"내가 아는 사람과 닮아서."

로건 밀라우스. 보자마자 왜 그 사람이 생각났을까.

레슬리가 기억하는 로건은 여자로 착각할 만큼 예뻤고 레슬리보다 나이가 많았지만, 키가 엇비슷할 정도로 체격이 작았다.

하지만 레바스의 성주는 둘 다 들어맞지 않았다. 기골이 장대했으며 여성스러움과는 거리가 먼 잘생긴 남자였다.

10년도 더 된 옛 기억이었다. 그때 어렸던 레슬리는 자신의 기억이 얼마나 정확한지 알 수 없었다.

다만, 아주 뚜렷이 기억하는 것이 하나 있었다. 오묘한 느낌의 푸른 머리카락이었다.

'저런 머리카락 색이 흔하지는 않은데……'

"혹시 네가 정말 성주님과 알고 지냈을 가능성은?"

"레바스 가문의 혈족은 모두 보라색 눈동자라고 했지."

"맞아."

"내가 아는 그 사람은 보라색 눈이 아니었거든. 눈동자 색이 바뀔 수는 없잖아."

"그건 그렇지."

마틴의 시달림을 받던 캘빈이 미간을 팍 일그러뜨렸다.

"난 그냥 우리 사이에 비밀이라니 섭섭하기도 하고……."

마틴이 움찔하며 꿍얼거렸다. 하지만 캘빈은 마틴에게 화를 내는 게 아니었다. 다른 쪽을 바라보다가 성큼 걸음을 옮겼다. 다른 셋은 의아해하며 캘빈의 뒤를 쫓아갔다. 캘빈의 표정이 아무래도 심상치 않았다.

*　　*　　*

스텔라는 자신의 눈을 믿을 수 없었다.

'아델? 저 여자가 아델이라고?'

말도 안 된다. 믿을 수 없었다. 거짓말이다.

자라지 않는 아델의 해괴망측한 병은 스텔라가 상대적 우월감을 느끼게 해 주는 유일한 것이었다.

1년 사이에 스텔라는 행복의 절정에 올랐다가 불행의 바닥으로 내던져졌다. 모두 아델 때문이었다. 아델은 스텔라의 가족 전부를 불행으로 몰아넣었다.

스텔라가 가장 행복했던 몇 개월은 백모인 전대 성주가 의식 없이 누워 있는 기간이었다. 그때 스텔라는 여왕님이 된 기분을 맛보았다. 성에서는 고용인들이 설설 기었고 사교 파티를 나가면 모두 스텔라와 대화를 나누고 싶어 했다.

그러나 전대 성주의 타계를 기점으로 스텔라의 행복은 끝났다.

가족 전부가 성에서 쫓겨났다. 옮긴 집은 낡고 좁아서 누구에게도 보이기 부끄러웠다.

씀씀이를 줄여야 하는 것은 타격이 컸다. 부모님은 크게 부부 싸움을 하더니 아버지는 집을 나가 버린 후 소식이 없었다.

목걸이 때문에 망신당한 일은 생각할수록 이가 갈렸다. 절도라니! 조사관에게 끌려가는 망신을 당한 어머니는 몸져누웠다.

'성주님은 제 사촌 오라버니잖아요.'

이렇게 가혹할 수 있다니. 스텔라는 원망스러운 눈으로 론을 바라보았다.

돌아가신 백모님도 갑자기 생긴 사촌 오라버니도 근본 모르는 고아 계집아이만 싸고돌았다. 도무지 이해할 수 없었다.

사교계에서 브로디 가족의 이름이 박대받는 현실이 스텔라에게는 가장 큰 고통이었다. 한때는 하녀가 은쟁반 위에 수북하게 쌓인 초대장을 테이블에 올려놓았다. 최근에 스텔라가 받는 초대장은 거의 없었다.

레바스 성에서 개최하는 파티의 초대장도 받지 못했다. 비굴하게 구하러 다닌 끝에 겨우 마지막 날 참석할 수 있었다.

오늘 스텔라는 성주를 만나러 왔다. 끔찍한 현실 상황의 괴로움을 토로하며 인정을 호소하려 했다.

그러나 스텔라는 비참한 현실만 깨닫게 되었다. 아델은 눈부시게 아름다운 여자로 변해서 행복하게 웃고 있었다.

"저 여자는 아델 스톤이 아니에요."

"레이디 브로디. 저분을 알아요?"

주변 사람들은 스텔라의 말에 관심을 보였다.

"알다마다요. 제가 아는 사람은 저 여자가 아니라 진짜 아델 스톤이죠. 다들 아시잖아요. 제가 얼마 전까지 레바스 성에서 살았다는 것을."

그걸 모르는 사람은 없었다.

"돌아가신 전대 성주님께서는 버려진 불쌍한 고아 아이를 주워 기르셨어요. 병들고 가여운 애완동물을 돌보듯 말이죠."

스텔라의 입에서 악의적인 말이 가감 없이 튀어나왔다.

스텔라의 이야기에 관심을 보이는 사람들이 주변에 모였다. 스텔라의 말이 사실이건 아니건 중요하지 않았다. 진실보다 중요한 것은 재미였다.

사람들은 오늘 나타난 금발의 미녀가 누구인지 알고 싶어서 안달이 났다. 어떤 정보라도 얻기 위해 혈안이 되어 있었다.

캘빈은 사람들에게 둘러싸여 떠들고 있는 스텔라를 멀리서 발견하자마자 좋지 않은 예감이 들었다. 역시 예감은 틀리지 않았다. 가까이 다가가자 들리는 소리가 아델의 이름이었다.

"……십 년이 넘도록 자라지 않았어요. 전대 성주님께서 돌아가실 무렵에도 어린아이의 모습이었죠. 정말 끔찍하지 않나요?"

"오늘이 어떤 자리인지 모르는 것 같군요. 레이디 브로디."

싸늘한 캘빈의 목소리가 끼어들었다.

"이런 헛소문에 귀를 기울였다는 걸 성주님께서 아시면 몹시 불쾌해하실 겁니다."

캘빈이 모여든 사람들을 둘러보았다. 캘빈과 눈이 마주친 자들이 움찔하면서 곧 주변으로 빠르게 흩어졌다. 누구도 마커스 코우의 아들 캘빈의 눈 밖에 나기를 원하지 않았다.

"참고로 레이디 브로디는 괴소문을 주변에 퍼트리기를 꽤 즐겨 합니다. 교양 있는 숙녀가 가질 취미로는 적합하지 않지요."

몇몇 여자들이 스텔라를 비웃으며 고개를 돌렸다.

"캘…… 코우 경."

스텔라의 안색이 파랗게 질렸다. 그녀는 캘빈이 자신을 고약한 허풍쟁이로 몰아가는 말에 충격받았다.

괜한 불똥이 튈까 봐 스텔라의 근방에 모였던 자들이 자리를 피하면서 근처가 금방 한산해졌다.

"레이디 브로디. 오늘은 그만 돌아가 주었으면 합니다."

"나…… 날 쫓아낼 수는 없어요. 난 정당하게 초대장을 가지고 참석했다고요."

스텔라는 서늘하게 자신을 바라보는 캘빈에게 항변했다.

"난 레바스의 기사로서 주군의 명예를 위해 싸울 의무와 권리를 가집니다. 초대장의 정당성 따위보다는 내 기사의 권리가 우위에 있군요. 끌어내서 망신당하기 전에 제 발로 나가는 편이 좋을 겁니다."

스텔라는 캘빈을 원망스럽게 바라보았다. 두 눈에 그렁그렁하게 눈물이 고이는 모습이 제법 애처로웠으나 캘빈은 눈 하나 깜짝하지 않았다. 그녀는 울먹이며 사람들 틈을 헤치고 달려갔다.

캘빈은 멀어지는 스텔라의 모습을 보다가 천천히 따라갔다. 정말 나가는지 확인하기 위해서였다.

"……무섭네."

레슬리가 놀라 중얼거렸다. 캘빈이 저렇게 매섭게 누군가를 다그치는 모습은 처음 보았다.

"원래 평소에 화를 안 내는 사람이 화내면 무섭지."

트래버가 흘끔 마틴을 보며 말했다. 캘빈을 성가시게 하는 짓은 적당히 하라는 뜻이었다. 마틴은 쩝 입맛만 다셨다.

* * *

왈츠가 끝나자마자 라미아가 다가가서 아델에게 손을 내밀었

242 꽃의 노래

다. 아델은 그 손을 잡았다.

론은 내심 언짢았으나 내색하지 않고 물러섰다. 라미아 크리드는 신분이 확실한 사람이고 더구나 여자였다. 어차피 왈츠를 론이 혼자 독식할 수 없었다. 왈츠의 파트너 자리를 넘겨주기에 라미아보다 적당한 사람은 없었다.

"미리 말씀드리면 전 여자입니다."

라미아는 언제나 자신의 성별 때문에 오해를 사는 상황을 만들지 않기 위해 노력했다.

"네. 들었어요."

'그새 얘기했나 보네.'

어쩐지 순순히 물러난다 했다.

'도대체 두 사람은 무슨 사이지?'

전주곡이 흘렀다. 아델은 라미아와 마주 섰을 때부터 긴장하기 시작했다.

'처음에는 오른발.'

배웠던 기억을 살리며 다행히 출발은 순조로웠다.

'아, 꼬였다.'

작은 실수를 하면서 아델의 머릿속이 하얘졌다. 연달아 발이 꼬이더니 몸이 기우뚱했다.

재빠르게 라미아가 붙들어 주며 중심을 지탱하지 않는다면 꼴사납게 둘이 함께 넘어질 뻔했다.

순간적으로 라미아와 몸이 가깝게 맞붙게 되었을 때 아델은 희미한 꽃향기를 맡았다. 향수 냄새와 달랐다. 지금까지 세 명에 게서만 맡을 수 있었던 체향이었다.

달콤한 꽃 냄새가 나는 할머니, 나무 냄새가 나는 파울 아저씨 그리고 바람 냄새가 나는 레온.

레바스 성에는 많은 사람이 있지만 다른 사람에게서는 맡아 본 적이 없었다. 아델은 세 사람의 체향이 레바스 가문 혈족만 가진 특징이라고 생각했다. 오직 아델만 맡을 수 있는 냄새였다.

'향이 훨씬 옅기는 하지만…… 이 사람은 뭐지?'

왈츠를 추는 내내 아델은 딴생각에 빠졌다. 그러다 보니 실수 가 이어지는 악순환이 이어졌다.

왈츠가 끝나고 아델은 창피해서 얼굴이 화끈거렸다. 배운 것 의 반도 못한 것 같다.

"제 왈츠가 형편없었네요."

"제가 리드를 잘하지 못했기 때문이지요."

라미아는 전혀 개의치 않아 하며 미소 지었다.

아델은 왈츠 교사의 말을 떠올렸다.

'파트너를 바꾸어 추다 보면 누가 잘하는지 못하는지 안다더 니, 확실히 레온의 실력이 좋구나.'

라미아의 실력도 물론 좋았다. 그런데 방식이 달랐다.

라미아가 여자치고는 키가 큰 편이지만, 파트너를 온전히 감 당할 만큼 힘이 세지는 않았다. 그래서 파트너의 자유를 폭넓게 보장하며 힘보다는 기술에 의존했다.

왈츠 초보자인 아델로서는 자신의 페이스대로 끌고 가는 론의 방식이 아무래도 편했다.

라미아는 주변을 스윽 한 번 보고 혀를 찼다. 여기저기서 그들을 주시하는 남자들의 시선이 느껴졌다. 탐스러운 먹잇감을 노리는 늑대의 눈빛이었다. 보나 마나 자리로 돌아가면 아델에게 댄스 신청이 끊임없이 쏟아질 것이다.

'좀 미안하네.'

성주의 보호막을 라미아가 깨뜨린 셈이 되었다. 누구도 섣부르게 아델에게 접근하지 못하고 있었는데 라미아가 물꼬를 터주었다.

'내가 벌인 일은 내가 책임을 져야지.'

"레이디 스톤. 잠시 휴게실에 가지 않겠어요? 잠시 앉아서 쉬며 여자끼리 수다나 떨어 보죠."

분위기를 바꾸는 데는 단절이 가장 좋았다. 라미아는 평소에는 절대 쓰지 않는 '여자끼리'라는 표현까지 쓰면서 아델을 꾀었다.

"네. 좋아요."

안 그래도 다리가 아팠던 아델은 제안에 응했다. 화려한 파티만큼이나 여자들의 휴게실도 항상 궁금했었다. 라미아 크리드라는 사람이 궁금해서 대화를 나눠 보고 싶었다.

론에게 돌아가는 아델의 발걸음이 경쾌했다. 그녀는 주변의 누구도 보이지 않는 것처럼 그에게 시선을 고정했다. 목적지가 뚜렷한 그녀에게 갈림길은 존재하지 않았다.

"레온. 저분과 휴게실에서 쉬고 올게요."

"피곤해?"

"아직 거뜬해요. 조금만 쉬면 괜찮아요."

"그래. 다녀와. 여기 있을게."

그의 앞에 바짝 붙어서 고개를 든 아델과 그녀를 내려다보는 론의 거리는 지나치게 가까웠다. 나지막하게 나누는 두 사람의 짧은 대화는 한 걸음 정도 떨어져 서 있는 사람들에게는 들리지 않았다.

하지만 비밀 이야기라도 나누는 것 같은 분위기가 오히려 보는 사람들의 상상력을 자극했다. 사람들이 긴가민가한 표정으로 두 사람의 관계를 추측했다.

라미아와 시선이 마주친 론은 고개를 살짝 숙였다. 잘 부탁합니다, 걱정 마시죠, 무언의 짧은 대화가 오고 갔다.

아쉬워하는 남자들을 뒤로하고 아델은 라미아와 휴게실로 들어갔다.

휴게실은 넓고 조용했다. 이미 들어와 쉬고 있던 사람들은 아델과 라미아가 들어오자 관심을 보였으나 다가오지는 않았다. 쉬는 사람은 방해하지 않는 것이 예의였다.

"마실 것을 갖다 줄까요?"

"네. 감사합니다."

라미아는 얼음을 띄운 레몬수를 두 잔 가져왔다.

아델은 단번에 반이나 마셨다. 긴장해서 목이 마른 줄도 모르고 있었나 보다.

"제가 어떻게 불러야 하나요? 레이디 크리드……는 아닌 것 같고."

라미아는 쿡쿡 웃었다.

"제가 소개를 제대로 안 했군요. 다들 그걸 제일 어려워하죠. 친한 사람은 이름을 불러요. 대부분은 의원 혹은 의원님이라고 부르죠."

"의원이요?"

"중앙 의회에 의원직을 갖고 있어요. 대가문마다 의원을 세 명 임명할 수 있는데 일종의 대가문의 이익을 대변하는 자리예요. 의원이라고 해 봤자 일 년에 몇 번 회의만 참석하면 되지만 공식적인 호칭으로 부르기에 무난해서 제 소개를 할 때 좋더라고요. 아, 레이디라고 부르는 사람도 있기는 했어요. 하지만 내가 그 사람의 코뼈를 부러뜨리고 나서는 들어 보지 못했군요."

"네?"

"날 조롱하려고 그렇게 불렀거든요."

"잘하셨네요."

"그렇죠?"

두 사람은 웃음을 터뜨렸다.

"라미아라고 부르세요."

"그래도 될까요?"

"미인께서 불러 주신다면 영광이죠."

"저도 아델이라고 부르세요."

"와우. 그럼 오늘 파티에서 제가 레이디 스톤의 이름을 부르는 유일한 사람인가요? 아델."

"한 사람만 제외하고요."

라미아는 '흐응.' 하고 중얼거리며 의미심장한 표정을 지었다. 그 한 사람이 누구일지는 묻지 않아도 알겠다.

아델은 적절한 질문을 찾기 위해 고심했다. 당신의 몸에서 왜 향기가 나요? 물어봤자 대답은커녕 이상한 사람 취급받지 않으면 다행일 것이다.

'나와 비슷한 힘을 가진 사람일까? 아니야. 할머니도 레온도 나 같은 능력은 없는걸. 아! 그러면 나와 같은 능력을 가진 사람의 혈족인가?'

할머니도 레온도 르웨나 레바스의 후손이니까 얼추 앞뒤가 맞았다.

'그럼 당신의 조상이 누구냐고 물어봐야 하나? 이런 질문도 이상하잖아. 함부로 묻기도 어렵고.'

아델은 결국 포기하고 다른 말을 했다.

"오늘 함께 오신 분은 혼자 계실 텐데. 같이 올 걸 그랬어요."

"바네사요? 혼자 아닐 겁니다. 우리는 파티에 오면 각자 놀기에 바쁘거든요."

"항상 같이 오세요?"

"거의요. 아, 그렇다고 오해는 마세요. 바네사는 친구예요. 누구보다 믿을 수 있는 친구이자 동업자이지요."

'부럽다. 근데 나도 있어. 믿을 수 있는 친구가.'

아델은 캘빈을 생각했다. 남쪽 탑에 웅크린 아델을 찾아와 주었던 유일한 친구였다. 캘빈이 아니었다면 아마 아델은 완전히 세상과 단절된 삶을 살았을 것이다. 생각해 보면 받기만 했다. 가끔은 나이에 맞게 성장하는 캘빈을 보며 질투하고 자괴감을 느꼈다. 그런 마음을 가졌던 것이 미안했다.

"그날은 고마웠어요."

"네?"

아델은 손으로 부채를 잡는 것처럼 흉내를 내며 손목을 흔들었다.

"라미아 말이 맞았어요. 연습해도 어렵더라고요."

고개를 갸웃하던 라미아가 눈을 크게 떴다. 그리고 손가락으로 아델을 가리키며 '어어?!' 하는 괴성을 질렀다. 바네사가 옆에 있었다면 볼썽사납다고 라미아의 옆구리를 쿡 찔렀을 것이다.

"라미아. 언제까지 있을 거야?"

"파티가 끝날 때까지. 마지막 날이잖아."

휴게실을 나오는 두 사람은 어느새 말이 편해졌다. 둘 다 성격이 모나지 않았고 내숭이 없었고 서로를 재보지 않았다. 금방 의기투합해서 친구가 되기로 했다.

"혹시…… 내 성년 생일에 파티를 열면 와 줄 수 있어?"

"당연히 가야지. 그럼 초대하지 않으려고 했어?"

아델은 고개를 힘차게 좌우로 흔들었다.

"근데 아마 네 생일 전에 내가 먼저 널 초대할 텐데. 초대장 보내면 올 거지?"

"정말? 내가 가도 돼?"

"물론이지."

아델의 눈에 기쁘고 설레는 마음이 고스란히 드러났다.

'귀여워라. 사나운 파수견이 곁에 붙어 있는 이유를 알 것 같단 말이야.'

라미아는 사교 파티에서 만난 사람 중에 아델만큼 솔직하게 감정을 드러내는 사람을 보지 못했다. 호의를 그저 순수하게 호의로 받았다. 속을 떠보는 느낌이 없었다. 이 사람과 알고 지내면 적어도 뒤통수는 안 맞을 것 같았다. 굉장히 좋은 느낌이었다.

'왜 남장을 하느냐.'라고 묻지 않는 게 가장 마음에 들었다. 더 알고 친해지고 싶어서 다짜고짜 친구하자고 했다.

'그런 촌스런 짓을 하다니.'

입장 바꿔서 누군가 자신에게 넙죽 '친구하자.' 했다면 이상한 눈으로 봤을 것이다. 다행히 아델은 웃으면서 받아 주었다.

다시 사람들이 북적이는 홀로 함께 걸어 나오다가 아델이 걸음을 멈추었다.

'저런.'

라미아는 아델의 시선이 고정된 방향을 보고 혀를 찼다. 성주의 주변에 사람들이 잔뜩 모여 있었다. 그리고 딱 봐도 젊은 여자들이 압도적으로 많았다.

'둘이 함께 있어서 다가오지 못한 쪽은 남자들만이 아니라 이건가.'

아델이 휴게실로 들어가는 바람에 서성대던 남자들은 헛물을 켰지만, 성주에게 접근하고 싶어 호시탐탐 노리던 여자들에게는 좋은 기회가 되었을 것이다.

힐끔 아델의 표정을 살폈다. 입술을 깨물더니 다시 걷기 시작했다.

'재밌는 구경거리가 생기나 보다.'

라미아는 흥미진진한 표정으로 재빠르게 따라갔다.

론의 주변을 둘러싸고 있던 사람들은 아델이 돌아오자 길을 터 주었다. 아델은 아주 자연스럽게 그의 옆자리에 섰다. 그녀의 속은 부글부글 끓었다. 잠시 자리를 비운 사이에 미녀들과 놀고 있다니!

론이 들었다면 상당히 억울해했을 오해였다. 그는 하던 대로 형식적인 예의를 갖추어 사람들을 상대하고 있었다. 오히려 그는 아델을 생각하는 중이었다. 휴게실에서 오래 있다가 오면 좋을 텐데, 힘들다고 올라가 버리면 더 좋고, 중얼거리면서.

아델은 짜증을 드러내는 어리석은 짓을 하지 않았다. 보란 듯이 더욱 화사하게 그를 보며 미소 지었다.

주변에서 '호오.' 하는 작은 탄성이 들릴 만큼의 아름다운 미소를 보며 론은 움찔했다. 정확히 설명할 수 없지만, 평소에 보던 웃음과 달랐다.

"휴게실에서 뭐 좀 먹었어?"

"앉아만 있다가 왔어요."

"배고프지 않아?"

"그보다는 목이 말라요."

론이 하녀를 부르려고 손을 위로 들려는 것을 아델이 곁에서 옷자락을 잡아끌어 내렸다.

"그거 줘요. 손에 있는 거."

론의 손에는 반쯤 마신 칵테일이 한 잔 들려 있었다. 그는 떨떠름한 표정을 지었다. 독하지는 않아도 술이 섞인 음료였다.

"갈증이 나면 이거보다는……."

"그거. 줘요."

이상했다. 생긋 웃는 미소 너머에 분노가 보이는 것은 기분 탓인가. 별것 아닌 일로 기분을 상하게 할 필요는 없겠지. 론은 들고 있던 칵테일을 그녀에게 건네주었다.

아델은 눈을 내리깔고 칵테일을 한 모금 마신 후 고개를 들어 그를 보며 해사하게 웃었다.

"맛있어요."

주변에 있던 여자 몇 명이 거의 동시에 시선을 돌리며 부채를 흔들었다. 여자들의 얼굴에 미미한 짜증이 어렸다.

아델은 우리가 이만큼 친밀하다는 사실을 보여 주고 싶었다. 그런데 공교롭게도 구체적인 의미가 있는 행동이었다. 보통 가까운 사이가 아니고서는 마시던 음료를 공유하지 않았다. 의도하지 않았지만, 두 사람의 관계를 과시하고 사람들에게 허튼수작하지 말라고 경고한 셈이었다.

상황을 지켜보던 라미아는 속으로 킬킬 웃었다.

'제법이야, 아델.'

사나운 파수견만 으르렁대고 서 있는 게 아니었다. 앙칼진 고양이 한 마리도 발톱을 세우고 있었다.

'두 사람은 무슨 관계지?'

모두 라미아처럼 궁금해할 테지만 아무도 묻지 못했다.

파티에 동반하는 파트너는 항상 부부나 연인처럼 가까운 사람이 아니었다. 친구일 수도 있고 아는 지인일 수도 있다. 결혼한 부부가 각자 애인을 동반하는 일도 있었다. 그래서 관계를 묻는 것은 무례한 짓이었다.

'더 친해지면 물어봐야지.'

*　　　*　　　*

아델은 홀에 내려오면서 야무지게 결심했었다. 파티의 마지막 날이 마무리되는 순간까지 자리를 지키겠다고.

그러나 그녀의 결심이 무너지기 직전이었다. 자정이 가까워지면서 쏟아지는 노곤함을 떨치기 힘들었다. 이 시각까지 깨어 있었던 적이 거의 없었다. 평소라면 벌써 깊은 잠에 빠져 있을 시각이었다.

내내 긴장하느라 힘이 들어간 몸은 쉽게 지친 데다가 맛있어서 홀짝홀짝 마신 칵테일이 결정타가 되었다. 그야말로 정신력으로 간신히 버티고 섰다.

"……델."

"네?"

멍하게 있던 아델은 부르는 소리를 늦게 알아챘다. 흠칫 놀라 고개를 들었더니 론이 걱정스레 바라보고 있었다.

"힘들면 올라가."

아델은 홀을 쭉 둘러보고 고개를 흔들었다. 사람들은 여전히 활기가 넘쳤다. 여기서 질 수는 없다. 그녀는 미지의 적을 향해 전의를 불태웠다.

"그럼 휴게실에서 잠시 쉬고 오든지. 피곤해 보이면 다른 사람들에게 실례가 돼."

"……그럼 조금만 쉬고 올게요."

아델은 하녀와 홀을 벗어났다. 여럿이 공동으로 사용하는 휴게실 외에 예민한 손님을 위한 개별실이 몇 군데가 있었다. 하녀는 아델을 비어 있는 개인 휴게실로 데려갔다.

아델이 안으로 들어가고 잠시 후 두 명의 기사가 입구 앞을 지키고 섰다. 누구도 들어갈 수 없을 것이다.

시끌벅적한 사람들 틈에 있다가 조용한 방으로 들어오니 피곤함이 급격히 밀려왔다. 푹신해 보이는 널찍한 소파를 보자 몸이 나른했다.

"아아……. 좋다."

그녀는 소파에 앉으며 나직이 중얼거렸다. 치맛자락을 올리고, 몇 시간을 서 있느라 뻐근한 다리를 두 손으로 주물렀다. 혼자라서 주변 시선을 의식하지 않아도 된다는 것이 이렇게 편한지 몰랐다.

앉으니 기대고 싶고 기댔더니 눕고 싶었다.

'잠깐만 눕자.'

그녀는 유혹을 이기지 못하고 누웠다. 눈만 감고 잠시만 쉬려고 했다. 자면 안 된다고 속으로 중얼거렸다. 그러나 그녀는 아주 순식간에 깊은 잠으로 빠져들었다.

잠시 후 아델이 부탁한 차가운 얼음물을 가지고 들어온 하녀는 아델이 잠든 모습을 보고 조용히 나갔다.

하녀의 보고를 들은 론의 입술 끝이 살짝 올라갔다. 드러내지 않았으나 밤이 깊어 갈수록 그는 초조해져서 아델을 올려 보낼 핑계를 궁리 중이었다.

자정을 기점으로 파티는 분위기가 달라졌다. 대개 점잖은 사람들은 적당히 늦으면 퇴장했고 강한 자극과 유흥을 원하는 사람들이 남아 분위기를 주도했다. 새벽의 파티장 구석에서 남녀가 끌어안고 키스하는 일은 흔했다. 그보다 더한 일도 종종 벌어졌다.

여자들에게 구애하는 남자들도 훨씬 더 노골적이고 적극적인 태도를 보였다. 아델이 사내들의 유혹 대상이 된다는 게 론은 끔찍하게 싫었다.

휴게실로 보낸 건 탁월한 전략이었다. 그녀의 눈에는 잠이 가득했었다. 어딘가에 앉기만 해도 금방 잠이 들 것 같았다.

론은 자정을 넘기고 두어 시간 자리를 더 지키다가 자리를 떴다. 그는 주최자로서 충분히 할 만큼 했다.

휴게실 앞을 지키고 있던 기사들은 론이 다가오자 고개를 숙였다.

"드나든 사람은?"

"하녀가 들어갔다가 나왔습니다. 지금은 아가씨만 계십니다."

론은 안으로 들어갔다. 소파에 길게 누워 새근새근 잠든 아델을 바라보다가 크게 숨을 내쉬었다. 닷새의 파티 중에 그는 오늘이 가장 힘들었다.

곁에 내내 함께 있었는데도 아델에게 접근하려고 주변을 맴도는 놈이 한둘이 아니었다. 앞으로 아델의 사교 활동이 탄력을 받을 테고 그가 모든 자리에 따라다닐 수는 없을 것이다. 장차 어떤 일이 벌어질지 빤히 보였다.

그녀가 딴 놈과 불장난하는 상상을 하니까 언제 나타날지 모를 그놈에게 살의가 일었다.

론은 소파로 다가가서 한쪽 무릎을 굽혀 앉았다. 곤히 잠든 아델의 얼굴이 그의 시선 바로 아래에 있었다. 그의 손등이 그녀의 볼을 부드럽게 쓸었다.

보호자. 그는 자신의 위치를 되뇌었다.

너는 자격이 없다. 그의 양심이 말했다. 그가 디딘 바닥은 허상이고 그가 가진 모든 것이 거짓이었다.

그럼에도 불구하고.

그의 손가락이 그녀의 턱 아래를 감싸 쥐었다. 엄지손가락으로 붉은 입술을 느릿하게 쓸었다. 촉촉하고 말랑거리는 촉감이 그를 충동질했다. 그는 깊이 가라앉은 눈으로 천천히 손을 뗐다.

갖고 싶다.

론은 쓰게 웃었다.

5장
알시온

봉인된 우편물을 뜯는 아이작의 손길이 조심스러웠다. 내용물을 펼치자 눈에 들어오는 익숙한 필체를 보며 그는 빙그레 웃었다.

—그간 평안하셨습니까? 저는 잘 지내고 있습니다.

하란에서 유학하는 동생이 보낸 편지였다. 레슬리는 그의 하나뿐인 동생이었다. 그들은 나이 차이가 있는 형제였다. 아이작이 아버지를 따라다니기 시작할 즈음에 레슬리는 꼬물꼬물 기고 있었다.

두 사람은 어릴 때 엎치락뒤치락 부대낄 일이 없었다. 아무래도 형제의 정을 다질 기회가 없었다. 부친의 성품을 빼닮은 아이작은 성품이 찼다. 동생을 따뜻하게 챙기는 좋은 형이 아니었다.

그런데 레슬리는 달랐다. 어머니의 따뜻한 성격을 닮았다. 형님, 형님 쫓아다니며 '형님이 세상에서 제일 좋아요.'라고 말하는 동생이 딱히 싫을 이유가 없었다.

처음에는 형제의 정에 크게 의미를 두지 않았다. 말 잘 듣는 부하 정도로 생각했다. 하지만 아이작의 인생을 뒤바꾸는 사건을 계기로 달라졌다.

그의 아픔을 함께 아파해 주는 사람은 철없다고 생각한 동생뿐이었다. 세상에 혼자가 된 것 같은 외로움을 느끼던 아이작은 레슬리의 위로에 힘을 얻었다.

사람들은 펠릭스 후작가를 이야기할 때 유난히 의좋은 형제를 화제에 올리며 신기해했다. 권세 있는 귀족 가문의 형제는 가장 강력한 경쟁자였다. 서로 죽이고 싶도록 증오하지만 않아도 집안이 화목하다고 했다.

펠릭스 후작이 타계하고 아이작이 순조롭게 작위를 물려받으면서 누군가 입을 댈 여지조차 사라졌다. 그래도 괜한 헛소리를 만들기 좋아하는 자들은 레슬리가 유학의 명목으로 쫓겨났다고 수군댔다.

애먼 말이 나돌거나 말거나 펠릭스 후작가의 두 형제는 사이가 좋았다. 레슬리는 일정 기간마다 꼬박꼬박 근황을 전하는 편지를 보냈다. 아이작의 유일한 즐거움이었다.

요즘 레슬리의 편지에 부쩍 친구들에 대한 화제가 늘었다. 유학 생활에 적응하지 못하는 건가, 내심 염려했는데 걱정을 덜었다.

"좋은 친구들을 사귀게 된 것 같으니 다행이군."

─레바스 대가문의 성에서 열린 파티에 다녀왔습니다. 동부의 유일한 대가문이라는 이름값이 헛되지 않았습니다. 하란에서 이름 꽤나 있는 자들은 모두 모인 것 같았습니다. 대륙인들도 많이 참석했습니다.

"동부의 레바스……."

아이작은 기억을 더듬었다.

말콤이 준 하란의 정보는 편차가 심했다. 대륙과 교류가 가장 활발한 남부는 비교적 정보가 많았다. 북부는 드물었고 동부는 거의 없다시피 했다.

─정말 대단히 아름다운 레이디를 보았습니다. 제 평생에 그토록 아름다운 분은 처음이었습니다. 뭐라고 설명해야 할까요. 어떤 말로도 제대로 표현하지 못할 겁니다.

갑자기 파티에서 본 여인의 미모에 대한 찬사가 이어졌다. 아이작은 삐딱한 웃음을 지었다. 편지글에서 동생의 흥분이 느껴졌다.

'하긴 이제 그럴 나이도 되었지.'

슬슬 장가보낼 준비를 해야 하는 건가. 뒤뚱거리는 걸음으로 달리다가 넘어져 울음을 터뜨리던 어린 모습이 아직 눈에 선했다. 세월은 참 빠르다.

—그런데 아름다운 레이디에 관한 정말 묘한 이야기를 들었습니다. 그 레이디를 알고 지냈다는 사람이 주장하기를 절대 동일인일 리가 없다고 했습니다. 십여 년이 넘도록 어린아이인 채 자라지 않는 병에 걸렸는데 하루아침에 숙녀가 되어 나타난다는 건 있을 수 없는 일이라고요. 그런데 그 레이디는 오랫동안 은둔 생활을 해서 뜬소문이 많은 것 같았습니다.

아이작은 미간을 찌푸렸다.

말콤이 했던 이야기와 정확히 일치하지는 않아도 유사한 점이 있었다.

'혹시 그랜트 상단주가 찾는다는 조카인가.'

레슬리가 편지에 설명한 내용에 따르면 그녀는 신비한 내력의 부유한 상속녀이며 대가문 레바스의 성주의 약혼녀라는 말이 들린다고 했다.

'아무리 마법사가 데려갔다고 해도 고아나 다름없는 소녀가

가질 만한 배경은 아닌데.'

사교계의 정보를 들으면 알려다오, 부탁한 이후에 레슬리는 자신이 보고 들은 일들을 상세히 적어 보냈다. 이번에 보낸 편지도 두툼했다.

아이작은 말콤에게 이 정보를 주지 않을 것이다. 레슬리에게 부탁할 때는 운 좋게 뭔가 건져서 팔 수 있으면 팔아도 좋다고 생각했다. 그런데 마음이 바뀌었다. 그자와의 거래가 내키지 않았다.

'파티에 대륙인들도 제법 참석했다고 했으니. 그들 중 그랜트 수장과 거래한 자들이 분명히 있겠지.'

어차피 그들이 앞다투어 말콤에게 정보를 팔아넘겼을 것이다.

집무실 문을 두드리는 소리가 나고 잠시 후 카로가 들어왔다. 카로는 책상에 앉아 있는 아이작을 보며 눈이 조금 커졌다.

하지만 아이작의 손에 들린 편지를 보더니 다시 심드렁해졌다. 들고 온 두툼한 서류를 내려놓았다.

"전에 지시하신 조사 내용입니다."

아이작은 겉표지를 들추어 안을 보더니 카로를 쳐다보았다.

"잊어버린 줄 알았다."

카로가 겸연쩍은 표정으로 슬쩍 눈을 피했다.

"좀 늦었습니다."

"좀?"

아이작은 일을 시키면 결과를 가져올 때까지 기다렸다. 원래 믿을 만한 사람이 아니면 일을 맡기지도 않았다. 그래서 이번에도 재촉하지 않았다. 하지만 늦어도 너무 늦었다.

그랜트 상단주에 관한 조사를 명한 지가 도대체 언제인가.

카로의 표정과 태도가 진중하게 바뀌었다. 한량처럼 놀고 있어도 젊은 후작은 허술한 사람이 아니었다. 납득할 만한 늦어진 이유를 대지 않으면 그냥 넘어가지 않을 것이다.

"조사는 금방 끝났습니다."

"그런데?"

"명색이 거상 아닙니까. 너무 쉽더군요. 물론 제가 능력이 있어서 그런 거겠지만, 이건 원하면 가져가라는 식이더라고요. 주는 걸 받아먹기만 하는 건 제 성격에 안 맞아서요. 더 파고들었죠. 그랬더니 거기서부터는 또 엄청 막혔습니다. 오기가 생기던데요. 속옷 색깔까지 알아내 주겠다는 각오로 임했습니다."

아이작이 쿡쿡 웃었다.

"그래서 알아냈냐?"

"재미있는 건 많이 건졌습니다."

"좋아. 기대하지. 읽어 보고 부르겠다."

아이작은 몇 시간에 걸쳐 꼼짝하지 않고 카로가 가져다준 서류를 정독했다. 카로를 다시 부른 아이작의 표정은 무겁게 가라앉아 있었다.

"수고했어."

아이작은 먼저 수고를 치하했다. 조사 내용은 만족스러웠다.

문제는 지나치게 완벽했다는 것이다. 그랜트 상단의 대륙에 걸친 활동 내역이 상세히 포함되었다. 아이작이 기대한 건 알시온 왕국 내에서의 활동이었다. 카로가 알아낼 수 있는 부분이 그 정도라고 생각했다.

"출처가 어디냐."

카로를 바라보는 아이작의 눈빛이 서늘했다.

카로가 가져온 정보는 카로의 능력으로 알아낼 수 있는 한도를 넘었다. 둘 중 하나였다. 카로를 도와준 다른 자가 있거나, 또 하나는 카로가 지금껏 능력을 감추어 왔거나.

아이작은 수하의 능력을 경계하는 용렬한 자는 아니었다. 하지만 속이는 건 용서하지 않았다.

카로는 쩝, 입맛을 다셨다.

"도움을 받았습니다."

"누가? 목적은?"

"정보 제공의 대가로 각하와의 만남을 요청했습니다."

아이작이 인상을 썼다. 매사에 신중한 카로답지 않은 경솔함이었다.

"말씀드렸듯이 그랜트 상단에 대한 조사는 어느 정도까지는 매우 수월했습니다. 이상할 정도로요. 그런데 깊이 들어가자 완전히 막히더군요. 그걸 파고들다가 만났는데 제게 도움을 주겠다고 했습니다. 그런데 아무 조건도 없어요."

"날 만나게 해 달라고 했다면서."

"조건은 조건인데 그게 좀 이상했습니다."

카로는 남자와의 만남을 회상했다. 말끔한 외모의 젊은 남자였다. 귀족인 것 같기도 하고 아닌 것 같기도 하고 아리송했다.

「에릭이오. 본명 맞소.」

손을 내밀어 악수를 청하는 에릭이라는 남자는 당당하면서도 거만함은 없었다.

「그랜트 상단의 정보를 주겠소. 아마 그쪽 능력으로는 쉽게 얻을 수 없는 정보일 거요.」

카로는 에릭의 자신감이 아니꼬웠다. 하지만 막상 받아 본 정보를 확인한 후에는 부정할 수 없었다.

「원하는 게 뭐요?」
「정보를 주었으니 정보를 받고 싶소. 하지만 그쪽이 줄 만한 정보는 아니오. 그대의 주인을 만나게 해 주시오.」

카로는 주저 없이 받은 정보를 거칠게 내려놓았다.

「그런 거래는 안 하오. 댁이 누군지 알고 내 주인께 소개한단 말이오? 그분은 개나 소나 만나는 분이 아니오. 내 주인을 뵙고 싶으면 신분부터 확실히 밝히시오.」

「당장 날 데려가서 만나게 해 달라는 말은 아니오. 그대의 주인이 날 만나고 싶다고 하면 이쪽으로 연락 주시오.」

에릭은 거처의 주소를 카로에게 주었다. 카로가 정신 나간 자를 보듯 하자 에릭은 말했다.

「가서 그 정보를 주인께 가져다주시오.」

「그리고?」

「그거면 되오.」

「설마 이 정보에 무슨 수작이라도 부린 거요?」

「그런 건 전혀 없소. 그대 주인이 정보를 보고 나서 아무 말이 없으면 그걸로 되었소. 하지만 그쪽에게 출처를 물으면 알려 주면 되는 거요. 그쪽 입장에서는 딱히 손해 볼 것도 없지 않소.」

카로는 에릭과 나누었던 대화 내용을 아이작에게 전했다.

"대체 그자가 무슨 생각인지 모르겠습니다."

아이작은 픽 웃었다.

"날 시험했다."

"예?"

"이 정보 말이야. 네 능력으로 알아낼 정보가 아니지."

카로는 뚱한 표정으로 물었다.

"예. 저도 압니다. 근데 각하께서 정보를 받고 아무 말씀이 없으시면 뭐가 다릅니까?"

"내가 이걸 받고 아무 말이 없으면 둘 중 하나일 테니까. 부리는 수하의 능력도 파악하지 못하는 어리석은 주인이거나, 수하의 능력에 의심을 품고 경계하기 시작하는 주인이거나. 그자는 내가 둘 중 하나일 경우는 만날 가치가 없다고 판단한 거야."

눈을 크게 뜬 카로가 이내 인상을 일그러뜨렸다.

"감히 각하를 시험하다뇨! 정말 건방지고 무례한 자입니다."

"그래. 무례하고…… 매정한 자다."

아이작은 씩씩대는 카로를 보며 생각했다. 이건 카로를 희생양으로 삼은 시험이자 이간책이었다.

만약 아이작이 도량이 좁아서 카로의 능력을 경계하기 시작했다면 카로는 영문도 모르고 주인의 의심을 사게 되는 셈이었다. 작은 의심은 결국 불신을 가져올 것이다.

아이작은 흥미가 생겼다. 외국인이 분명했다. 알시온에서 자신을 상대로 이런 짓을 할 만한 사람은 없었다.

"주소를 받았다고 했지?"

"만나시려고요?"

"연락해. 날짜는 언제든 상관없지만, 시간은 오후가 좋겠군."

카로는 불만이 가득한 표정으로 순순히 대답하고 나갔다.

혼자가 된 아이작은 이미 다 읽은 정보 문서의 표지를 열었다. 원하는 내용이 나올 때까지 페이지를 넘겼다. 몇 번이고 읽고 또 읽으며 눈에 핏발이 설 때까지 노려보다가 벌떡 일어났다. 그는 사나운 기세로 서성거렸다.

"상단주의 저택 구매를 우드 공작이 도와줬다니."

이 사실을 왜 이제 알았을까. 왜 이제야!

우드 공작이 여론을 주도해서 그랜트 상단주가 귀족의 저택을 구매할 수 있도록 도움을 줄 당시에 아이작은 집에 감금되어 있었다. 그때는 그런 것에 신경 쓸 정신이 아니었다.

저택의 원래 주인이었던 백작이 살해된 사건은 오래된 일이지만 아이작은 기억했다. 사절단이 파견되기 반년 전쯤에 발생한 살인 사건으로 당시에 사교계를 들썩이게 했다.

여자 문제로 아들이 제 아버지를 살해한 추악한 범죄였기 때문이었다. 저택에서 유령이 나온다는 흉흉한 소문까지 돌았다.

살인 사건으로 비어 버린 백작가의 저택, 붉은 호수의 숲에서 사절단의 몰살, 그랜트 상단주의 저택 구입.

"관련이 있어."

누가 들으면 아이작에게 전혀 관련도 없는 일을 억지로 갖다 붙인다고 할 것이다. 고작 저택 한 채를 얻고자 그 많은 사람을 죽인단 말인가. 하지만 그는 발상을 다르게 했다.

저택을 얻고자 사람을 죽인 것이 아니라, 사람을 죽이고 대가로 저택을 받은 것이다.

그러면 또 다른 의문이 생긴다. 고작 저택 한 채는 대가로 보기에는 터무니없이 적었다.

하지만 알 수 없는 막연한 느낌이 왔다. 어떤 방식이든 당시의 사건에 그랜트 상단이 관여했다.

"생각지도 못한 곳에서 단서를 얻었군."

그는 음산하게 중얼거리며 주먹을 꽉 쥐었다. 그가 후작이 되어 힘을 갖게 되었을 때는 이미 사건으로부터 너무 많은 시간이 흐른 후였다. 어디서부터 시작할지 엄두도 내지 못하고 있었다.

'내가 당신을 그 자리에서 어떻게 끌어내릴지 기대하십시오. 왕비님.'

알시온에서 가장 고귀한 신분의 여인을 떠올리며 아이작은 이를 갈았다.

* * *

다음 날 오후, 펠릭스 후작가에 에릭이 방문했다.

"따라오시오."

에릭을 맞이한 카로의 눈초리가 곱지 않았다. 실질적인 위해로 이어질 만한 적대감은 아니라서 에릭은 신경 쓰지 않았다.

카로의 뒤를 따라 걸으면서 눈동자만 굴려서 내부를 살폈다. 복도의 풍경이 삭막했다. 벽에는 화려한 그림도, 흔히 모형으로 세워 두는 기사의 전신 갑옷도 없었다. 겉치레에 관심을 두지 않는 주인의 성격이 보였다.

카로는 에릭을 집무실로 안내했다. 안으로 들어간 에릭과 책상에 앉아 있던 아이작이 잠시 마주 보았다. 첫눈에 그들은 상대방을 인상 깊다고 생각했다. 서로에 대해 막연하게 상상했던 모습이 실제 모습과 달랐다.

아이작이 일어나서 자리를 권했다.

"어서 오시오."

"만나 뵈어 영광입니다. 각하."

카로가 미적거리며 남아 있기를 원하는 눈치였으나 아이작은 모르는 척 내보냈다. 오늘 처음 만난 눈앞의 사내와 깊은 이야기를 나누게 될 것 같았다.

"정보는 잘 받았소. 아주 도움이 되었소."

"도움이 되었다니 다행입니다."

"나는 빚을 남겨 두는 사람이 아니오. 특히 내가 원해서 진 빚이 아니라면 더욱. 내게 원하는 게 뭐요?"

"말씀을 들으셨겠지만, 정보입니다. 하지만 단지 그것만이 목적은 아닙니다. 저와 앞으로 지속적인 거래를 하실 생각은 없는지 여쭈어 보려고 왔습니다."

"직설적이군."

"돌려 말하는 건 좋아하지 않습니다."

"나도 그게 좋소. 그전에 묻겠소. 왜 나를 찾아온 거요?"

에릭은 첫 단추부터 좋은 예감이 들었다. 젊은 후작에게서는 고압적인 신분적 우월 의식이 느껴지지 않았다. 나이가 젊어서인지 속을 모르는 능구렁이처럼 상대를 탐색하려 하지도 않았다.

"왜 후작 각하를 선택했느냐고 물으시는 겁니까? 대답해 드리자면 선택이 아닙니다. 그저 제가 만나 뵐 알시온의 유력한 권력자 중에서 각하가 처음일 뿐입니다."

에릭은 태연한 얼굴로 자연스럽게 거짓말을 했다.

알시온은 레바스 가문이 대륙에 발을 내딛는 시작점이 될 것이다. 그래서 중요했다. 에릭은 아예 알시온에서 머물며 면밀하게 조사하고 있었다.

가장 공들여 조사한 작업은 알시온을 쥐고 흔드는 권력자들에 관한 정보였다. 대륙은 거의 왕정 체제이지만, 알시온은 그중에서도 아주 경직된 신분 구조를 가진 나라였다.

재밌는 건 알시온의 신분 체제는 대륙의 어떤 국가보다도 안정적이라는 점이었다. 백성들이 자신의 삶에 그럭저럭 만족하고 살았다.

가장 큰 공은 알시온의 현 국왕 베르너 밀라우스였다. 알시온의 역사상 손꼽히는 현왕이라고 사람들은 평가했다. 왕권과 신권을 적절히 조화시키며 백성들의 삶을 살피는 일에 소홀히 하지 않았다.

못지않은 공을 가진 사람은 지금은 죽고 없는, 전 펠릭스 후작이었다. 후작은 왕권을 적절히 견제하면서 신하로서의 소임에도 충실했다.

그런데 알시온의 미래는 밝지 않았다.

명군이었던 왕이 근래에 총기가 많이 흐려졌다는 평을 듣고 있었다. 펠릭스 후작이 죽고 권력을 잡은 우드 공작은 욕심이 많았다. 왕의 후계자인 두 왕자는 자신들의 세력 구축을 위해 측근의 비리를 방조했다. 왕자를 뒷배로 둔 고리대금업자들이 기승을 부려 착취당하는 백성들이 늘어났다.

삶이 힘들어지자 과거를 그리워하기 시작했다. 백성들은 펠릭스 후작 가문이라면 다시 옛날처럼 살기 좋은 시대를 가져와 줄 거라고 믿었다. 몇 년 동안 집에만 틀어박혀 있는 펠릭스 후작에 대한 기대가 남달랐다.

에릭은 제 욕심만 차리는 권력자보다는 말이 통하고 장기적인 계획을 논할 수 있는 권력자와 손을 잡을 생각이었다. 조사한 내용이나 들려오는 말에 따르면 죽은 전 펠릭스 후작은 보기 드물게 귀족다운 귀족이었다.

몇 년째 칩거하고 있는, 작위를 이은 차기 후작에 대한 인식도 좋았다. 그래서 에릭은 젊은 후작이 어떤 사람인지 정확히 알고 싶어서 접근했다.

"나와 이야기가 잘되지 않으면 다른 사람을 만나러 가겠다?"

아이작은 얼마 전에 만났던 그랜트 상단주와 눈앞의 사내를 비교하게 되었다. 아부할 생각이 전혀 없어 보이는 사내가 어쩐지 더 마음에 들었다.

"각하께서 저와 거래하실 생각이 없으시다면 말이지요."

"나와 뭘 거래하자는 거요?"

"정식으로 인사드리겠습니다. 저는 정보 상인입니다."

아이작의 눈에 이채가 스쳤다.

"정보 상인이라……. 덴버라는 곳에 가면 그런 자들이 있다고 들었소."

"저는 그들보다 더 넓은 지역에서 활동합니다. 이제 대륙은 전처럼 나라마다 고립된 땅이 아닙니다. 대륙 전체의 소식이 빠르게 이동하게 되었지요."

"일리가 있군. 대륙의 거상이 출현하는데 대륙을 아우르는 정보 상인이 나타나지 않으리라는 법은 없지. 그럼 내게서 정보를 사겠다는 거요?"

"예. 하지만 저는 돈으로 정보를 사고팔지 않습니다. 정보의 대가는 정보입니다."

"좋소. 거래합시다."

에릭은 아이작의 빠른 결정에 놀랐다.

"다른 뜻은 없소. 난 지금 그대의 정보 능력이 필요하오. 내가 당장 필요한 것을 그대가 갖고 있으니 나로서는 이것저것 따질 일이 아니오."

"무슨 정보가 필요하십니까?"

"내게 준 정보로는 부족하오. 정확히 말하면 초점이 틀렸소. 그랜트 상단이 대륙에서 무슨 일을 하든 상관없소. 난 이 나라 내부에서의 그랜트 상단의 행적을 남김없이 알고 싶소. 처음 알시온에 자리를 잡았을 때부터 지금까지."

"어려운 요구는 아니시군요. 원하시는 정보를 드리겠습니다."

어차피 에릭은 그랜트 상단을 조사 중이었다.

'성주님께서 조사하라고 하신 내용과 거의 일치하니까 겸사겸
사 알아보면 되겠지만……. 이상해.'

그랜트 상단은 알시온에 본점만 차려 두고 상거래 활동은 하
지 않았다. 그런데 왜 성주도, 펠릭스 후작도 알시온 내에서의
행적을 알아보려고 하는지 모르겠다.

"정보의 대가가 정보라면 나는 그대에게 뭘 주면 되겠소?"

에릭은 우선 펠릭스 후작과 천천히 신뢰 관계를 만들어 갈 생
각이었다. 처음부터 민감한 정보는 경계를 살 것이다. 그래서 정
치적인 분쟁의 여지가 없는, 뜬소문에 가까운 것을 물었다.

"알시온에는 신비한 전설이 있다고 들었습니다."

아이작의 눈썹이 꿈틀했다.

"……그걸 왜 알고자 하는 거요?"

"정보 상인이 정보가 필요한 이유가 무엇이겠습니까. 정보를
사겠다는 사람이 있습니다."

에릭은 성주의 지시에 따라 알시온에 전해지는 전설을 조사
하다가 재미있는 이야기를 들었다. 그냥 에릭은 자신의 호기심
을 해결하려고 가볍게 던진 질문이었다.

"전설의 내용은 대충 압니다. 그런데 전설이 실현되었다지요.
호수의 여신이 현세에 강림하시어 국모가 되셨다고 들었습니다."

"전설은 전설일 뿐이오. 그리고 그분은 이미 이 세상 분도 아니시고."

"그런데 자세히 말을 해 주려는 사람이 없더군요. 왕실의 일이니 함부로 말할 수 없다고 하거나 신의 노여움을 사니 불경스럽게 떠들 수 없다고 하거나. 이 나라의 백성들에게는 새로울 것 없는 이야기일지 모르지만, 외지인인 제게는 구하려 해도 구하기 어려운 정보입니다. 각하께서도 불경해서 입에 담을 수 없습니까?"

아이작은 한참 침묵했다. 그리고 무겁게 입을 열었다.

"나는 내가 아는 것만 말해 줄 수 있소. 정확한지 아닌지 장담 못 하오."

"충분합니다. 그나마 알려 주겠다는 분은 각하가 처음이시군요."

아이작은 이야기를 시작했다.

알시온의 국왕 베르너가 태자였을 때의 일이다. 태자가 붉은 호수의 숲으로 사냥을 나갔다가 돌아올 때 웬 여인을 데려왔다는 소문이 돌았다.

하지만 누구도 그 여인을 보지 못했다. 베르너가 별궁에 꽁꽁 감추어 두고 아무에게도 보여 주지 않는다고 했다. 별궁 주변에 기사들을 세워 두고 사람의 접근을 불허했다.

사람들은 처음에 우려했으나 태자가 하루 한두 번 별궁에 들르는 것 외에 별다른 변화가 없자 다들 모르는 척 관심을 가지지 않았다. 시간이 점점 흐르면서 별궁은 누구도 들어가서는 안 될 금지 구역이 되었다.

"내가 태어나기 전의 일이라 나도 전해 듣기만 했지, 약 십 년 정도 소문만 나돌았다고 했소."

아이작의 말을 듣고 에릭이 의아해했다.

"십 년이요? 이 나라의 국왕 폐하께서 왕위에 오르신 연치가 스물 서넛쯤으로 알고 있습니다만."

"맞소."

"그럼. 사냥 나갔다가 여자를 궁으로 데려온 나이가 열넷, 그 정도라는 겁니까?"

"문제가 있소?"

"열네 살이라면 어린……."

황당해하는 에릭을 보며 아이작이 웃었다.

"왕실은 조혼의 관습이 있소. 열다섯 살 정도면 혼인하오. 왕실의 시조께서 기사의 혈통이라 왕가의 핏줄은 대대로 타고난 체격도 크고. 열네 살의 태자께서 여자를 알기에 이른 나이는 아니오."

자신이 알시온의 왕실에서 태어나지 않아 정말 다행이라고 에릭은 생각했다.

태자 베르너는 열일곱 살에 혼인했다. 왕실에서는 비교적 늦은 혼사였다. 태자 부부의 사이는 그다지 좋지 못했다. 태자가 태자비에게 관심이 없었다. 혼인한 지 수년이 지나도 둘 사이에 아이가 생기지 않았다.

　갑작스러운 열병으로 태자비가 죽고 얼마 지나지 않아 왕이
서거하면서 베르너는 왕좌에 올랐다. 즉위식을 마치고 신하들
이 국혼을 거론했다. 그러자 베르너는 공표했다.

> 「이 나라의 국모가 될 사람은 별궁에 있다. 여신의 축복
> 을 받은 오직 그 사람만이 짐의 옆에 앉아 만백성을 어루만
> 질 것이다.」

　왕은 별궁에 거하는 여인이 전설 속에 등장하는 여신의 환생
이라고 주장했다. 오래전 숲으로 사냥을 나갔다가 여신의 강림
을 목격했으며 여신이 그에게 축복을 내렸다고 했다.

　신분 내력을 모르는 여인을 여신이라고 주장하며 왕비로 삼
겠다는 왕의 말을 '예, 그러십시오.' 하고 받아들일 사람은 없었
다. 당연히 여인이 여신이라는 증거를 요청했다.

　왕은 두 가지 증거를 내놓았다. 첫째, 그녀는 여신의 환생이라
서 나이를 먹지 않는다. 별궁에서 지낸 지 10년이 넘었으나 처음
의 모습에서 변함이 없다. 둘째, 전설 속에 등장하는 여신의 신
비한 힘을 지니고 있다.

　첫 번째 증거는 별궁에서 여인의 시중을 들던 시녀들이 증언
했다. 하지만 시녀의 증언은 얼마든지 조작될 수 있었다. 결정적
인 증거는 두 번째였다.

아이작의 이야기를 들으면서 에릭은 문득 생각나는 사람이 있었다.

'나이를 먹지 않는다고? 레바스 성의 자라지 않는 아가씨와 비슷하군.'

"신비한 힘은 증명이 된 겁니까?"

"내가 보지 못했으니 모르겠소. 하지만 당시에 사람들을 설득할 만한 무엇인가를 보여 준 것은 틀림없소. 폐하께서 원하시는 대로 그분은 왕비가 되셨으니까."

"각하의 이야기만 들어서는 알시온의 국왕께서 여신을 아내로 맞아들였다는 세간에 떠도는 말이 다 거짓으로 꾸며진 일 같군요."

앞뒤 맞추어 보면 딱 하나의 결론이 나왔다. 그저 왕이 제 마음에 드는 여자와 결혼하고 싶어서 전설이니 뭐니 말도 안 되는 이야기를 붙인 것이다.

너희 왕이 사기 친 거 아니냐, 라는 에릭의 의혹 가득한 시선에 아이작은 전혀 불쾌해하지 않았다.

"그분이 정말 여신의 현신인지는 모르겠소. 그런데 신비한 능력이 있었던 건 틀림없소. 기적을 일으킬 정도는 아니지만, 꽃이 피어나게 하실 수 있다고 했소."

"보셨습니까?"

"직접 보지는 못했소."

"왕비님을 직접 뵌 적도 없습니까?"

아이작은 매우 어려운 질문을 들은 것처럼 아무 말이 없다가 '딱 한 번 뵈었지.' 하고 중얼거리며 덧붙여 말했다.

"아름다운 분이셨소."

뒷이야기를 기다리는 표정의 에릭을 보며 아이작은 말했다.

"끝이오."

"예?"

"말하지 않았소. 내가 알고 있는 것만 이야기하겠다고."

기대를 배반당한 표정으로 에릭이 툴툴거렸다.

"이래서는 정보와 정보의 교환이라는 수지 타산이 맞지 않습니다."

"미안하오."

왕비 세레니티와의 만남은 아이작에게 보물 같은 추억이었다. 절대 누구에게도 보여 주지 않을, 비밀 일기장과 같았다.

아이작은 창밖을 보며 중얼거렸다.

"곧 해가 지겠군."

늑대에게 저녁밥을 주러 갈 시간이었다.

"제가 너무 오래 각하의 시간을 빼앗은 모양입니다."

그만 돌아가라는 뜻으로 해석한 에릭이 일어났다.

"아니오. 급한 일이 있는 게 아니면 저녁 식사를 함께하지 않겠소?"

"초대해 주시면 영광입니다."

에릭은 펠릭스 후작의 태도가 뜻밖이었다. 후작은 유명했다.

권세 있는 후작 가문의 주인인 데다가 나이에 비해 노련한 식견을 지녔다고 들었다. 까다로운 사람이겠거니, 생각했다.

그런데 펠릭스 후작은 확실하지 않은 외국인에게 기이하게 호의적이었다.

"저녁 준비를 하라고 이르겠소. 준비되는 동안 잠시……."

아이작은 턱을 쓸며 생각하다가 말했다.

"그냥 같이 가 보겠소?"

"어디를 말씀이신지요?"

"따라오시오."

'그러니까 어디를 가느냐고.'

에릭은 명확한 답을 주지 않고 앞서가는 후작을 따라갔다. 후작은 집무실을 나와서 저택의 뒷문을 통해 뒤뜰로 나갔다.

'별관?'

에릭은 점점 가까워지는 건물을 보며 불안한 표정을 지었다.

'창살이 있네. 감옥인가? 설마 날 어쩌려는 건 아니겠지.'

몇 걸음 정도의 거리로 가까워진 감옥과 비슷한 건물 앞에 있는 큰 수레에는 시뻘건 고깃덩어리가 가득했다.

"내가 좀 늦었군."

아이작은 중얼거리며 수레 손잡이에 걸린 열쇠로 자물쇠를 열었다. 문을 활짝 연 후 안으로 수레를 밀어 넣어 고기를 바닥에 쏟아부었다.

"고맙소. 이제 나가도 되오."

에릭이 먼저 나가고 아이작이 나온 후 문을 닫았다. 하지만 그저 살짝 닫기만 했을 뿐 잠그지는 않았다.

"얀."

아이작이 어두운 감옥 안쪽을 보며 말했다.

대체 안에 뭐가 있나 의아해하던 에릭이 눈을 부릅떴다. 거대한 것이 안쪽에서 천천히 움직이며 나오고 있었다. 에릭은 자기도 모르게 뒷걸음질 쳤다.

"맙소사."

모습이 드러난 거대한 늑대를 보며 에릭은 탄식했다. 이런 생명체가 존재하다니. 믿기지가 않았다. 너무 커서 본능적으로 두려움이 들었지만, 은빛 털이 뒤덮인 늑대는 시선을 뗄 수 없도록 아름다웠다. 원래 에릭은 개과의 동물을 좋아했다.

"기르시는 겁니까?"

"주인 대신 잠시 맡아 두고 있소."

"사나운가요? 더 가까이 가면 절 잡아먹을까요?"

"그대보다는 저 고기가 더 맛있을 것 같소."

아이작은 에릭의 반응이 재미있었다. 다들 보면 기겁하며 벌벌 떨었다. 홀린 듯이 쳐다보는 사람은 처음이었다.

늑대는 낯선 자를 흘끔 보고 바로 고개를 돌려 관심을 보이지 않았다. 어슬렁거리며 고깃덩어리로 향하는 움직임이 배고픈 짐승의 움직임이라고 보기에는 느긋했다.

갑자기 늑대가 걸음을 멈추더니 고개를 돌렸다. 에릭을 바라보며 코를 벌름거렸다. 방향을 틀어 앞으로 걸어 나왔다. 아예 에릭을 향해 창살 밖으로 주둥이를 내밀고 킁킁거렸다.

에릭은 늑대를 경이롭게 바라보면서도 차마 가까이 가지는 못했다.

"아무래도 제가 맛있어 보이는 모양입니다만."

"이상하군. 이런 일이 없었는데."

아이작은 늑대를 데려온 이후에 이토록 사람에게 호기심을 보이는 모습을 처음 보았다.

늑대는 창살 틈을 있는 힘껏 비집고 주둥이를 내밀었다가 안에서 제자리를 맴돌았다가 바닥에 엎드려 거대한 꼬리를 풀썩풀썩 흔들었다. 짐승의 은회색 눈동자가 아주 또렷하게 에릭을 응시했다.

"혹시 품 안에 짐승이 좋아할 만한 특이한 물건이라고 갖고 있소?"

"전혀, 그런 건 없습니다."

에릭의 속주머니에는 하란에서 온 서신이 들어 있을 뿐이었다.

*   *   *

아델은 긴 손잡이의 정원 가위의 칼날 사이에 튀어나온 나뭇가지를 끼워 넣고 힘을 주었다. 잘린 나뭇가지와 이파리가 우수

수 떨어졌다.

몇 걸음 떨어진, 다른 나무의 그늘에 서서 지켜보고 있던 정원
사가 목소리를 높였다.

"좋습니다. 아가씨. 조금만 더 다듬으면 되겠습니다."

키가 높은 정원수의 머리 부근을 다듬느라 아델은 사다리에
올라가 있었다.

"멜. 어때 보여?"

정원사 곁에 서 있던 멜이 말했다.

"제 눈에도 괜찮아요. 솜씨가 많이 좋아지셨네요."

"그래?"

아델은 기쁘게 웃었다. 정원사는 무조건 잘한다고만 해서 더
냉정한 눈으로 봐 달라고 멜을 세워 두었다.

정원 가꾸기는 최근에 생긴 아델의 취미였다. 손대지 않은 자
연스러운 숲이 가진 아름다움과 인위적으로 꾸미고 만든 정원
의 아름다움은 제각각 매력이 있었다. 정원사들의 손을 거쳐서
나무가 둥글게, 네모나게, 때로는 동물의 모양이 되는 것이 무척
신기했다.

정원사에게 배우기 시작했는데 생각보다 재미있었다. 아델은
자신이 몸을 움직이는 활동적인 취미를 좋아한다는 사실을 알
게 되었다.

"아가씨. 오늘은 그만하세요."

"응. 거의 다 됐어."

"아까부터 계속 같은 말씀만 하시잖아요."

건성으로 대답하는 아델을 보는 멜의 표정에 초조함이 가득했다.

늦봄의 햇빛은 강했다. 뜨거운 뙤약볕 아래에서 아델은 나무 다듬기에 집중하느라 시간 가는 줄을 몰랐다. 며칠 전에도 너무 햇빛을 받아 열이 올랐다.

"아가씨. 또 열나신다고요."

등 뒤로 멜이 징징거리는 소리를 들으며 아델은 인상을 찡그렸다.

'아, 정말. 다들 날 너무 귀찮게 해.'

새로운 취미 활동을 즐기려고 해도 방해자가 많았다. 본격적으로 하려고 하면 멜이 잔소리를 시작하고, 무시하고 있으면 가끔은 집사까지 나와서 안절부절못하고 근처에서 맴돌았다.

'내 몸은 내가 잘 안다고. 무리하지 않는단 말이야.'

햇빛을 오래 받아서 체온이 좀 오른다고 큰 탈은 없었다. 그저 몇 시간 동안 얼굴에 벌겋게 열이 났다가 쉬고 있으면 가라앉았다. 그런데 그마저도 주변에서 그냥 넘어가지 않았다. 침대에 눕혀 놓고 차가운 물수건으로 열을 식힌다며 수선을 떨었다.

'레온도 마음껏 하라고 허락했는데 왜들 그러는 거야.'

그는 자신의 취미 활동을 존중해 주겠다고 했다.

'이런.'

투덜거리다가 손을 삐끗했다. 자르지 말아야 할 부분이 잘렸다. 멀리서 볼 때는 모르겠지만, 바로 눈앞에서 보니까 커다란 벌레가 한 입 깨물어 움푹 파먹은 것 같았다.

아델은 슬쩍 주변을 살폈다. 자신만 사다리에 올라앉아 있으니 누구도 보지 못할 것이다. 파인 부분을 손바닥으로 덮고 중얼거렸다.

'도와줘. 조금이면 돼.'

손바닥에서 간질거리는 느낌이 나자 손을 뗐다. 잘린 가지가 자라나면서 새순처럼 돋은 이파리도 금세 널찍하게 퍼졌다. 움푹 파인 부분이 순식간에 메워지고 위로 삐죽 솟았다. 아델은 만족스럽게 웃으며 울퉁불퉁하게 된 부분을 가위로 디듬었다.

그녀의 능력은 취미 생활을 하는 데에 아주 유용했다.

"아가씨. 두 시간이 다 되어 가요."

멜은 끊임없이 아델을 재촉했다. 사람 심리가 그렇다. 하지 못하게 하면 더 하고 싶다. 아델은 괜히 오기가 생겨서 더 못 들은 척 가지치기를 하며 정원수 다듬기에 집중했다. 모자 속에서 정수리가 뜨끈뜨끈하다고 생각할 무렵이었다. 멜이 소리쳤다.

"아가씨! 손님이 오셨답니다."

"날 찾아온 손님?"

"예."

슬슬 그만하려던 참이었다. 아델은 미련 없이 가위를 바닥에 던지고 사다리에서 내려왔다.

'머리가 조금 지끈거리네.'

너무 햇빛 아래 오래 있었나 보다. 아프다고 하면 멜이 '그러게 제 말을 들으시라니까요.' 하고 말할 것이 뻔했다. 위해 주는 말인지는 알아도 가끔은 멜의 잔소리가 성가셨다.

"마담 르네젤이 왔어?"

"아뇨. 라미아 크리드라고 하셨다는데요. 남자분이셨대요."

"라미아?"

아델이 활짝 웃었다.

옷은 온통 잘린 나무와 이파리가 들러붙어 지저분했다. 먼저 침실에 들러 옷을 갈아입었다. 그녀의 침실은 여전히 중앙탑에 있었다.

파티가 끝난 지 근 한 달이 지났다. 원래는 파티 기간에만 침실을 잠시 바꾸기로 했으나 성주가 별말 없자 아무도 나서서 다시 침실을 바꿔야 한다고 주장하지 않았다. 어쩌다 보니 아델은 계속 중앙탑에서 지내고 있었다.

손님을 모셨다는 1층의 응접실로 내려가는 그녀의 발걸음이 뛸 듯이 가벼웠다. 안으로 들어가자마자 소파에 다리를 꼬고 앉아 있던 금발의 청년이 아델을 보며 웃었다.

"안녕. 변함없이 예쁘구나."

아델은 웃음을 터뜨렸고, 고개를 숙이고 함께 들어오던 멜은 눈을 휘둥그레 떴다. 웬 남자가 아가씨에게 수작질인가, 눈을 부라렸다가 시선을 들어 누군지 확인하곤 무표정이 되었다.

'사람 헷갈리게 여자가 왜 남자처럼 하고 다니는지 모르겠단

말이야. 서부 대가문의 후계 후보가 저런 사람이라니. 서부는 재미있는 곳인가 봐.'

신분과 성별을 확인한 멜의 경계심이 풀렸다. 언제든 필요할 때 시중을 들기 위해 구석에 놓인 의자에 앉았다.

"갑자기 어쩐 일이야?"

아델은 라미아의 갑작스러운 방문이 놀랍고 기뻤다.

"연락 없이 와서 실례가 되었나?"

"아니, 전혀. 반가워서 그러지."

라미아는 아델을 묘한 눈으로 바라보다가 미소 지었다.

"환대해 쥐서 고마워."

"언제든 환영이야. 라미아는 내 첫 여자 친구인걸."

라미아가 푸핫, 웃음을 터뜨렸다. 누군가가 자신을 그런 식으로 말하는 건 처음이었다.

"영광이네. 그런데 동성 친구에게 어떤 기대가 있다면 미안하지만, 나는 충족시켜 주지 못할 거야."

"무슨 기대?"

아델이 고개를 갸웃했다. 아델의 맑은 눈을 보며 라미아는 고개를 저었다.

"함께 화장품이나 드레스 얘기를 한다거나. 그런 건 취미 없다는 거지."

겉보기와 다르게 라미아는 사람과의 관계에서 제법 상처를 입었다. 남장하는 라미아의 독특한 취향과 외모, 신분을 이용하려는 사람이 많았다. 남에게 뽐내고 싶은 장식품처럼 생각해서 친구가 되자고 접근하곤 했다.

혹은 라미아를 남자 대용으로 생각하거나 이성에게 품을 만한 묘한 감정으로 대하는 사람도 있었다.

어느 쪽이든 달갑지 않았다. 그런 식으로 친구인 줄 알았다가 몇 번 학을 떼고 나니 사람들과 깊이 사귀는 일이 거북해졌다.

"나도 그런 건 잘 몰라. 하지만 내가 모르는 걸 네가 화제로 삼아도 상관없어. 모르는 이야기를 새로 들어서 알게 되면 난 즐거울 것 같아."

"……한 방 맞았네."

조금 속이 꼬인 말에 담백한 대답이 돌아왔다.

"내가 혹시 말실수했어?"

"아니야. 실수는 내가 했지."

"뭘?"

라미아는 대답 대신 웃었다. 설명해도 왠지 이해하지 못할 것 같았다. 돌려서 까는 화법을 굳이 알려 주고 싶지 않았다.

'이런 심리인가.'

문득 철저하게 아델을 끼고돌던 레바스의 젊은 성주가 이해되었다. 자신에게 아델과 같은 여동생이 있다면 왠지 비슷한 행동을 할 것 같다는 생각이 들었다.

하녀가 차와 과자를 내어 왔다. 라미아는 찻잔을 들며 물었다.

"근데 혼자야?"

"혹시 성주님을 뵈러 왔어? 지금은 집무실에 계실 거야."

"아니. 그냥 왠지 함께 있을 것 같았어."

'항상 네 옆에서 파수꾼 노릇을 할 줄 알았지.'

"성주님은 바빠서."

"너도 바쁠 거고."

"난 특별히 바쁜 일은 없어."

"그럴 리가. 지금쯤 초대장이 쏟아져 들어올 텐데. 혹시 사교
활동은 취미가 없는 건가?"

열흘 전에 보수공사를 끝낸 전당이 드디어 문을 열었다. 개방
한 첫날은 홀을 빌리기 위한 문의가 온종일 이어졌다고 한다.

라미아는 몇 군데의 파티를 참석했는데 삼삼오오 모여서 떠
드는 화제의 중심에는 단연 레바스 대가문이 있었다. 한 달 전에
열린 파티는 여전히 현재 진행형으로 관심 대상이었다.

레바스의 성주와 성주를 후견인으로 둔 아름다운 미녀. 둘 다
매력적인 외모를 지녔으며 내력이 확실히 드러나지 않은 신비함
을 갖추었다. 아마 전당에서 열리는 거의 모든 파티의 초대장이
두 사람 앞으로 발송되었을 것이다.

"무슨 초대장?"

아델이 영문을 모르는 표정을 짓자 이쯤 되면 라미아도 의아
했다.

"네가 얼마나 유명인인 줄 알아?"

"내가?"

"다들 너를 알고 싶어 하고 만나고 싶어 해. 많은 모임의 주최자들이 널 초대 명단의 첫 순서에 올릴 거야."

"난…… 받은 적이 없어."

아델의 눈동자가 흔들렸다. 아까부터 지끈거렸던 머리가 좀 더 욱신욱신 아팠다.

"착오가 있었나 봐."

"글쎄다. 초대장이 들어온 지 하루 이틀 된 것도 아닐 테고 실수로 잊었다고 하기에는 초대장의 분량이 굉장할걸."

"……."

"그리고 나도 보냈어."

라미아가 아델을 만나러 온 이유였다. 안면이 있는 사이에서 초대장을 보냈는데 답장이 없다. 그러면 대개 상대방이 지속적인 교류를 할 생각이 없다는 뜻으로 받아들이지만, 라미아는 이대로 인연이 끊어지게 두고 싶지 않았다.

오기 전에는 망설였다. 친구가 되기로 했어도 고작 하루였다. 파티의 열기에 휩싸인 충동적인 결정이었을 수도 있었다. 흥분이 가라앉고 나니 사적인 친분을 갖고 싶지 않다고 생각했을지도 모른다.

그래서 아델이 자신을 보자마자 몹시 반가워하는 기색을 보고 이상하다고 생각했다.

"나는 우편물을 항상 특급으로 보내서 중간에 분실될 가능성이 거의 없어. 그리고 세 번이나 보냈다고. 혹시 몰라서 또 하나 가져왔지."

라미아는 품에서 봉투를 꺼내 내밀었다.

"닷새 뒤에 파티를 열어. 지인만 초대하는 비공개 파티야. 가능하면 너도 참석해 줬으면 해."

아델은 봉투를 열어 초대장의 내용을 확인했다. 멍하게 고개를 끄덕였다.

라미아를 배웅하고 나서 멜에게 우편물에 관해 물었다.

"모르겠어요. 저는 아가씨께 우편물을 드리라는 지시는 받지 않았어요."

고개를 가로젓는 멜은 거짓말을 하는 표정이 아니었다.

집무실에 찾아갔다. 빈 집무실은 집사가 지키고 있었다.

"성주님께서는 회의 중이십니다."

"오전에도 회의라고 하지 않았나요?"

"예. 아직 끝나지 않으셨습니다. 일곱 가문의 수장이 모두 참여한 대회의입니다."

"기다릴게요."

아델은 이따가 다시 오겠다고 하지 않고 집무실에 들어가 소파에 앉았다. 도저히 그냥 돌아설 기분이 아니었다. 주인이 없는 빈 집무실에 들어가겠다는 그녀를 만류하는 사람은 아무도 없었다.

그를 기다리며 시간이 지나는 동안 아델은 점점 더 화가 났다.

라미아에게는 착오 같다고 했지만, 사실 짐작하고 있었다. 레바스 성에서 그녀의 우편물에 손댈 수 있는 사람은 한 사람밖에 없었다.

론이 회의를 끝내고 집무실에 돌아온 시간은 해가 지기 직전의 늦은 오후였다. 장거리 달리기와 같은 기나긴 회의였다.

오늘 회의를 통해 케일리 가문은 일곱 가문에서의 퇴출이 결정되었다. 지난한 과정이었다.

'절차의 적법성도 좋지만, 효율성에는 문제가 있군.'

바실 수장이 다수의 여론을 주도해서 케일리 가문의 퇴출이 거의 확정이나 다름없는 상황에서도 반드시 거쳐야 하는 과정이 겹겹이었다. 셋 이상의 마탑에서 파견 나온 마법사들이 공증인이 되어야 하는데 마법사 한 명이 늦도록 연락 없이 불참해서 하릴없이 보낸 시간이 적지 않았다.

"아가씨께서 성주님을 뵙고자 기다리고 계십니다."

대충 고개를 끄덕이며 집무실로 들어갔다.

소파에 앉아 기다리면서 시간이 지날수록 꼭 쥔 주먹에 힘이 들어가고 분노는 점점 날카로워졌다. 그를 보자마자 다짜고짜 날 선 공격을 할 것 같았다.

'화풀이를 하고 싶은 게 아니야.'

그와 제대로 된 대화를 하고 싶은 거다. 감정을 추스를 필요를 느끼며 아델은 발코니로 나갔다.

난간에 기대 바람을 맞으며 탁 트인 경치를 바라보고 있으니 기분이 한결 나아졌다.

'나오기를 잘했네.'

집무실의 발코니에서 내다보는 경관은 훌륭했다. 멀리 시가지가 보이고 아래로는 정원이 한눈에 들어왔다.

발코니 아래를 훑어보다가 얼마 전 되살아난 나무를 발견했다. 그날 이후 멀찍이 보기만 했지 가까이는 가지 않았다.

나무의 주변으로 둥그렇게 울타리를 쳐서 사람의 접근을 막아 둔 상태였다. 기적처럼 되살아난 그 날 이후 사람들은 나무에 돌아가신 전대 성주의 영혼이 깃들었다고 믿었다. 멜이 말하기를 나무에 대고 기도하는 사람도 있다고 했다.

아델의 시선을 느낀 나무가 기뻐하며 노래를 부르기 시작했다. 마치 애완견이 주인을 발견하고 애교를 부리는 것 같아서 아델은 피식 웃었다.

정원을 가꾸는 일은 아델의 취미 생활이자 자신이 가진 능력을 파악하는 기회가 되었다. 그녀의 손길이 닿으면 나무들은 기뻐했다.

그녀는 초목의 사랑을 받았다. 그들은 그녀가 원하는 것을 기꺼이 들어주었다. 그녀의 일방적인 명령에 복종하는 종속 관계가 아니었다.

'난 누구일까.'

가끔 속이 타는 것 같은 갈증을 느꼈다. 내가 누군지 알고 싶다. 그걸 알아야만 할 것 같다.

『넌 자신이 누군지 알고 싶은 갈망으로 결국에는 마지막
문을 스스로 열게 되겠지.』

친숙한 목소리가 갑자기 떠올랐다. 가슴 안쪽이 따끔하게 아
팠다. 누가 한 말이었더라. 아델은 인상을 찡그렸다가 한숨을
내쉬었다.

'키만 크면 모든 걱정이 사라질 줄 알았는데.'

처음에는 주변 사람들이 그녀를 볼 때마다 놀라면 우쭐했다.
눈높이가 달라진 걸 느낄 때마다 즐거웠다. 난생처음으로 참석
한 화려한 파티의 분위기에 흠뻑 취해 들떠 있었다.

그리고 금방 일상으로 돌아왔다. 아델은 성장한 몸에 익숙해
졌다. 고용인들은 더는 아델을 보고 놀라지 않았다.

모든 게 좋았다. 단 한 가지만 제외하면.

'그에게 난 여전히 어린 아델인 걸까.'

아델은 무심코 고개를 뒤로 돌렸다가 눈을 크게 떴다. 열린
발코니 창문 옆에 그가 서 있었다.

"언제 왔어요?"

"방금."

그는 언제나처럼 부드럽게 웃었다. 속이 뒤틀린다. 오라버니
가 어린 누이를 귀여워하듯 자애로운 표정 따위는 꼴도 보기 싫

었다. 아델은 그의 옆을 지나치며 냉랭하게 말했다.

"얘기 좀 해요."

론은 소파로 가는 아델을 보며 고개를 설레설레 내저었다. 요즘 아델의 입버릇이었다. 마땅치 않은 일이 생기면 조목조목 따지러 왔다.

굳이 승패를 가르자면 아델은 그를 상대로 전승 기록 중이었다. 론이 양보할 수 있는 부분까지만 요구 사항으로 가져와서 협상하거나 '다시는 같은 일이 없을 것'이라는 재발 방지 약속을 받아 냈다.

골치 아픈 문제를 잔뜩 짊어지고 방문하는 가문의 수장들보다 아델이 '얘기 좀 해요.'라고 딱딱한 표정으로 말하는 게 근래에는 더 무서웠다.

론은 비어 있는 집사의 지정석을 응시했다. 아델의 첫 요구 사항은 독대였다.

「중요한 이야기를 하고 싶으면 집무실로 올게요. 다른 사람은 우리 대화를 듣지 않았으면 해요. 집사는 내보내 줘요.」

론은 그러겠다고 약속했다. 처음부터 원칙이었으면 모를까 아델이 아이의 모습일 때는 둘만 나란히 앉아 도란도란 대화하곤 했었다. 론은 아델의 맞은편에 앉으면서 슬쩍 운을 뗐다.

"정원 때문에 그래?"

"정원이 왜요?"

이건 아니구나. 론은 슬그머니 말을 돌렸다.

"취미 생활도 좋지만, 적당히 해. 지난번처럼 열이 나도록 오래 햇빛 아래 있지 말고."

아델에게는 관대하게 '취미 생활은 마음껏 해.'라고 말해 놓고 뒤로는 고용인들을 압박했다. 아델이 탈이 나면 고용인들에게 책임을 묻겠다고 으름장을 놓았다. 아델이 정원에 오래 있을 때마다 멜이 자꾸 성가시게 하는 데에는 그런 숨겨진 사정이 있었다. 물론 아델은 몰랐다.

"그 정도는 알아서 해요."

"화났어?"

"내가 화날 만한 일을 했어요?"

"……."

"아까 라미아가 다녀갔어요."

"라미아 크리드? 친구가 되기로 했다는?"

"……네."

고작 이런 걸로 아델의 마음이 얼마간 풀렸다. 그녀는 처음으로 여자 친구를 갖게 되어 그에게 자랑했다. 그걸 그는 대충 들어 넘기지 않고 관심 있게 기억해 준 것이다.

아델은 품에서 초대장을 꺼내 테이블에 올렸다.

"초대장을 주고 갔어요. 이미 우편으로 여러 번 보냈다는데 내가 답변이 없더래요."

"아……."

론은 곤란한 표정으로 생각에 잠겼다가 아델을 유심히 보았다.

"두통이야?"

"네?"

론이 손가락으로 자신의 왼쪽 눈썹 위쪽을 가리켰다.

"이 부근. 말하면서 자꾸 찡그리고 있어. 머리 아프지, 지금?"

아델은 눈만 깜빡였다. 아까부터 정수리가 지끈거렸던 증상이 더 심해지지는 않았지만, 은근히 성가시기는 했다.

"오늘 정원에 몇 시간이나 나가 있었어?"

"……그렇게 오래는."

"건강을 해치지 않는 한도에서. 나하고 약속했지?"

또 시작이야. 아델은 짜증이 났다. 보호자의 입장이 되어 쏟아 내는 그의 잔소리는 듣기 싫었다. 아델은 미간을 잔뜩 찡그리면서 한 손으로 이마를 짚었다.

론이 벌떡 일어나 아델에게 다가갔다.

"괜찮아?"

아델은 고개를 흔들며 아래로 숙였다.

"조금 어지러워요. 잠깐 누워 있으면 괜찮을 거예요."

"그럼 여기 누워서……. 소파는 불편하겠군. 일어날 수 있겠어?"

론은 대답이 없는 아델을 바라보다가 무릎을 굽히고 앉아서 그녀를 안고 일어났다. 동그랗게 눈이 커진 아델이 표정을 감추듯 그의 품에 고개를 묻었다.

집무실과 연결된 작은 방이 있었다. 작은 소파와 침대만 들여놓은 간소한 휴게실이었다. 공무를 처리하다가 잠시 휴식을 취하라고 마련된 곳이었지만, 낮잠을 즐기지 않는 론이 평소에 이 방을 이용할 일은 없었다.

론은 아델을 침대에 내려놓았다.

"의사를 불러올게. 약 먹고 한숨 자."

"괜찮아요."

아델은 누운 채 그의 셔츠 소매를 붙들었다.

"가지 말고 옆에 있어 줘요. 의사는 안 불러도 괜찮아요."

어설픈 꾀병에 그가 너무 쉽게 넘어가니까 미안한 마음이 반, 자신을 걱정해 주어서 기쁜 마음이 반이었다. 씩씩거리며 집무실에 올 때만 해도 단단히 따져야겠다는 마음이었는데 어느새 상관없어졌다.

'그냥…… 이대로 지낼 수만 있어도 좋을 텐데.'

평온한 나날이었다. 언제까지나 오늘 같은 날이 계속된다는 보장만 있어도 더 바랄 게 없었다.

아델은 침대에 걸터앉는 그의 소매를 여전히 꽉 쥐었다.

"왜 내게 우편물이 왔다고 말해 주지 않았어요?"

아델은 그의 눈동자가 흔들리는 것을 보았다. 그가 적잖이 난

처해하는 기색도 알아보았다.

"내가 그렇게 못 미더워요? 어리고 사리 분별 못 하고. 레온에게 난 그런 사람이에요?"

"아니야. 그래서 그런 게 아니라……."

론은 한숨을 푹 내쉬었다. 눈꼬리를 치켜뜨고 따지면 차라리 나았다. 논리에는 논리로 대응하면 그만이었다. 하지만 아델이 상처받은 눈으로 보면 당해 낼 수 없었다.

"곧 말해 주려고 했어."

"언제요?"

"정말 곧. 넌 파티가 끝나고 나서도 지나치게 흥분한 상태였고 사교계에서 네게 갖는 관심도 과열되어 있었지. 양쪽 모두가 머리를 식힐 시간이 필요하다고 판단했어. 파티가 끝나고 며칠 안 되어 네가 초대장을 받았으면 넌 참석하겠다고 했을 테고 난 막았을 거야. 그런 일로 너와 언성을 높이고 싶지 않았으니까."

론은 한 손으로 그녀의 볼을 어루만졌다. 부드럽고 말랑말랑했다. 하얀 얼굴은 조금만 힘을 주어도 자국이 남을 것 같았다. 그는 조심스럽게 손끝으로 스치기만 했다.

"서두를 건 없잖아."

"서두르지 않을게요."

아델이 대답하고 나서야 론은 속으로 중얼거렸다고 생각한 말을 실제로 했다는 것을 알아차렸다.

"난 벽창호가 아니에요. 말하면 알아들어요."

"……그래."

"내게 숨길 게 아니라 날 설득했어야죠. 그게 옳은 거잖아요."

"맞아. 내 잘못이야."

"다시는 그러지 마요."

"안 그럴게."

아델은 아까부터 얼굴을 간질이는 그의 손을 잡아 가르릉 우는 고양이처럼 볼을 비볐다.

그는 가라앉은 눈으로 아델을 바라보았다. 그녀가 하는 의미 없는 행동이 그에게는 달콤한 유혹처럼 느껴졌다. 끌어안고 입술을 삼키고 하얀 목덜미에 흔적을 남기고 싶다. 치미는 충동을 꿀꺽 삼킬 때마다 그는 자신의 인내심이 점점 옅어지는 것을 느꼈다.

그는 그녀의 머리카락을 거칠게 헤집으며 일어났다. 아델이 질색하며 칭얼거리자 그는 피식 웃었다.

"두통이 가라앉을 때까지 누워 있어."

"의사는 정말 부르지 않아도 돼요!"

아델이 외치는 소리를 들으며 론은 집무실로 들어왔다. 그는 복잡한 표정으로 허공을 응시했다가 고개를 숙이며 헛웃음을 흘렸다.

그녀의 눈동자 속에 오롯이 자신이 담겨 있다는 걸 느낄 때마다 속이 울렁거린다. 새카만 욕망은 그를 끊임없이 부채질했다.

아델은 그의 손아귀에 있었다. 힘주어 쥐기만 하면 된다. 그녀는 의심할 줄 모르는 말간 눈으로 그가 무슨 짓을 해도 받아들일 것이다.

욕망의 민낯은 그에게 말했다.

'원하면 가져. 레바스도, 아델도. 어차피 네가 누군지 아무도 몰라. 네가 없으면 레바스 가문은 사라질 운명이야. 네가 여기 있는 목적만 잊지 않으면 돼. 형제의 복수는 네가 모든 것을 갖고서도 충분히 할 수 있어.'

그의 양심은 저급한 욕망을 비난했다.

'무슨 천박한 생각이냐. 너는 전대 성주님께서 세상을 떠나는 순간에 약속했다. 네 거짓의 목적은 오직 복수뿐이라고. 다른 건 욕심 내지 않겠다고. 아델의 행복을 위해 보호자 노릇을 하겠다고. 너는 그 맹세를 모두 저버릴 작정이냐.'

해야 하는 일과 하고 싶은 일이 충돌했다. 갈팡질팡하는 중이었다. 나쁜 놈은 되고 싶지 않으면서 무엇도 놓고 싶지 않다. 고상한 척 살아오다가 자신도 욕망에 휘둘리는 그저 그런 인간일 뿐이라는 걸 자각하자 꽤 씁쓸했다.

론은 책상에 앉았다. 서류를 들추어 일에 집중하려 했다. 그러나 그녀가 신경 쓰여 글자가 제대로 눈에 들어오지 않았다.

그는 같은 페이지만 보고 또 보다가 결국은 일어났다. 집무실 안을 서성거리며 망설였다. 결국, 조용히 작은 방으로 들어갔다. 침대 위에 누워 있는 그녀는 눈을 감고 있었다. 가까이 다가가자 색색거리는 숨소리가 들렸다.

"아델."

작게 불러 보았으나 대답이 없었다. 설마 했는데 정말 잠이 들었다. 그녀의 무방비함은 그에 대한 신뢰로부터 비롯되었을 것이다.

고마우면서도 실망스러운, 복잡한 마음으로 침대가 흔들리지 않도록 조심히 걸터앉았다.

그녀를 내려다보는 그의 눈빛이 묵직하게 내려앉았다. 당시에는 인정하지 않으려 했지만, 어른으로 쑥 자라난 아델을 처음본 순간부터 남자의 눈으로 그녀를 보기 시작했다.

그의 손을 꼭 잡고 당부의 말을 남기던 시마의 얼굴이 눈앞에 스쳐 지나갔다. 이래서 인간만이 은혜를 배신으로 갚는다는 말이 있는가 보다.

'죄송합니다.'

그는 중얼거렸다. 어떤 욕심도 없이 복수를 위한 목적으로만 레바스를 이용하겠다는 맹세를 지키지 못할 것 같다. 그는 자기 자신을 위해서 레바스가 갖고 싶어졌다. 그래서 가진 것을 기반으로 삼아 그녀를 얻고 지키고 행복하게 해 주고 싶어졌다.

*   *   *

다 식어 버린 찻잔을 앞에 두고 스텔라는 멍하게 앉아 있었다. 레바스 성의 파티에서 당한 수치가 끊임없이 머릿속에서 반복적으로 재생되었다.

노크 소리가 들렸다. 문이 열리고 외출복을 차려입은 나탈리가 들어왔다. 나탈리는 여느 때처럼 무기력한 표정으로 앉아 있는 딸을 보며 혀를 찼다.

"온종일 집에만 있는구나. 가끔은 외출해서 사람도 만나고, 세상 이야기도 듣고 해야지. 너도 이제 슬슬 좋은 사람 만나서 결혼해야 하지 않니?"

요즘 나탈리의 관심사는 자식들의 결혼이었다. 보란 듯 결혼시켜서 꺾인 자존심을 만회하겠다는 열의가 대단했다.

"내가 신경 써서 초대장을 구해다 주는데 다 싫다 하고 이렇게 들어박혀 있으면 누가 널 찾아와서 모셔 가기라도 한다던?"

좋은 남자와의 결혼이라는 명제는 스텔라도 바라는 바였다. 그러나 스텔라의 기준은 높았다. 이미 높아진 눈으로 도무지 아래를 볼 수 없었다.

사교계의 모임에는 급이 있었다. 파티의 규모와 참석자의 지위가 격을 결정했다.

레바스 성에서 살 때 참석했던 모든 사교 모임은 꼭대기 중의 꼭대기였다. 그곳의 초대장을 얻기 위해 기웃거리는 자들이 차고 넘쳤다. 스텔라가 버리는 초대장을 받을 수 있을까 싶어서 비위를 맞추는 자들이 적지 않았다.

그때는 상층의 세상에서 영원히 살 줄 알았다. 하루아침에 쫓겨나리라고 상상이나 했겠는가.

아래에서 올려다보는 그곳은 눈부시게 아름다웠다. 다시 그곳으로 가고 싶었다. 어머니가 가져오는 초대장은 질이 낮았다. 참석자들은 교양 없고 무식했다.

누군가가 '얼마 전에 친척 어른을 따라서 몬트 수장님께서 주최한 티파티에 다녀왔어요.'라고 뻐기면 주변 사람들이 '어머머, 세상에. 부러워요.'라고 탄성을 지르며 치켜세워 주었다.

스텔라는 그들 면상에 대고 '난 그런 모임은 수도 없이 다녔어요. 내 이름이 적힌 기명 초대장을 받아서 말이죠.'라고 말하고 싶어 근질거리는 입술만 깨물었다.

모임에 다녀오면 스텔라의 기분은 최악이었다. 자신의 수준마저 떨어지는 것 같았다.

아직 꿈에서 깨지 못해 허우적거리는 딸과 다르게 나탈리는 현실 적응이 빨랐다. 처음에는 머리 싸매고 누워 있더니 금방 활기를 찾았다.

최고 수준의 모임에서 나탈리의 위치는 그저 그랬지만, 수준을 낮추니까 새로 어울리는 사람들 사이에서는 중심이 될 수 있었다. 상층의 사교계 소식에 대해 아는 것도 많고 기존에 있던 드레스나 장신구가 최고급이라서 사람들의 동경을 샀다.

나탈리는 오히려 근래 더 즐기며 잘 지냈다. 마음은 더 편하면서도 허영심은 충족되었다.

대꾸 없는 스텔라를 못마땅하게 보다가 말했다.

"네 외가에 다녀오마."

"또 가세요?"

원래 나탈리는 동부인이 아니었다. 친정이 서부에 있는데 성에서 살 때는 거의 찾아가지도 않다가 이제는 그래도 의지할 곳이 친정뿐이라 부쩍 발길이 잦았다.

"친지는 자꾸 봐야 정이 돈독해지는 거다. 같이 가겠니?"

"싫어요."

"뭐든 싫다는구나. 네 좋을 대로 하렴. 좋은 나이에 방구석에 처박혀 있어 봤자 너만 손해지. 며칠 걸릴 거야. 조안은 내가 데려가마."

"네? 조안을 데려가면 저는 어쩌라고요."

상주하는 여자 고용인은 조안이 유일했다. 나머지는 아침저녁으로 출퇴근하는 중년 여자들이었다. 그들이 할 줄 아는 건 요리와 청소밖에 없다. 딸의 불평을 들은 척도 않고 나탈리는 나가 버렸다.

"어머니!"

소리치며 쫓아 나간 스텔라는 잠시 후 씩씩대며 돌아왔다. 기어코 어머니는 조안을 데려갔다.

"집에만 있지 말라고 하면서 조안을 데려가면 어떡해!"

외출하려면 준비가 필요하고 그러면 시중을 들어줄 사람이 필요했다.

침대에 앉아 베개를 퍽퍽 주먹으로 내리치며 한참 화풀이를 했다.

"아가씨."

조심히 부르는 목소리를 향해 꽥 소리쳤다.

"왜!"

"손님이 오셨는데요."

중년 여자는 눈치를 살폈다.

"어머니는 안 계셔. 아까 나가신 거 몰라?"

"그게…… 아가씨를 찾아오신 손님입니다."

"날? 누군데?"

"처음 뵙는 신사분입니다."

"신사?"

스텔라는 흥미를 보이며 움켜쥐고 있던 베개를 놓았다.

"나이는?"

"젊은 분이십니다."

"어떤 분이야?"

"예?"

질문의 의도를 몰라 우물쭈물하자 스텔라는 코웃음 쳤다.

"됐어. 그 식견에 뭘 알겠어."

"안으로 모실까요?"

"지금 집에 나 혼자 있는데 낯선 남자를 안으로 들이겠다고?!"

"아……. 예. 그럼 돌아가시라고……."

"일부러 오신 손님을 돌려보내다니. 그건 예의가 아니지!"

중년 여자는 어쩔 줄 몰라 하다가 '안으로 모시겠습니다.'라고 말하고 얼른 방을 나갔다.

"하여간, 눈치가 없어도 저렇게 없을까."

스텔라는 쭛쭛 혀를 차다가 짜증스레 중얼거렸다.

"이럴 때 조안도 없고. 아이참, 나 혼자 손님맞이를 해야 하잖아."

말투와 다르게 화장대 앞에 앉는 스텔라의 표정에는 생기가 돌았다.

초면의 남자는 기대에 미치지 못했다. 호감이 갈 만한 미남이 아니고 입은 옷은 고급이 아니었다. 스텔라는 실망했다.

"무슨 일로 저를 만나러 오셨지요?"

목소리가 쌀쌀맞았다.

"갑자기 찾아와 실례가 되었습니다. 흥미로운 사교계의 소문을 알고 계신다기에 여쭙고 싶은 것이 있습니다."

"잘못 오셨군요. 전 이야기꾼이 아니에요."

"제가 염치없고 무례한 청을 드린다는 것은 알고 있습니다. 충분히 보상을 드릴 생각입니다."

"……보상이요?"

당장 자리를 박차고 일어나려 몸을 틀었다가 스텔라는 자세를 바로 돌렸다.

성에서 나온 후에 스텔라는 재물의 힘을 처절하게 배웠다. 뭐든 게 돈이었다. 그녀가 상층의 사교계에 들어가지 못하는 가장 큰 이유는 결국 재물이다.

"제 주인께서는 금화 한 상자를 말씀하셨습니다."

엄청난 거금. 스텔라의 눈이 휘둥그레졌다. 금화 한 상자를 이야기 값으로 지불할 수 있는 재력가다. 남자의 주인에게 관심이 생겼다.

"주인이 대체 누구시지요? 제가 고명하신 분의 성함을 듣고 싶군요."

"저는 대륙에서 왔습니다. 제 주인께서는 대륙에서 이름이 높은 거상이십니다."

대륙에서 왔다는 말에는 스텔라가 미간을 찡그렸다. 하란인 중에는 대륙인을 낮추어 보는 자들이 더러 있었다. 스텔라가 그런 유형에 속했다. 하란인은 대륙인보다 우월하다고 생각했다.

"그분은 결혼하셨나요?"

"아닙니다. 아직……."

결혼했다고 하면 장성한 아들은 있는지 물으려 했다.

'거상이라면 대단한 사람이겠지. 대륙에서 사는 것도 나쁘지 않을 거야. 거기도 어차피 사람이 사는 곳인걸. 이제 우리 집의 사정이 좋지 않으니 내가 집안을 일으켜 세워야 해.'

스텔라는 멋대로 망상을 키워 나갔다.

"말씀하신 보상 외에도 그 주인이라는 분을 직접 뵐 수 있을까요?"

남자의 눈에 순간적으로 어처구니없는 빛이 스쳐 갔지만, 노런하게 갈무리하며 호의가 가득한 웃음을 지었다.

"물론입니다. 제 주인께서도 아름다운 숙녀께서 만나 주신다면 몹시 영광스러워하실 겁니다."

남자의 대답은 만족스러웠다. 스텔라는 사근사근하게 대답했다.

"무엇이 알고 싶은지 모르겠지만, 제가 아는 모든 것을 알려 드리지요. 사실, 잘 찾아오셨어요. 사교계의 풍문이라면 저보다 많이 아는 사람도 없지요."

한동안 사교계에서 소외되었으면서도 스텔라는 잔뜩 허세를 부렸다.

* * *

아이작은 집무실 책상에 앉아 깍지 낀 두 손에 이마를 기댄 채 눈을 감았다. 그는 아까부터 꼼짝하지 않고 앉아서 머릿속으로 신중하게 되짚었다.

목적을 정했다. 목표도 정했다. 당장 해야 할 일과 천천히 이루어야 하는 일의 순서를 정했다.

가문의 운명을 좌우하고 그의 목숨이 걸린 일이니 어떤 빈틈도 있어서는 안 된다. 잃을까 봐 아까워서가 아니었다. 한 번뿐인 기회를 허망하게 놓치지 않기 위해서다.

결심을 굳힌 아이작은 눈을 뜨며 고개를 들었다. 그의 눈빛은 차갑고 단호했다.

이제 움직일 때였다.

아이작은 카로를 불렀다.

"찾으셨습니까."

"입궁할 거다. 준비해."

심드렁하던 카로의 표정이 단박에 변했다.

"입궁하신다고요? 지금요? 각하께서요?"

흥분해서 꽥꽥거리는 카로를 보며 아이작은 혀를 찼다.

"폐하의 탄생연이 아니냐. 마땅히 입궁해서 하례 인사를 올려
야지."

"암요. 그렇고말고요. 지당한 말씀입니다. 진즉 말씀해 주셨
으면 더 좋았을 거 아닙니까? 당장 입으실 의복부터 챙겨야겠습
니다. 최근에 맞춘 옷이 없는데 괜찮을지 모르겠습니다."

입으로는 툴툴대면서도 히죽히죽 웃으며 카로는 재빠르게 사
라졌다.

아이작을 태운 마차가 잘 닦인 길을 따라 달려갔다. 그는 차
창 밖으로 스쳐 지나가는 귀족가 저택들을 응시했다.

'오랜만의 외출이군.'

부친의 장례식 이후 거의 집에서만 생활했다. 아마 몇 개월만
더 이대로 지냈으면 아이작 펠릭스가 미쳤거나 죽었다는 소문이
파다하게 퍼졌을 것이다.

오늘은 국왕의 탄생일이다. 왕의 탄생 연회는 아이작이 오랜 칩거를 끝내고 모습을 드러내기에 더할 나위 없이 완벽한 자리였다. 명분이 좋고 뒷말이 나올 여지가 없었다.

문득 세상을 떠난 아버지 생각이 났다. 부친은 국왕의 검박함을 종종 칭송했다. 대표적으로 예를 드는 것이 유흥을 즐기지 않는 왕의 성품이었다.

실제로 국왕 베르너는 파티를 열어 흥청망청 노는 일을 좋아하지 않았다. 자신의 탄생일을 기념하는 파티조차도 고작 저녁의 반나절 동안 소박한 규모로 치렀다.

'하지만 유일한 예외가 있었지.'

아이작은 그때 어려서 기억에 없지만, 왕의 국혼은 유례없이 화려했다고 한다. 무려 열흘이나 성대한 파티를 열었고 왕실 창고를 열어 백성들에게 아낌없이 베풀어 축제와 다름이 없었다. 그뿐만이 아니었다. 왕이 당시에 왕비 세레니티에게 푹 빠져서 헤어나지 못했던 증거는 꽤 많았다.

'그런데 어째서.'

왕의 뜨거운 애정은 왜 식어 버렸을까.

'이유 따위는 없을지도 모르지.'

본디 왕의 총애는 변덕스럽다. 이웃한 많은 나라의 예를 보아도 그렇고 역사의 기록을 봐도 그랬다. 하지만 국왕 베르너가 여자를 갈아 치울 때마다 빠져드는 성격이었다면 후에도 같은 행동을 반복했을 것이다.

그러나 세레니티 왕비 이후에 누구도 버금가는 왕의 애정을 받지 못했다. 왕은 여자를 쉽게 취하고 쉽게 버렸다. 마치 누구에게도 마음을 붙이지 못한다는 듯이.

마차가 왕궁 앞에 다다랐다.

펠릭스 후작 가문의 문장이 그려진 깃발은 통행증이나 마찬가지였다. 마차는 곧바로 왕궁의 안쪽으로 들어가 멈추었다.

연회장으로 들어서는 붉은 머리 청년에게 사람들의 시선이 모였다. 사방에서 꽂히는 시선에도 그는 의연했다.

"이게 누구신가. 대체 얼마 만이오? 펠릭스 후."

"오랜만에 뵙습니다. 평안하셨는지요."

아이작의 주변으로 빠르게 사람들이 몰렸다. 아이작은 여유로운 표정과 태도로 인사를 나누었다.

그는 순식간에 분위기를 휘어잡으며 오랜 공백을 단숨에 지웠다. 마치 어제도 사람들과 어울린 것처럼 어색함이 없었다.

"국왕 폐하 듭시옵니다!"

시종이 외쳤다. 삼삼오오 모여 떠들던 자들이 몸을 돌려 고개를 숙였다.

푸른 머리의 중년 남자와 잿빛이 감도는 금발의 귀부인이 나란히 함께 연회장으로 들어왔다.

슬쩍 고개를 든 우드 공작이 도도하고 기품 있는 왕비를 보며 흐뭇하게 웃었다. 왕의 곁에 선 딸을 볼 때마다 대견했다.

'그 자리는 원래 너의 것이었지. 암, 그렇고말고.'

왕실과의 혼사는 공작가에서 대대로 염원하던 일이었다. 우드 공작의 부친도, 조부도 원했으나 번번이 일이 어긋났다.

왕이 태자였을 무렵에는 클라라의 나이가 너무 어려서 혼사가 이루어지지 못했다. 우드 공작은 자신의 대에서도 결국 안 되나 보다, 아쉬워했다. 그런데 태자비가 후사 없이 죽었을 때는 드디어 기회가 왔다고 생각했다.

거의 성사된 것이나 마찬가지였다. 왕의 확답도 받았다. 그런데 왕이 덜컥 죽었다. 뒤를 이어 왕좌에 오른 베르너는 근본을 모르는 여자를 왕비로 삼겠다고 발표했다.

국혼 준비를 하던 공작가로서는 날벼락이었다. 공작은 왕에게 달려가 따졌다.

「폐하. 이러실 수는 없습니다. 승하하신 선왕 폐하께서 약속하신 일입니다.」

「이미 가신 분께서 우드 공과 무슨 약속을 했건 알 바 아니오.」

「폐하. 선왕 폐하의 지고한 명예에 오점을 남기려 하십니까?」

「우드 공이 과욕을 부리지 않으면 생기지 않을 오점이겠지. 짐의 결혼은 짐이 알아서 할 것이오.」

베르너는 자존심이 강했다. 권위에 도전하는 자는 용서하지 않았다. 우드 공작은 막 치세를 시작한 젊은 왕의 눈 밖에 나고 싶지 않았다. 분을 삭이며 물러날 수밖에 없었다.

공작은 클라라를 불러 이러저러한 사정을 말하고 남부럽지 않은 혼처를 찾아 주겠다고 다독였다.

「폐하를 연모해요, 아버지. 제게 그분 외에 다른 남자와 결혼하라고 하시면 차라리 죽겠어요.」

「고집 부려서 될 일이 아니야. 폐하께서는 이미 마음을 정하셨다.」

「제가 알아서 하겠어요.」

영악하고 치밀한 딸이 방법을 찾아내지 않을까, 기대하는 마음으로 우드 공작은 방관했다.

클라라는 성공했다. 결국 왕비의 자리를 가졌고 왕의 아들도 둘이나 낳았다. 둘 중 하나는 베르너의 뒤를 이어 왕이 될 것이다.

'우리 가문의 혈통이 대통을 이을 것이다. 내 손자가 왕이 될 것이야.'

우드 공작의 입술 끝이 위로 올라갔다.

국왕 부부는 단을 높인 상석에 올라앉았다.

"하례 드리옵니다. 폐하!"

사람들은 입을 모아 축언을 올렸다.

베르너는 시종이 건네주는 잔을 받아 위로 들면서 자신의 생일을 축하하러 와 준 이들에게 짧은 답사를 했다.

"마음껏 즐기시오."

좌중에서 웃음과 환호성이 터졌다.

사람들은 두셋씩 짝을 지어 모였다. 순식간에 왕이 나타나기 전의 적당히 시끌벅적한 분위기로 돌아갔다.

클라라는 다정하게 대화를 나누는 커플을 부럽게 바라보다가 때마침 흘러나오는 연주곡을 들으며 왕에게 말을 건넸다.

"폐하. 미뉴에트입니다."

"됐소."

한 손으로 턱을 괸 채 왕은 건성으로 대답했다. 왕은 억지로 참석한 사람처럼 표정에 아무 감흥이 없었다. 지루해 보이기도 했다. 곁에서 음료나 음식을 권하는 시종을 귀찮아하며 손을 내저었다.

"폐하. 폐하께서 흥을 돋워 주시면 모두 자애로운 덕에 감읍할 것입니다."

왕은 왕비를 흘끔 보며 툭 뱉었다.

"짐이 광대요?"

"그런 뜻이 아니오라⋯⋯."

"추고 싶으면 왕비나 추시오. 아들이 둘이나 있으니 파트너가 부족하지는 않을 거 아니요."

클라라의 입술 끝이 파르르 떨렸다. 표정을 무너뜨리지 않기 위해 그녀는 애써 웃었다.

연회장의 소란스러움에 묻혀 두 사람의 대화가 멀리까지 들릴 정도는 아니었지만, 가까이에 서 있는 시녀나 기사가 듣기에는 충분했다. 물론 그들은 들어도 못 들은 척할 것이다. 그렇다고 클라라가 느끼는 모멸감이 사라지는 건 아니었다.

왕은 왕비에게 면박을 주고서도 개의치 않아 했다. 왕비의 기분 따위는 아예 안중에 없었다. 무심히 사람들을 훑어보던 베르너의 눈에 이채가 스쳤다.

"아이작!"

소음이 가라앉았다. 부름을 받은 아이작이 앞으로 나와서 깊이 허리를 숙였다.

"일어나도 좋다."

"황공하옵니다. 폐하."

"아이작. 아니, 이제는 펠릭스 후작이로군. 대대로 왕실에 충성하는 펠릭스 가문의 주인이 되었으니 짐이 말을 함부로 하면 안 되겠구나. 아니 그러한가?"

"어찌 감히 폐하께 예를 논할 수 있겠습니까."

"네 아버지와 짐은 군신 관계 이전에 벗이었다. 너는 걸음을 뗄 무렵부터 보아 온 벗의 아들이니 너를 편히 대한다고 불편해하지 말라."

"영광일 따름입니다. 폐하."

"마음은 추스른 것이냐?"

"염려해 주신 덕분입니다."

"고개를 들어라."

바닥을 응시하던 아이작이 턱을 들어 올렸다.

"더."

고개를 위로 들어 올린 아이작은 베르너의 은회색 눈동자와 눈이 마주쳤다. 차갑고 오만한 왕의 눈이 짧은 순간 속을 꿰뚫어 보는 것 같아서 오싹했다.

아이작은 피하는 느낌을 주지 않도록 천천히 눈을 아래로 내리떴다. 주먹을 꽉 쥐었다. 멀미가 나는 것처럼 속이 울렁거린다.

왕의 푸른 머리카락과 은회색 눈동자를 똑 닮은, 비명에 간 자신의 주인이 떠올라 배 속에서 쓴맛이 올라왔다.

'왜 그랬습니까.'

주변의 시선이건 왕의 체면이건 상관없이 왕의 멱살을 틀어잡고 싶었다.

'당신이 그토록 애정을 쏟던 분의 소생이었습니다. 당신의 아들이었습니다.'

왕이 직접 손을 써서 아들을 죽이지는 않았다. 하지만 차라리 증오가 나았다. 그것도 일종의 관심이니까. 미움보다 지독한 무관심으로 왕은 아들을 없는 사람 취급했다.

본디 외가가 없었다. 아버지는 방패막이가 되어 주지 않고 방관했다. 잔혹한 정쟁 속에서 로건 밀라우스는 뜯어먹기 좋은 먹잇감이었다. 더구나 계비가 아들을 얻은 시점에서는 더더욱.

지닌 능력을 숨기고 몸을 사려야 한다는 기본적인 처세술조차 로건에게 가르쳐 주는 사람이 없었다. 아무 세력이 없는 왕의 장자가 왕의 자질을 드러내는 순간에 죽음은 예약된 미래였다.

젊은 후작의 얼굴에서 죽은 후작의 모습을 찾아낸 베르너는 쓴웃음을 지었다. 회한이 드러난 순간은 아주 짧았다. 곧 베르너는 무감정한 왕의 얼굴로 돌아왔다.

"조만간 찾아오너라. 술 한 잔 내리겠다."

"황공하옵니다."

베르너가 일어났다. 따라 일어나는 왕비에게 앉으라고 손짓했다.

"먼저 들어가 보겠소. 피곤하군."

성큼성큼 빠른 걸음으로 사라지는 왕의 뒤를 시종들이 서둘러 따라갔다. 왕이 들어간 방향을 바라보며 클라라는 입술을 깨물었다. 그녀는 다시 표정을 갈무리하고 자리에 앉았다.

왕이 갑자기 나가 버렸으나 사람들은 동요하지 않았다. 왕이 파티 중간에 나가 버리는 일은 워낙 자주 벌어졌다. 원래 파티를 즐기지 않는 편이니 그러려니 했다.

"폐하. 침전으로 듭시옵니까?"

시종장이 왕의 곁에서 종종걸음으로 따라 걸으며 물었다. 베르너는 고개를 끄덕이다가 갑자기 현기증을 느끼며 비틀거렸다.

"폐하!"

시종들이 호들갑스럽게 달라붙었다. 베르너는 성가시다는 표정으로 팔을 붙드는 시종의 손을 뿌리치고 다시 걸었다.

"쉬겠다. 침전으로 누구도 들이지 말라."

"예, 폐하."

눈치 빠른 시종장은 왕의 곤두선 신경을 건드리지 않으려고 짧은 대답만 한 후 입을 다물었다.

최근 왕의 건강이 좋지 않았다. 어의들은 딱히 이상을 찾아내지 못하고 보약만 지어 올렸다. 그런데 온종일 붙어 있는 시종장이 보기에 큰일이다 싶을 정도로 왕은 나날이 기력이 떨어졌다.

몸에 이상을 느낀 왕은 신경질이 부쩍 늘고 변덕도 심해졌다.

'날이 갈수록 성정이 거칠어지시니 걱정이구나.'

제 몸 상태의 이상함을 본인보다 더 잘 아는 사람은 없을 것이다. 건강이 안 좋아지니 베르너는 부쩍 상념이 늘었다. 죽은 펠릭스 후작이 자꾸 생각나는 것도 그래서였다.

'껄끄러운 말을 종종 해서 그렇지 사람은 괜찮았지.'

고독은 왕 된 자의 숙명이라고 생각했다. 나약한 마음에 지지 않을 자신이 있었다. 한때 그는 오연하게 천하를 좌시했다.

그러나 그도 늙고 병드는 사람이었다. 태어나면 죽는 숙명에서 벗어날 수 없었다. 육체가 약해지니까 마음도 흔들렸다.

'그래도 후작은 죽으며 걱정은 남기지 않았겠군. 든든한 아들을 세워 두었으니.'

죽은 후작이 부러웠다. 당장 내일 죽음을 앞두고 있다고 생각하면 자신에게는 뒷일을 맡길 사람이 없었다.

왕비와 장인이 작당해서 우드 공작 가문이 국정을 쥐고 흔들 것이다. 왕비의 소생인 두 왕자 중 첫째는 귀가 얇고 둘째는 심지가 약했다.

'아이작이 두 녀석 중 아무라도 좋으니 도와주면 안심이 될 텐데.'

베르너는 미간을 찡그렸다. 오래된 기억이 떠오른 까닭이다.

아주 오래전, 아이작과 예기치 못한 장소에서 우연히 마주쳤다. 담담하게 고개를 숙이는 아이작에게 불쑥 물었다.

「날 원망하느냐?」

「예. 원망합니다. 폐하의 아드님이었습니다. 자식의 효도는 배움으로 익히는 도리라면 부모의 정은 하늘이 내리는 이치입니다. 폐하께서는 하늘의 뜻을 거스르셨습니다.」

건방진 정도를 넘어 무도한 말을 지껄이고 처분에 따르겠다는 표정을 짓고 있는 아이작에게 화도 나지 않았다. 처분 없이 되돌려 보내고 그날 밤 잠을 이룰 수가 없었다.

'세레니티……'

여전히 떠올리면 심장이 떨리고 지독히 아팠다.

애증. 그녀에 대한 감정을 설명하는 완벽한 표현이었다.

알시온의 국왕 베르너가 한때 한 여자에게 지독히 빠졌던 사실을 모르는 사람이 없다. 그러나 그의 사랑이 보답 받지 못한 사실을 아는 자는 아무도 없었다.

그는 자신이 원하면 세상에 이루지 못할 일은 없다고 생각했다. 사랑도 그렇게 오만하게 했다.

열네 살의 태자는 해야 할 일이 하지 말아야 할 일만큼 많았다. 끊임없이 그런 사실을 상기시키는 자들이 지긋지긋했다. 그는 한창 반항기였다. 동시에 무서운 것이 없는 천둥벌거숭이였다.

붉은 호수의 숲의 일정 지역이 출입 금지된 사실을 우연히 알게 되었다. 그런데 워낙 아득히 오래전부터 계속된 일이라서 어떤 이유로 통제되기 시작했는지 아는 사람도, 정확한 기록도 남아 있지 않았다.

금기를 깨고 싶었다. 그래서 기사 몇 명만 데리고 금지에 멋대로 들어갔다.

여자를 만나게 될 줄은 상상도 못 했다. 그녀는 울창한 나무 사이로 내리쬐는 햇볕을 쬐며 엎드려 있었다. 한눈에 마음을 빼앗겼다. 진심으로 그녀가 여신의 현신이라고 믿어 의심치 않았다.

여인은 나신이었으나 자신의 몸을 보이는 데 부끄러워하는 기색이 없었다. 갑자기 나타난 사람들을 경계하지도 않았다.

베르너는 제 망토를 벗어 여인의 몸에 걸쳐 주며 물었다.

「그대는 누군가.」

「……」

「이름이 무엇인가.」

「……」

여인은 백치처럼 투명한 눈으로 말없이 그를 보기만 했다.

「여자를 데려가겠다. 절대 함부로 대하지 말아야 할 것
이다.」

기사들이 여자를 일으키자 여자가 처음으로 반응했다. 저항
의 의사였다. 하지만 여자의 힘이 기사들의 완력을 당해 낼 수
있을 리가 없었다.

베르너는 그녀를 자신의 별궁에 데려다 놓았다. 여자는 백치
도 벙어리도 아니었다. 그녀를 보살피라고 붙여 둔 시녀들이 말
하기를 마른 솜이 물을 빨아들이듯 보고 듣는 것들을 습득한다
고 했다. 단어만 구사하다가 문장이 되고 자연스럽게 말을 하게
되기까지는 그리 오래 걸리지 않았다.

그러나 그녀가 베르너에게 건넨 온전한 첫 문장은 결코 베르
너가 원하던 말이 아니었다.

「저를 본디 있던 곳으로 돌려보내 주십시오.」

「그대의 이름은 무엇인가?」

「저는 이름이 없습니다. 제게 이름을 주기로 약속한 분이 계십니다. 그분을 기다리고 있습니다. 그러니 절 보내 주십시오.」

「내가 그대에게 이름을 주겠다. 세레니티. 왕국의 역사 속에 등장하는 현숙하고 아름다웠던 왕비의 이름이다.」

내가 사랑을 주겠다는데, 다른 여자는 쳐다보지도 않겠다는데, 이 나라에서 여자로서 오를 수 있는 가장 고귀한 자리를 주겠다는데. 마땅히 감격하고 기뻐하며 품에 뛰어들어야지 거부는 가당치 않았다.

별궁에 가두어 두고 일방적으로 구애했다. 그를 볼 때마다 그녀는 애원했다.

「있던 곳으로 보내 주십시오.」

「내가 이제 그대의 주인이다!」

그녀의 요청을 무시했다. 오히려 별궁 주변을 철저히 감시해서 한 발자국도 밖으로 나가지 못하게 했다.

어느 날부터는 더는 보내 달라고 부탁하지 않았다. 저항이 아닌 것이 그를 받아들인다는 뜻은 아니었다. 그때는 그 차이를 몰랐다.

처음에는 보기만 해도 좋았다. 그러나 사람의 욕심은 끝이 없었다. 그녀의 신변만 구속하는 것으로는 부족했다. 마음을 얻고 싶었다.

그녀는 그에게 화를 내지 않았다. 그렇다고 웃어 주지도 않았다. 언제나 그를 말간 눈으로 보기만 했다. 시간이 지날수록 그는 갈증에 시달렸다. 손에 쥐고 있어도 언젠가 사라질 것 같았다.

아무리 값비싼 보석을 선물해도 화려한 드레스를 보내도 귀한 먹거리를 주어도 그녀는 좋아하지 않았다. 그런데 별생각 없이 가져다준 꽃다발에 그녀는 처음으로 웃었다.

「예쁩니다.」

그녀의 미소를 보기 위해서는 못 해 줄 일이 없었다. 베르너는 별궁의 뜰에 거대한 정원을 만드는 작업을 시작했다.

세월이 지나고 베르너는 장성한 청년이 되었다. 그사이에 많은 일이 있었다. 베르너는 어쩔 수 없는 정략혼을 해야만 했고 애정이 없는 부부 사이는 당연히 순탄하지 않았다. 아내는 본척만척한 채 시간이 날 때마다 별궁을 찾았다.

그녀는 홀로 시간을 비낀 것 같았다. 처음 만났을 때 그대로 변함이 없었다. 그를 대하는 태도도 변하지 않았다.

「그대는 내게 한 조각의 마음도 주지 않는구나.」

허탈한 마음에 투정을 부려도 그녀는 다른 여자들처럼 어떤 달콤한 말도 해 주지 않았다.

오랜 외사랑은 그를 지치게 했다. 그녀를 볼 때마다 기쁨과 원망을 동시에 느꼈다. 어느 날은 술에 진탕 취해 별궁으로 가서 주정을 부렸다.

「내가 모를 줄 아는가! 내가 그대에게 질려 보내 주기를 기다리는 것을 모를 줄 알아? 절대 그럴 일은 없을 것이다. 내가 죽으면 유언을 남겨서라도 그대를 절대 이 별궁 밖으로 한 발자국도 나가지 못하게 할 것이다!」

얼핏 그녀의 표정이 흔들리는 것을 본 것 같다. 통쾌하면서도 그녀의 감추어 둔 속마음이 그랬구나 싶어서 비참했다. 술기운에 잘못 본 것이라고 애써 생각했다.

그녀가 거부할수록 베르너는 집착했다. 상처받은 자존심을 만회하고 싶은 마음도 있었고 갖지 못하니 더 탐이 나는 마음도 있었을 것이다. 그래도 한 가지만은 진실했다. 그가 평생에 그녀 만큼 갈구했던 여자는 없었다.

베르너는 주변의 반대를 물리치고 기어코 그녀를 왕비로 맞

아들였다. 그녀가 한 번도 갖고 싶다고 말한 적이 없는 왕비의
관을 그녀의 머리에 씌워 주며 간절히 속삭였다.

「그대가 원하는 건 전부 주겠소. 내게는 그대의 마음만
주시오.」

왕비가 되었어도 그녀는 달라지지 않았다. 왕이 된 베르너의
곁에는 꽃처럼 미소 지으며 미녀들이 몰려들어 유혹했다. 하지
만 그가 원하는 여자는 오직 그의 아내, 세레니티뿐이었다.

결혼하고 1년이 지나도록 왕비는 태기가 없었다. 후계를 얻으
셔야 한다고 압박이 들어왔다. 후궁을 들이라는 중신들의 요청
을 매몰차게 떨쳐 내면서도 왕비궁에 들 때마다 허탈했다. 자신
의 노력이 그녀에게는 아무 의미도 없을 테니까.

「아이를 낳아 주시오. 그러면 그대를 보내 주겠소.」

유난히 외로운 날 그녀를 안으며 간청했다.

얼마 후 왕비에게 태기가 있다는 소식을 듣고 그는 세상을 모
두 얻은 것처럼 기뻐했다. 창고를 열어 백성들에게 베풀고 화려
한 연회를 열었다. 태어나지도 않은 아이를 아들이라고 확신하
며 자신의 뒤를 이을 것이라고 공공연히 말하고 다녔다.

왕자가 태어났다. 왕의 첫아들이었다. 베르너는 비단 이불로

감싼 아들을 처음 안아 보고 감격에 휩싸였다. 그의 머리카락과 눈동자 색을 그대로 닮은 아들이었다.

「수고했소. 왕비. 바라는 것을 모두 말하시오. 그대가 원하는 것이라면 모두 들어주리다.」

세레니티는 고요한 눈빛으로 그를 보며 말했다.

「약속하셨습니다. 저를 보내 주십시오.」

침대에 누워 눈을 감고 있던 베르너가 인상을 쓰면서 눈을 떴다. 오래전의 일이지만, 그때를 기억하면 아직도 당시에 느꼈던 지독한 절망이 되살아났다.

그는 일어나 앉아 마른세수를 했다.

「그대는 어미가 되어서, 자식을 버리고 가겠다는 말이 그리 쉽게 나오는가?」
「폐하께서 약속하셨습니다. 아이를 낳으면 보내 주겠다고 하지 않으셨습니까?」

그녀에게 그런 말을 했다는 것조차 그는 까맣게 잊고 있었다. 당시에 한 말은 진심이 아니었다. 아이라도 있으면 뭔가 달라지지 않을까 기대해서 했던 말이었다.

그는 몹시 노여워하며 아이를 내던지고 왕비궁을 나갔다. 그후 근 한 달은 왕비궁에 들르지 않았다.

하루도 빠짐없이 왕비궁에 들던 왕이 왕비를 찾지 않으니 주변이 수군거리기 시작했다. 베르너는 자신이 외면하면 왕비에게는 힘이 없다는 사실을 알고 있었다. 그녀를 가련한 처지로 만들기를 원하지 않았다.

한 달쯤 지났더니 머리가 식고 그녀도 보고 싶었다. 마침 그날은 그의 생일이었다. 그는 미리 알리지 말라고 한 후 왕비궁에 갔다. 혹시 예기치 않게 나타난 자신을 그녀가 반겨 줄지도 모른다는 기대가 있었다.

그리고 왕은 보았다. 세레니티는 아이를 어르며 웃고 있었다. 사랑스럽다는 표정으로 몹시 행복하게 웃었다. 그에게는 단 한번도 보여 준 적이 없는 모습이었다.

베르너는 그대로 돌아서서 나왔다. 파국의 시작이었다.

그는 아들을 상대로 추악한 질투를 했다. 그가 그토록 간절히 원해도 주지 않는 사랑을, 아이는 단지 그녀의 배를 빌려 태어났다는 이유로 한 몸에 받았다. 도저히 납득할 수 없었다.

세레니티가 사라진 이후에는 더욱 그 아이를 미워했다. 그녀가 결국에는 자신을 버리고 가 버렸다는 사실을 믿을 수가 없었다. 그 아이의 잘못이 아니라는 걸 알면서도 한 번 어긋난 마음은 좀처럼 제자리를 찾지 못했다.

'죽기를 바란 건 아니었다.'

무관심했다. 그 아이를 위해 아무것도 하지 않았다. 그 아이가 죽었다는 소식을 듣고 나서야 그는 가슴이 텅 비는 허전함을 느꼈다.

그녀의 아이였고 그의 첫아들이었다. 아들이 태어났다는 소식을 들었을 때 그는 체면을 살피지 않고 크게 웃음을 터뜨렸다. 아이를 얻은 날 그는 몹시 행복했었다.

'그 아이가 살아 있었다면…….'

영특했다. 가르치는 자들이 뛰어난 자질이라고 입을 모았다.

「장차 명군이 되실 겁니다.」

말을 아끼는 펠릭스 후작이 후한 평가를 할 정도였다.

'하지만 너무 약했어.'

튼튼한 몸이야말로 왕이 갖추어야 하는 가장 중요한 요건일 것이다. 그런데 그 아이는 툭하면 앓아누웠다. 한 번도 잔병치레 하지 않고 자란 베르너의 건강한 체질은 물려받지 못했다.

처음에는 그녀에 대한 원망만 있었다. 세월이 흐르면서 이제는 미안함이 커졌다. 싫다는데 억지로 붙잡아 눌러 앉힌 사람도, 아이를 낳아 달라고 했던 사람도 자신이었다. 그녀가 남긴 아이조차 제대로 지켜주지 못했다.

그는 인생을 되돌아보면 후회할 일밖에 없었다. 어쩌면 그를 근래 좀먹고 있는 병마는 마음에서 비롯되었을지도 모른다.

*   *   *

왕이 떠난 후 연회장의 분위기는 더 자유롭게 무르익었다. 주
인공이 떠난 자리에서 새롭게 중심이 된 사람은 왕자가 아니라
아이작 펠릭스였다.

왕이 이름을 따로 불러 길게 사담을 나누었다. 흔치 않은 일
이었다. 펠릭스 후작가의 이름이 여전히 건재하다고 사람들에게
보여 주었다. 오랜 칩거를 깨고 나타난 첫날, 아이작은 자신의
존재감을 모두에게 각인시켰다.

"다들 나와 펠릭스 후가 무슨 이야기를 나누는지 궁금해 미치
겠다는 표정을 짓고 있소."

2왕자 더스틴이 키득거리며 말했다. 함께 있던 자들도 웃음을
터뜨렸다.

"특히 형님께서 날 바라보는 눈은 무시무시하군."

더스틴의 엄살에 아이작은 피식 웃었다.

아이작이 더스틴에게 인사를 건넸을 때는 누구도 눈여겨보지
않았다. 하지만 더스틴의 곁을 떠나지 않고 계속 대화에 참여하
자 분위기가 달라졌다.

시간이 길어질수록 사람들은 아이작의 행보에 관심을 보였
다. 장 내에 있는 사람들은 가끔 고개를 돌려서 아이작이 아직도

더스틴의 곁에 함께 있는지 확인했다.

대화는 평이했다. 소소한 소문, 복잡하지 않은 정치 이야기가 주를 이루었다. 아이작은 여유 있는 웃음을 지으며 더스틴의 무리와 어울렸다.

"펠릭스 후. 형님께는 가 보지 않을 셈이오?"

"제가 이 자리에 있는 것이 불편하십니까?"

"그럴 리가 있겠소. 그저 나는 펠릭스 후가 아무것도 줄 게 없는 내 곁에 있는 이유를 몰라서 하는 말이지."

"저하께서는 제게 주실 것이 많습니다."

더스틴의 표정이 굳었다. 더스틴의 나이는 이제 열여덟 살. 아직 애송이지만, 왕족으로서 보고 배운 것이 있으니 나이에 비해서는 노련했다. 그래도 아이작의 의미심장한 말을 능숙하게 받아치지는 못했다.

"무슨 뜻이오?"

"주변이 조용하면 드릴 말씀이 많을 것 같습니다."

더스틴은 주변의 다른 자들에게 눈짓했다. 모여 있는 추종자들이 우르르 흩어졌다. 두 사람의 대화를 들을 수 있을 만한 거리에는 아무도 없었다.

공개적인 자리에서의 독대.

태자의 자리를 두고 신경전이 한창인 분위기에서 아이작이 2왕자에게 관심을 보인다는 것은 의미하는 바가 많았다. 펠릭스 후작가가 정쟁에 뛰어들겠다는 신호나 마찬가지다.

"펠릭스 후가 형님께 가서 이런 자리를 또 마련하면 양쪽의 심기를 모두 건드리는 거요."

"제가 그렇게 어리석어 보이십니까?"

"날 도와줄 거요?"

이 상황이 믿기지 않아서 대놓고 물었다.

"도와드리겠습니다."

더스틴은 평이하게 대답하는 아이작을 한참 바라보았다.

"왜 나요?"

"자신이 없으시군요. 태자가 되고 싶지 않으십니까?"

"모후께서는 형님밖에 모르시오. 외조부도 형님을 밀고 있소. 형님이 적장자이니 명분도 형님에게 있소. 사실 나는 이미 저울은 기울었다고 생각하오."

슬쩍 입술 끝을 올리는 아이작의 미소가 차가웠다.

'폐하의 적장자는 한 분뿐이다.'

1왕자 해리는 왕비 클라라가 후궁이었을 때 낳은 아들이다. 왕의 적자로 태어나지 않았다. 이미 왕에게는 아들 로건이 있었으니 장자도 아니었다.

어차피 클라라가 왕비가 되었다. 뭐가 다르냐고 하겠지만, 아이작에게는 하늘과 땅만큼 달랐다.

"제가 저하께 힘을 보태면 이제 저울은 수평이 되겠군요."

자신의 존재가 왕비와 우드 공작의 무게에 맞먹는다는 거만한 표현이었다. 하지만 더스틴은 부정할 수 없었다. 이 나라에서 펠릭스 후작 가문이 지닌 영향력은 대단했다.

"도와주는 대신 내게 바라는 게 뭐요?"

아이작은 훗, 가볍게 웃었다. 대가를 줘야 한다고 생각하다니. 제법 염치가 있었다.

"명군이 되시어 이 나라를 부강하게 이끌어 주시면 됩니다."

충성스러운 신하가 내뱉는 틀에 박힌 대사를 읊었다. 지금은 신뢰를 쌓을 때였다. 감격해서 바라보는 더스틴에게 호감이 가득한 웃음을 지으면서 속으로는 비웃었다.

'그분이었다면 이런 얕은 수작은 바로 간파하실 텐데……'

아이작의 머릿속에는 이미 확고하게 박힌 기준이 있었다. 그 기준에 비추어 보면 1왕자나 2왕자나 턱없이 부족했다.

어차피 둘 중 하나가 왕이 되어야 한다면 왕비가 끼고도는 1왕자보다는 2왕자가 나았다. 2왕자에게는 파고들 틈이 있다.

'그분의 억울한 죽음을 꼭 밝혀낼 것이다.'

2왕자가 제 손으로 제 어머니를 쳐내도록 만들 것이다. 클라라 왕비는 제 아들에게 버림받고 비참한 종말을 맞게 될 것이다.

아이작은 고개를 돌리다가 1왕자 해리와 눈이 마주쳤다. 거리가 제법 있었지만, 해리의 눈빛이 강렬하게 묻고 있었다. 어째서 내가 아닌 더스틴이냐고.

보란 듯이 고개를 돌려 더스틴에게 말했다.

"주변이 시끄러우니 조용한 곳으로 자리를 바꾸는 건 어떻습니까?"

"좋소. 아예 내 궁으로 가는 건 어떻소?"

"그리하시지요."

함께 걷는 두 사람의 등을 쏘아보며 해리가 이를 악물었다.

* * *

깊은 밤, 왕궁에서 출발한 마차가 거리를 달려갔다. 마차가
도착한 곳은 그랜트 상단주의 저택이었다.

저택 안에서 남자가 마중 나왔다. 마차에서 망토를 머리까지
뒤집어쓴 여자 둘이 내렸다. 남자는 주변을 살펴서 보는 눈이 없
는지 살핀 후 여자들과 안으로 들어갔다. 마차는 그저 지나던
길에 여자들을 태워서 데려다준 것처럼 미련 없이 출발해 어두
운 거리 속으로 사라졌다.

남자는 두 여자를 저택의 별채까지 안내했다. 그들 사이에 어
떤 대화도 없었다. 두 사람만 별채 앞에 남겨 놓고 남자는 어디
론가 가 버렸다.

"너는 여기서 기다려라."

한 여자가 다른 여자에게 명령했다. 다른 여자는 당연하다는
듯 지시에 복종했다.

명령을 내린 여자가 머리에 덮은 망토를 내려 어깨에 걸쳤다.
잿빛의 금발이 드러났다. 지금이면 왕궁의 깊은 곳에서 단잠에
빠져 있어야 할 왕비의 위험한 외출이었다.

클라라는 자신이 얼마나 무모한 행동을 하는지 알고 있었다. 호위도 거느리지 않고 늦은 시간에 몰래 궁에서 빠져나왔다. 흡사 남편 몰래 밀회를 즐기는 여자가 할 법한 짓이었다.

정적들이 이러한 사실을 알게 되면 온갖 억측으로 그녀를 꽁꽁 묶어 버릴 것이다. 알면서도 그녀는 외출을 단행할 수밖에 없었다.

'고작 일이 년에 한 번뿐이다. 조심하면 꼬리 잡힐 일은 없어.'

자기 자신을 설득하면서.

오늘 자신이 이곳에 오는 것을 누구도 알아서는 안 되었다. 그래서 호위도 동반하지 않았다. 믿을 만한 측근으로 데려온 아이는 벙어리이며 읽고 쓸 줄을 몰랐다.

클라라는 작은 방으로 들어갔다. 습관적으로 주변을 살핀 후 벽난로의 장치를 조작했다. 벽난로가 통째로 돌아가면서 어두운 입구가 드러났다.

그녀는 어두운 좁은 길을 따라 내려갔다. 길의 끝에 도착한 문 앞에서 숨을 가다듬었다. 언제나 문 앞에 설 때마다 악마와 계약하러 오는 기분이 들었다.

'이미 늦었다.'

어차피 오래전에 악마와 손을 잡았다.

왕족을 시해한 죄는 용서받지 못한다. 그녀가 왕비이며 왕자를 둘이나 낳았다고 해도 로건 왕자를 살해하도록 사주한 일이 드러나면 절대 죄를 면할 수 없을 것이다.

'어차피 되돌릴 수 없어. 앞으로 갈 수밖에 없다.'

미약하게 고개를 드는 죄책감을 짓눌렀다. 그녀는 문을 열었다.

창문도 없는 새카만 암흑에 잠긴 방 안으로 클라라는 걸어 들어갔다. 등 뒤에서 쿵, 문이 닫히는 소리를 듣자 흠칫 놀라 순간 뒤를 돌아보았다.

빛이 한 점도 없는 방 안 가운데 놓인 테이블과 그 테이블 앞에 앉아 있는 사람의 형체가 보였다. 아니, '저것'이 사람이기는 한가. 벽이 어디인지도 보이지 않는 어둠 속에서 왜 저것만 뚜렷이 보이는 걸까.

오래된 의문이지만, 풀고 싶지 않았다.

클라라는 테이블로 다가가 의자에 앉았다.

"묘약을 받고자 왔소."

─묘약.

쇠가 긁히는 듯한, 음산한 목소리가 섬뜩했다. 클라라는 마른 침을 꿀꺽 삼켰다. 자신의 긴장한 표정이 저것에게 보일 것 같았다.

카발이 손을 들었다. 클라라가 테이블에 올린 작은 유리병이 공중으로 떠올라 카발의 손바닥 위에서 맴돌았다.

비어 있던 유리병 안에 보라색으로 빛나는 액체가 서서히 차올랐다. 병의 목까지 차오른 유리병이 카발의 손에서 내려와 원래 테이블에 놓였던 자리로 되돌아갔다.

"정말…… 해롭지 않은 것이오?"

클라라는 병을 보기만 한 채 망설였다. 음산한 웃음소리가 들렸다. 클라라는 얼굴을 붉혔다. 비웃음처럼 들렸기 때문이다.

묘약을 받아 간 것이 한두 번이 아니다. 인제 와서 그런 질문을 해 봤자 알량한 죄책감이라도 떨치고 싶어 발버둥 치는 모습으로 보일 것이다.

—당부한 것을 지키기만 한다면.

한 번에 한 방울. 한 번 사용 후에는 최소한 열흘의 간격을 두어야 한다.

"규칙은 어긴 적이 없소."

—그랬겠지. 그랬으니 지금까지 묘약을 달라고 찾아올 수 있었을 테니까.

병을 손에 쥐다가 클라라는 흠칫 놀랐다.

"무슨 뜻이오? 규칙을 지키지 않으면…… 어찌 되는 거요?"

—대가 없이 얻을 수 있는 건 없다.

"해롭지 않다고 하지 않았소!"

버럭 소리쳤다가 클라라는 이를 앙다물었다. 이제 와서 따져 무엇 하겠는가. 저것이 당부한 사항을 지키기만 하면 된다. 지금껏 아무 일도 없었다. 앞으로도 없을 것이다.

그녀는 병을 주머니에 담아 가슴 안쪽에 넣고 일어났다. 일어나 뒤를 돌자마자 닫힌 문이 활짝 열렸다.

"묘약은…… 이번이 마지막이오. 다시는 오지 않겠소."

─좋을 대로.

다시 어두운 좁은 길을 따라 나오면서 클라라는 한기를 느끼며 부르르 몸을 떨었다. 어느새 등이 식은땀으로 축축이 젖어 있었다.

그녀는 묘약으로 왕의 사랑을 얻었다. 한 달에 두세 번, 왕이 의무적으로 왕비궁을 찾을 때마다 클라라는 묘약을 술이나 차에 섞어 왕에게 먹였다. 그러면 단 하룻밤뿐이라도 왕은 지극한 사랑에 빠진 남자가 되어 그녀를 안아 주었다.

다음 날이면 왕은 아무것도 기억하지 못했다. 아예 기억이 끊어지는 것이 아니라 지난 밤 자신이 했던 모든 행동에 위화감을 느끼지 못하는 것 같았다. 클라라는 묘약의 유혹을 떨쳐 내지 못했다. 사랑받는 여자가 되고 싶었다. 하룻밤의 꿈이어도 좋고 허상이라도 좋았다.

두 여자가 저택을 나와서 잠시 기다리자 어디론가 가 버렸던 마차가 다시 돌아왔다. 여자들을 태운 마차가 거리를 달려갔다.

클라라는 손으로 가슴 부근을 더듬어 유리병을 확인했다. 대가 없이 얻을 수 있는 건 없다는, 카발의 말이 끊임없이 머릿속에서 맴돌았다.

그녀가 묘약으로 거짓된 사랑을 얻은 대가는 무엇으로 치러야 하는가. 그리고 치러야 하는 사람은 자신인가, 아니면 왕인가. 등 뒤가 섬뜩했다.

'왜 저를 이렇게까지 하게 만드십니까.'

남편의 사랑을 얻고 싶어서 악다구니를 쓰는 제 신세가 가련했다. 세레니티, 그 여자에게는 그토록 사랑을 쏟아 주고 자신에게는 마음을 주지 않는 왕이 원망스러웠다. 눈에 고인 눈물이 아래로 흘러내렸다.

마차가 왕궁으로 들어가는 모습을 은밀한 곳에 몸을 숨기며 지켜보는 남자가 있었다. 남자는 얼마 전부터 지시를 받아 그랜트 상단주의 저택을 주시하고 있었다.

밤늦게 남의 눈을 피해 방문하는 손님이라니, 당연히 눈여겨볼 대상이었다. 여자들만 내리는 것을 확인했을 때는 상단주가 은밀히 부른 매음굴의 창녀일지도 모른다고 생각했다.

하지만 남자는 일처리가 꼼꼼했다. 어떤 일이든 추측만으로 단정하지 않았다. 여자들이 다시 나오자 뒤를 쫓아갔다. 그리고 마차가 왕궁으로 들어가자 눈동자에 호기심이 감돌았다.

'저 마차에 대해 알아봐야겠군.'

안에 누가 타고 있었는지까지는 알 수 없더라도 누구의 권한으로 이 시간에 마차를 움직였는지는 알아낼 수 있을 것이다.

＊　　　＊　　　＊

카발은 클라라가 돌아간 후 가증스러운 인간이란 존재에 대해 생각했다. 욕망에 달려들면서 그런 자신의 모습을 부정하고 싶어 하는 인간이란 것들이 참으로 우스웠다.

―해롭지 않냐고?

카발은 클클 웃었다.

여자가 정의하는 '해로움'의 범위가 어디까지인가. 여자는 그것에 대해 정확히 카발에게 물어보지 않았다. 여자에게 준 물건은 카발의 기준으로는 전혀 해로운 물건이 아니었다.

하지만 인간에게는 다를 것이다. 카발의 손을 탄 물건은 인간의 욕망을 극대화하지만, 영혼을 서서히 잠식해 들어간다.

―그래도 제법이군. 당부한 규칙을 이렇게 오래 잘 지키다니.

적은 효과를 얻다 보면 더 강한 효과를 얻기를 바라는 것이 대개 인간들이었다. 인간의 손에 무엇을 쥐여 주던 그들은 항상 그것을 남용해서 스스로 지옥으로 걸어 들어갔다.

여자는 인내심이 있고 자신을 절제하는 능력이 상당했다. 여자를 지켜보는 일은 재미있지만, 한편으로는 아쉬웠다.

여자는 인간들의 질서에서 윗자리를 차지했다. 높은 신분을 지녔으니 쓸모가 많을 것이나 수족으로 부릴 수 없었다. 인간을 부리려면 인간이 카발을 저항 없이 받아들여야 한다. 억지로 영혼을 움켜잡아 봤자 텅 빈 인형이 되어 버릴 뿐이다.

클라라는 카발을 두려워하고 경계하면서도 손을 잡았다. 사랑. 고작 그 허망한 감정 때문에. 그러면서도 그 사랑을 위해 자신의 모든 것을 내던지려고 하지는 않는다. 기득권을 쥔 채 사랑도 가지려는 끝없는 욕심.

─어리석고도 어리석구나.

갑자기 카발의 고개가 아래로 푹 떨어졌다. 잠시 후 고개를 든 카발이 주변을 둘러보았다.

"으윽."

카발은 두 손으로 머리를 움켜쥐고 고통스러운 신음을 흘렸다. 아플 정도로 강하게 누르고 있으니 빙빙 도는 시야가 가라앉왔다. 그는 큭큭 웃었다.

"어리석지. 어리석고말고."

젊은 남자의 목소리가 거칠게 갈라져 나왔다.

"그 어리석음 때문에 모든 것을 잃었지만, 그 어리석은 미련 덕분에 완전히 날 잃지도 않았지."

음울하게 중얼거리는 목소리에 비통함이 담겼다.

"르웨나……."

카발은 같은 이름을 부르고 또 불렀다. 잠시 후 고개가 다시 푹 떨어졌다. 후드 속에서 붉은 안광이 빛났다.

—이상하군.

요즘 들어서 간혹 육체에 대한 통제력을 잃었다. 능력과 기억을 잃은 부작용이 점점 심해지고 있다.

카발의 본바탕은 어둠, 그리고 어둠은 어둠을 삼켜 강해진다. 그러나 문제는 현재 카발보다 짙은 어둠은 존재하지 않는다는 점이다. 그렇다면 다른 방법은 상극의 힘을 흡수하는 것이다.

—그때 그것을 놓치지 않았더라면.

카발은 아쉬움을 느끼며 그르렁거렸다.

십여 년 전, 아까운 먹잇감을 거의 손에 쥐었다가 놓쳤다. 손

톱으로 긁은 몇 방울의 피만 맛보았는데도 몹시 달콤했다. 이후
로는 그처럼 진한 기운을 가진 먹이를 찾지 못했다.

—어서 빨리 그 계집아이를 찾아야 하거늘.

말콤을 불러서 닦달해 봤자 당장의 해결책은 없을 것이다. 말
콤이 명을 이행하기 위해 최선을 다해 애를 쓰고 있다는 걸 알기
때문이었다. 말콤의 속마음에는 요즘 다른 욕망이 스며들지 않
은 상태였다.

—대체 어디 있단 말인가!

카발이 진짜 되찾고 싶은 것은 능력이라기보다는 잃어버린
기억이었다. 능력을 찾으면 기억도 돌아올까 싶어서 힘을 얻는
일에 집착했다.

카발은 아주 오랫동안 강제로 봉인되어 있었다. 단단한 바위
속에 갇혀 지루하고 치열한 싸움을 계속했다. 어느 한쪽이 소멸
해야 끝날 전쟁이었다.

그런데 봉인의 역할을 한 거대한 바위는 오랜 세월에 걸친 자
연의 풍화 작용에 조금씩 깎여 나갔다. 미세한 틈이 생겼을 때
카발은 부활을 위한 작업에 들어갔다.

그는 꾸준히 어둠의 기운을 주변으로 내뿜었다. 오래지 않아

기운에 홀린 인간들이 모여들었다. 인간들은 바위를 깎아 제단을 만들고 카발을 신으로 모시기 시작했다.

그 빌어먹을 마법사 놈만 아니었다면!

카발은 아드득 이를 갈았다.

그놈은 감히 자신을 소멸시키려고 했다. 고작 지팡이 따위를 흔들며 가소로운 힘으로 주제를 모르고 덤볐다.

카발은 느슨해진 봉인의 힘을 억지로 깨고 일어나야 했다. 괘씸한 마법사를 한 줌의 먼지로 만들어 버리고 자신을 신으로 숭배하던 인간들을 모조리 잡아먹었다.

그러나 과도한 힘을 쓴 부작용 때문에 능력을 상당히 잃고 기억도 날아갔다.

다른 건 상관없지만, 아주 중요한 것을 기억하지 못하고 있다. 사람으로 치면 카발은 현재 영혼을 잃은 텅 빈 껍데기였다. 카발의 가슴 안쪽에는 아무것도 없었다. 자신의 심장을 어디에 두었는지 기억이 나지 않는다.

—최악의 경우를 대비해야겠는데…….

카발은 말콤을 불렀다. 잠시 후 부름을 받아 들어온 말콤이 바닥에 고개를 박았다.

—자리를 비울 것이다. 내가 부르기 전까지는 날 찾지

도 말고 이곳에 오지도 마라.

"예. 마스터."

말콤이 나가고 카발은 다시 혼자가 되었다. 과거에도 몇 번 카발은 자리를 비운다며 사라진 적이 있었다. 하지만 카발은 이 방을 떠나지 않았다.

카발은 일어나서 방의 구석으로 걸어갔다. 양손을 위로 들어 올려 손에서 흘러나오는 기운을 바닥에 쏟아냈다. 약한 지진이 일어난 것처럼 바닥이 미미하게 흔들렸다.

네모반듯한 돌바닥의 일부가 서서히 위로 떠올랐다. 그것은 마치 거대한 블록 조각 같았다. 가로세로 높이가 사람의 키를 넘었다. 힘으로 들어 올리려면 가히 장정 열 명은 있어야 할 것이다.

돌덩어리가 완전히 위로 올라가 빈 공간이 드러났다. 돌이 들어가 있던 자리보다 더 아래에 사람이 하나 누울 수 있을 정도의 공간이 파여 있었다.

카발은 아래로 내려가 공간에 몸을 뉘였다. 공중에 떠 있던 돌이 서서히 아래로 내려와 본래 있던 공간에 맞추어 들어갔다.

본체를 안전한 곳에 두고 카발의 의식이 이동했다.

알시온에서 아주 멀리 떨어진 곳이었다. 어두운 창고 안에서 두 개의 붉은 눈이 빛났다.

6장
하란

흑갈색 머리카락에 흑갈색 눈동자를 가진 남자였다.

남자의 행색은 초라하였으나 눈빛은 맑았다. 열정이 가득한 표정에서는 빛이 났다.

"도움을 받고자 왔습니다."

기가 찼다. 마치 맡긴 것을 내놓으라는 남자의 태도가 어이없기도 하고 가소롭기도 했다.

『**우리가 너를 도울 이유가 무엇이냐**』

남자의 것도 여자의 것도 아닌 목소리가 사방에서 울렸다.

"오직 당신께서만 하실 수 있기 때문입니다."

『아이야. 우리는 너희를 돌보는 신이 아니다.』

"돌보지 않으신다면 괴롭히지도 않으셔야 합니다."

『우리가 너희를 괴롭힌다는 말이냐?』

"당신들의 싸움에 언제나 인간은 휘말려 크나큰 상처를 입었습니다. 당신에게 대항하기 위해서 어둠은 언제나 인간을 이용합니다. 인간의 절망으로 힘을 얻기 때문이지요."

『억지를 부리고 있구나.』

"저는 마법사입니다. 감히 말씀드리건대 하늘의 재능을 부여받은 역사상 최고의 마법사입니다. 제가 어둠의 편에 서서 힘을 빌려준다면 결코 당신께 좋은 일은 아닐 겁니다."

『이제는 협박이라?』

남자의 코밑에 송골송골하게 맺힌 식은땀으로 보아서 허세를 부리고 있으나 적잖이 긴장하고 있었다. 두 다리에 힘을 주어 버티고 선 것만으로도 남자의 담력을 칭찬할 만했다.

남자가 대단한 마법사라고 자신한 말은 사실일 것이다. 이곳
은 공기의 밀도가 굉장히 높았다. 보통의 인간이라면 압력을 견
디지 못하고 순식간에 폐가 쪼그라들어 질식해 죽을 것이다.

　갑자기 주변을 뒤흔드는 거대한 공기의 파문이 남자의 몸을
마구 때렸다. 사람으로 치면 마치 웃음과 같았다. 남자가 미간
을 일그러뜨리며 이를 악물었다.

　『아이야. 너는 무엇이냐?』

　"저는 인간입니다."

　『너를 존재하게 하고 다른 것들과 구별하게 하는, 유일
　하게 너만 가진 것을 말하라.』

　남자는 생각하다가 문득 깨달음을 얻은 것처럼 중얼거렸다.
　"이름……."
　그리고 남자는 씨익 웃으며 말했다.
　"하란. 저는 하란이라고 합니다."

　아델은 눈을 떴다. 어두운 허공을 응시했다. 마치 물속에 깊
이 잠겨 있다가 끌려 올라온 것처럼 온몸이 나른했다.
　"하란……."

이상한 꿈을 꾸었다.

'정말 그 남자가 하란인가?'

국사책의 첫 장에 나오는 대마법사의 모습을 떠올려 보았다. 널리 알려진 초상화 속의 하란은 매끈하게 잘생긴 남자였다. 꿈속에 나왔던 남자는 아무리 잘 봐 줘도 미남은 아니었다.

'개꿈인가?'

아델은 꿈속에서 정체 모를 미지의 존재가 되어 하란이라는 남자와 대화했다.

'역시 개꿈이야. 고서의 방에 다니면서 본 내용들에 너무 심취했나 봐.'

다시 눈을 감았으나 잠이 오지 않았다. 꿈 때문에 완전히 잠기운이 달아나 버렸다.

밤은 깊었고 날이 밝으려면 멀었다. 아델은 침대에서 내려와 얇은 털실로 짠 가운을 걸쳤다. 침실 문을 열고 나가니 기사가 서 있었다.

"무슨 일이십니까."

"잠이 오지 않아서요. 잠시 정원에 나가서 걸으려고요."

"제가 모시겠습니다."

"고마워요."

바깥은 생각했던 것보다 어둡지 않았다. 오늘 밤은 구름이 없는지 달빛이 그대로 정원을 비추었다.

아델은 소로를 따라 걸으며 무심코 고개를 들었다가 눈을 크게 떴다.

"저긴⋯⋯."

어둠에 잠겨 있어야 할 중앙탑의 한 군데에서 빛이 흘러나오고 있었다. 틀림없이 집무실이었다.

아델은 밤 산책을 멈추고 다시 중앙탑으로 돌아왔다. 잠시 후 그녀는 집무실 앞에 서 있었다. 문을 두드릴까 하다가 조용히 문을 열고 안으로 들어갔다.

'없네.'

책상은 비어 있었다. 집사도 보이지 않았다.

그녀는 소파 위에 누워 있는 론을 곧 발견했다. 그는 불빛이 거슬린 듯 팔로 눈을 가린 채 누워 있었다.

'방에 가서 잘 것이지 왜 여기서 이러고 있담.'

그가 몹시 피곤해 보여서 아델은 속이 상했다. 그녀는 발소리를 내지 않고 살금살금 걸음을 옮겼다. 소파 테이블을 사이에 둔 건너편에 앉으려다가 다시 일어났다.

'가까이 가서 봐야지.'

그녀는 그의 옆으로 가서 소파 테이블 위에 조용히 걸터앉았다. 상체를 숙여 팔꿈치는 다리 위에 지탱하고 턱을 괴어 그를 구경했다. 자신이 이상한 짓을 한다는 자각은 있었다. 그런데 누워 있는 사람을 그저 보기만 하는데도 전혀 지루하지 않았다.

'얼굴이 잘 안 보여. 팔을 치웠으면 좋겠는데.'

마치 그녀의 목소리를 듣기라도 한 듯 그의 팔이 내려가자 아델은 움찔 놀랐다.

'잠깐 잠이 들었군.'

론은 미간을 누르면서 눈을 떴다. 그리고 흠칫 놀라 몸을 반쯤 일으켜 뒤로 물러났다. 등을 소파가 가로막고 있으니 그는 소파에 바짝 온몸을 붙인 모양이 되었다.

"너……."

론은 황당해서 말을 잇지 못했다.

"뭘 그렇게 놀라요?"

아델이 키득거리며 웃었다. 아델이 일어나자 론이 후다닥 누워 있던 자세에서 바로 앉았다. 그러자 빈자리가 나기를 기다렸다는 듯 아델이 그의 곁에 붙어 앉았다.

론은 한숨을 내쉬었다. 자다가 일어나자마자 놀랐더니 머릿속이 멍했다.

"여직 안 잤어?"

"이상한 꿈 때문에 자다가 깼어요. 잠이 다시 올 때까지 산책하려다가……."

아델은 그의 팔에 팔짱을 끼었다.

"레온이 나 좀 재워 줘요."

"……그냥 여기 있다가 잠이 오면 네 방으로 가."

"그러지 말고 책도 읽어 주고 잠들 때까지 옆에 있어 줘요."

론은 대답하지 않았다. 아델은 옆에 붙어서 '응? 싫어요?'라고 반복해서 묻다가 입술을 삐죽이며 벌떡 일어났다.

"좋아요. 그럼 여기서 자면 되죠."

그녀는 맞은편 소파로 가서 아예 누워 버렸다. 그가 뭐라고 할 줄 알았다. 혹은 그가 침실까지 안아서 데려다주지 않을까 기대하는 마음도 어느 정도는 있었다.

그녀가 예상한 어떤 반응도 없었다. 그녀는 슬쩍 눈을 떠서 고개를 돌렸다. 맞은편 소파에 어느새 그도 누워서 눈을 감고 있었다.

'그냥 무시하겠다는 거야?'

아델은 그를 향해 눈을 흘기다가 요란스럽게 일어나 앉았다. 여전히 그는 꼼짝도 않고 누워 있었다. 이러면 오기가 생긴다. 아델은 더 뒤척거리는 소리를 냈다. 그래도 그는 반응이 없었다.

아델은 일어났다. 아까처럼 누워 있는 그의 얼굴이 잘 보이는 곳에 자리 잡고 소파 테이블에 앉았다. 그새 잠들었을 리가 없으니 옆에 있는 기척을 빤히 알 텐데도 그는 마치 고집을 부리는 것처럼 여전히 눈을 감고 있었다.

조금 솟았던 짜증은 그의 얼굴을 보고 있으니까 가라앉았다.

"무슨 일 있어요?"

아델은 그가 눈을 뜨고 자신을 바라보는 모습을 보았다.

"힘들어 보여서요. 잘 안 되는 일이 있어요?"

"너는 이상한 꿈을 꿨다더니. 악몽이었어?"

"말해 주기 싫군요. 레온. 말 돌리고 싶으면 질문을 질문으로 덮는 거 알아요?"

"……."

오늘 론은 온종일 기분이 좋지 않았다. 흔치 않은 일이라서 집사가 말 한마디도 조심하며 몸을 사렸다.

오늘은 툭 튀어나온 돌부리 같은 날이었다. 피해가면 될 텐데 언제나 발이 걸려 넘어진다. 왕의 탄생일, 그의 부친의 생일이었다.

론이 지금껏 살아오며 고통으로 기억될 날은 많았다. 자신이 죽을 뻔한 일이라던가, 레온이 죽은 날이라던가.

그런데 오늘은 그런 날들과 달랐다. 잊지 말아야 해서 되새기는 날이 아니라 잊고 싶은데 떨쳐 내기 힘든 날이었다.

그는 단 한 번도 왕의 탄생 연회에 가 본 적이 없었다. 늘 아침마다 은밀하게 시종장이 와서 말했다. 오늘은 왕께서 당신의 얼굴을 보기 원하지 않으신다고.

대놓고 쫓아내지 않아서 그나마 다행이었다. 론은 늘 아프다는 핑계로 참석하지 않았다.

그날 하루는 정말 아픈 것처럼 온종일 침대에 누워 있었다. 때로는 정말 아프기도 했다. 자신의 존재가 부정되는 비참함은 그의 자존심을 갈기갈기 찢어 만신창이로 만들어 놓았다.

왕족에게 자존심은 목숨보다 무거웠다. 론은 아직도 그때의 치욕을 잊을 수가 없었다.

"레온. 일어나서 앉아 봐요."

론은 말없이 시키는 대로 일어나서 앉았다. 아델은 그의 무릎에 올라 앉아 두 팔로 그의 목을 감으며 꽉 끌어안았다.

"……뭐 하는 거야?"

론의 목소리가 낮게 잠겼다.

"위로요. 레온이 안아 주면 난 기분이 좋거든요."

부드럽다. 그녀에게서는 달콤한 향기가 났다. 비누향인지 본디 가진 체향인지 모르겠다.

그는 저조했던 기분이 조금씩 나아지는 것을 느꼈다. 그녀의 위로는 아주 효과가 좋았다.

그는 문득 욕심이 생겼다. 외롭고 고독한 로건 밀라우스가 위로를 받고 싶었다.

"어릴 때 쓰던 이름이 있어."

"어릴 때면 줄리오를 만나기 전이에요?"

"훨씬 전이지."

아델은 살짝 몸을 떨어뜨려서 그와 눈을 마주쳤다. 그녀는 줄곧 그의 어린 시절이 궁금했다. 하지만 그가 말하고 싶어 하지 않는 눈치라 묻지 못했다. 그가 처음으로 과거의 이야기를 꺼냈다. 그녀의 눈동자가 기대로 반짝거렸다.

"줄리오도 알아요?"

론은 피식 웃었다.

"왜 줄리오가 기준이야?"

"줄리오는 내가 모르는 레온을 아는 유일한 사람이니까요."

"줄리오는 몰라."

"어릴 때 이름이 뭐였어요?"

"……로건."

아델은 순간 손끝이 짜릿했다. 굳게 닫힌 문이 살짝 열려 틈새를 들여다본 것 같았다.

"누가 또 알아요?"

"아무도."

"내게만 알려 주는 거예요?"

"응."

"앞으로도 계속 아무에게도 말해 주면 안 돼요. ……로건."

아델은 그의 눈동자가 흔들리는 것을 보았다. 이유를 알 수 없지만, 그녀는 어떤 예감이 들었다. 그에게 어릴 때의 이름은 특별했다. 그리고 드러내고 싶지 않은 이유도 있는 것 같다.

중요한 것은 그가 자신에게 말해 줬다는 것이다.

오직 자신만 아는 그의 비밀. 고작 이름뿐이라고 해도 상관없었다. 두 사람만 공유하는 비밀이라는 점에 의미가 있었다.

"앞으로는 로건이라고 부를래요. 그래도 되죠?"

오랜만에 불린 이름이 생소하다. 이제 와서 로건 밀라우스로 돌아갈 생각은 없었다. 알시온의 왕자로서 가질 수 있는 어떤 것도 흥미 없었다.

다만, 그는 레바스에 온 이후 계속 정체성의 혼란을 겪고 있었다. 자신을 론이라고 생각하며 살아왔는데 가문의 승계 절차를 거칠 때부터 그의 이름은 여전히 로건이라는 사실을 알게 되었다.

그리고 레온의 거죽을 뒤집어쓰고 있으니 모두 그를 레온이라고 생각했다. 론이 사라져 버렸다. 불리지 않는 이름은 의미가 없었다.

"아델."

"네."

"나는 로건이라는 이름이 싫었어. 그 이름으로 살 때는 불행했으니까."

아마 다른 때라면 이런 속내를 말하지 않았을 것이다. 오늘 그는 평소보다 감상적이었다. 힘들다고 말하고 싶은 날이고 위로해 주겠다는 사람이 앞에 있었다.

"음⋯⋯. 그러면 안 되겠네요. 그 이름이 더 마음에 드는데⋯⋯."

"왜 마음에 들어?"

아델은 고개를 갸웃하다가 대답했다.

"그냥, 어울려요. 레온이라고 부르면 사실은 조금 멀게 느껴져요. 성주님이니까요. 그런데 로건은 성주님의 이름이 아니잖아요."

뭘 알고 하는 말이 아닐 텐데도 론은 아델의 직관력이 흥미로웠다.

"다른 이름도 있어."

론은 불쑥 말했다.

"론. 그 이름으로 살면 행복할 수 있을 것 같았지."

"론……."

"나는 론일까, 레온일까?"

둘 다 모두 네가 아니냐는 대답을 들을 줄 알았다. 그런데 아델의 대답은 예상과 달랐다.

"원하는 쪽이요."

"……응?"

"어느 쪽이 좋아요?"

한 대 얻어맞은 것 같았다. 아무것도 모르는 그녀에게 속이 훤히 보이는 질문을 했다. 어차피 레온이라는 이름은 그의 것이 아니었다. '로건일까, 론일까.' 하고 묻는 것이 제대로 된 질문일 것이다.

그는 로건이었던 자신의 과거를 항상 버리고 싶었다. 그러나 극복한 게 아니었다. 덮어 두고 모른 척했다. 단 한 번도 과거를 정면으로 바라보지 않고 회피만 했다.

「네 잘못이 아니야.」

레온도, 시마도 그에게 말했다.

'그래. 내 잘못이 아니다.'

부모의 불행은 부모의 몫이다. 자식인 그의 탓이 아니었다. 안타깝게 죽어야 했던 많은 사람의 목숨도 그의 책임이 아니다. 그도 피해자였다. 비난받아야 하는 범인은 따로 있었다.

그가 레바스에 와서 얻은 가장 큰 자산은 자신감이었다. 자리가 사람을 만든다. 위에 앉아 군림하는 동안 그는 가슴속에 담겨 있던 무기력과 피해 의식을 떨쳐 냈다.

그리고 아델.

그녀의 눈동자 속에 담긴 자신의 모습이 좋았다. 믿음직스럽고 제대로 된 한 사람이 그 안에 있었다. 그 모습을 정말 자신의 것으로 만들고 싶었다.

'내 영혼에 각인된 이름이 로건이라면 론으로 바꾸기 위해 살아 보자.'

그는 마음속의 방황을 끝냈다. 알시온의 왕자 로건 밀라우스에 대한 작은 미련마저 완전히 버렸다.

처음으로 자신의 욕망에만 충실한 삶을 살아 보려 한다. 갖고 싶으면 가질 것이며 자신과 자신에게 속한 사람을 지키기 위해 가진 힘을 모두 휘두를 것이다.

배은망덕한 인간이 되고자 마음먹었는데 왜 홀가분한 것일까.

아델은 그가 자신을 보며 환하게 웃는 모습에 숨이 턱 막혔다. 큰 짐을 덜어 낸 것처럼 밝은 웃음이었다.

그의 손이 아델의 턱을 쓸면서 얼굴을 감싸 잡았다. 다른 팔이 허리를 감아 끌어당겼다. 아델은 얼어붙은 것처럼 가만히 있었다.

"론."

그가 속삭이듯 말했다. 아델은 따라서 중얼거렸다.

"론……."

"그렇게 불러 줘. 둘이 있을 때만."

"비밀이에요?"

"응. 비밀이야."

"네. 론."

"그러면……."

론은 아델을 안아 들고 소파에서 일어났다. 그는 성큼성큼 걸어서 아델을 집무실의 출입문 앞에 내려놓았다.

"이제 네 방으로 가서 자."

"네?"

뭔가 이게 아니다. 갑자기 전환된 분위기가 못마땅했다. 아델은 항의하고 싶었으나 뭘 따져 물어야 할지 알 수 없었다.

"어서."

그의 미소는 부드러우면서 반론을 허용하지 않겠다는 듯 단호했다.

약간 골이 난 표정으로 아델이 요란하게 문을 열고 나갔다. 잠시 후 론은 숨죽인 한숨을 쉬었다. 위험했다. 그의 무릎 위에 올라앉은 그녀의 체온이 부드럽게 닿는 느낌에 등에서 진땀이 났다.

자신에 대한 신뢰를 이용해서 그녀를 갖기는 쉬울 것이다. 하지만 충동적으로 손대고 싶지 않다. 최소한 보호자의 이미지는 벗고 시작해야 한다. 시작이 잘못되면서 걷잡을 수 없게 어긋나는 예를 곁에서 지켜보았다.

'내 부모가 그러했듯이.'

불안은 집착을 가져오고 결국은 상처가 될 것이다. 그는 소중한 인연을 그런 식으로 망가뜨리고 싶지 않았다.

악몽처럼 잊고 싶었던 부모의 일을 반면교사로 삼아 생각하는 날이 오게 될 줄이야. 그는 문득 웃음이 나왔다.

*　　　*　　　*

문을 두드리는 소리를 듣고 줄리오는 눈을 떴다. 작은 방은 침대 하나와 작은 테이블 하나로 꽉 찼다. 낡았으나 지저분하지는 않았다.

줄리오는 침대에서 내려와 문을 열었다. 어김없이 문 앞에는 맑은 물이 가득 담긴 대야가 있었다.

"이러지 않아도 된다고 해도, 참⋯⋯."

아무리 말해도 소용이 없다. 줄리오는 세숫물을 방 안으로 들였다.

세수를 마치고 계단을 내려오자 중년 남자가 다가와서 허리를 굽실거렸다.

"일어나셨습니까. 마법사님. 아침 식사는 좀 기다리셔야 합니다. 죄송합니다. 금방 준비해서 올리겠습니다."

줄리오는 남자와 눈이 마주친 적이 없었다. 남자가 항상 바닥만 보기 때문이다. 남자는 노예도 아니고 줄리오가 고용한 사람도 아니었다. 줄리오가 남자의 집에 식객으로 머물며 잠자리와 식사를 신세 지고 있는 입장인데도 오히려 남자는 주는 걸 받아 주서서 감사하다는 태도를 보였다.

"아닙니다. 오늘 아침은 됐습니다."

"어이구, 빈속으로 나가시려고요? 그러시면 안 됩니다. 잠시만요."

남자는 기어코 줄리오에게 빵을 들려 보냈다.

거친 곡물의 질감이 느껴지는 담백한 빵을 씹으며 줄리오는 거리를 걸었다. 흙바닥을 밟아 만든 길은 엊그제 내린 비 때문에 질척거렸다. 다닥다닥 붙어 있는 집은 얼기설기 지어서 금방이라도 무너질 것 같았다.

줄리오는 빈민들이 모여 사는 거리를 꽤 가 보았다. 어느 나라건 비슷했다. 지저분한 거리에서는 악취가 나고 누더기를 입은 자들이 구걸했다. 좀 멀쩡한 옷차림을 한 사람이 잘못 들어섰다가는 범죄의 표적이 되기 십상이었다.

그런데 이곳은 달랐다. 사는 모습은 비참해 보여도 거리는 깨끗했다. 지나는 사람들은 눈빛이 맑았다. 그리고 모두 마법사의 로브를 입은 줄리오를 보면 항상 정중하게 고개를 숙였다.

대륙인의 멸시와 저주를 받는 사람들이 살아가는 곳, 이곳은 마인들의 마을이었다.

줄리오가 나타나자 바쁘게 움직이던 자들이 앞다투어 인사했다.

"나오셨습니까, 마법사님."

"오늘은 좀 이르게 나오셨군요. 아침은 드셨습니까?"

줄리오는 그들의 인사를 모두 받으며 화답했다.

"예. 오늘도 수고해 주세요. 아침부터 부지런들 하시네요."

순박한 사람들은 대답해 주는 것만으로도 기뻐했다. 무엇도 받지 않으려 하는 사람들에게 줄리오가 줄 수 있는 것은 친절한 말 한마디 정도였다.

'얼마나 더 걸리려나.'

줄리오는 무너진 건물의 잔해 더미를 응시했다. 사람들이 달라붙어 먼지와 재로 뒤덮인 잔해를 걷어 내고 있었다. 거금을 주고 고용한 인부도 그들보다 부지런히 움직이지는 않을 것이다. 하물며 그들은 보수도 받지 않았다.

노동을 착취하는 게 아니라 준다는데도 그들은 극히 거부했다. 사람들은 자발적으로 시간이 날 때마다 나와서 일을 도왔다. 매일 일하는 사람은 바뀌어도 근 스무 명에 달하는 숫자는 줄어들지 않았다.

'내가 굳이 지켜보지 않아도 알아서 잘할 테니 나처럼 일 없는 감독관도 없겠네.'

줄리오가 현장에 나와 있는 건 일꾼들을 감시하기 위한 것이 아니라 뭔가를 발견하면 빠르게 파악하기 위해서였다.

데보라는 줄리오에게 현장을 맡기고 자리를 비웠다. 마탑으로 갔는지 대륙의 다른 어디로 갔는지 정확히 모른다.

'참 부지런한 분이란 말이야.'

아그릿의 지팡이에서 발견한 좌표를 알아내기 위해서 데보라와 줄리오는 마탑으로 갔다. 좌표의 위치를 찾아왔더니 마인들의 마을이 있었다.

그런데 정확한 좌표의 위치 근방은 도무지 접근할 수 있는 상태가 아니었다. 화재로 무너진 건물의 잔해가 층을 이루어 쌓여 있었다. 아그릿이 남긴 유산을 찾기 위해서는 그것들을 치워야 했다.

마법으로 싹 처리하면 차라리 간단했지만, 그랬다가는 아그릿의 유산까지 날아가 버릴지 모른다. 섬세한 발굴 작업은 사람의 손이 필요했다.

처음에는 외부에서 일꾼을 고용하려 했다. 그러나 모두 마을에 들어오기를 거부했다.

촌장이 사정을 듣고 오히려 돕겠다고 나섰다.

「그런 일로 사람을 구하려 하십니까. 아무 걱정 말고 저희에게 맡겨 주십시오.」

그 후 발굴 작업은 순조롭게 진행 중이었다.

오래전, 거대한 화마가 마을을 덮쳤다. 나무로 지은 집은 순식간에 불길에 휩싸였고 집과 집으로 옮겨 붙었다. 마을을 가로지르는 길이 경계가 되어 주지 않았다면 마을이 사라졌을 것이다. 엄청난 사람들이 그때 죽었다.

하란의 마법사들은 비극적인 사고에 관심을 보였다. 마인들의 비참한 삶을 목도하고 슬퍼했으며 분노했다. 마법사들은 구조 활동에 앞장섰다. 더 나아가 마인들을 짓누르는 오래된 낙인을 제거하는 작업도 시작했다.

'대현자님이 오시면 레바스 성에 다녀와야지.'

론이 맡긴 반지에 대한 조사는 순조로웠다. 확실히 지팡이를 만들었던 경험이 도움이 되었다. 마지막으로 한두 가지만 확인하면 되는데 그건 실험이 필요했다.

'레바스 성에는 꼬마 아가씨의 연구실이 있지. 그걸 잠깐 빌리면 되겠어.'

줄리오는 낯선 남자를 달고 오는 촌장을 바라보았다. 조금 멀리 남자를 세워 두고 촌장이 줄리오에게 와서 말했다.

"마법사님. 외지인이 들어왔는데 마법사님을 뵙자고 합니다."

"저 사람인가요?"

"예. 내키지 않으시면 돌려보내겠습니다."

"그럴 건 없습니다. 만나 보지요."

촌장이 남자에게 가서 얘기를 하자 남자가 줄리오에게 다가왔다. 붉은 갈색 머리의 남자는 서글서글하게 웃으며 인사했다.

"방해가 되었다면 죄송합니다. 현자님."

'마법사님'이 아니라 '현자'라는 정확한 호칭, 마법사를 어려워하지 않는 태도. 남자는 대륙인이 아니었다. 하긴, 대륙인은 저주받을까 봐 마인의 마을 근처는 얼씬도 하지 않았다.

"하란에서 오셨나 봅니다."

"예. 에릭입니다."

"혹시 대현자님께서 보내셨나요?"

"다른 일입니다만, 기다리는 분이 계셨다면 실망을 드렸군요."

"그런 건 아닙니다. 줄리오입니다. 무슨 일인가요?"

에릭이 '혹시…….' 하면서 주변에 듣는 사람이 없는 것을 확인하고 목소리를 낮추었다.

"동부의 레바스에 다녀오신 적이 있으신지요."

줄리오도 덩달아 속삭였다.

"다녀왔다면 문제가 되나요?"

"그럴 리가요. 제가 아는 분과 동명이인은 아닌지 확인한 겁니다. 청탑의 현자 줄리오 님이 두 분이 아니라면 말입니다."

"청탑에 줄리오는 저 혼자이니 제가 맞을 겁니다. 근데 절 알아요?"

"루터 바실이 제 아버지 되십니다. 레바스와 계약서를 쓰셨다지요."

"아……. 그런데 왜 이렇게 조심히 이야기하죠?"

"대개 마법사들은 계약서를 쓴 사실이 드러나지 않기를 원하기 때문이지요."

그들은 계속 비밀 모의라도 하는 것처럼 고개를 맞대고 속삭이고 있었다.

"그럼 상관없군요. 전 숨길 생각이 없으니까요."

줄리오가 허리를 펴며 일상적인 목소리로 말했다.

"그러시다면야. 다시 인사드리겠습니다. 에릭 바실입니다."

에릭의 목소리도 다시 커졌다.

두 사람은 장소를 옮겼다. 마을의 공터에 쉼터가 있었다. 노목 아래에 그루터기를 깎아 만든 의자 몇 개를 두고 주로 노인들이 이용했다. 이 시간에는 아무도 없어서 조용히 이야기를 나누기에 좋았다.

"사람을 조사하다가 그 사람이 이곳 출신이라는 의혹이 있어서 알아보려고 왔습니다."

에릭은 말콤의 뒷조사를 시작했다. 거상 그랜트 상단주는 가진 부만큼 적이 많았다. 둘러싼 음해성 소문이 끝이 없었다. 그걸 모두 추적해서 진위 여부를 가리는 일은 불가능했다.

우연히 말콤이 마인이었다는 뜬소문을 들었을 때는 싸하게 느낌이 왔다. 대륙에서 마인의 위치는 아주 비참했다. 정말 말콤이 마인이라면 상단이 와해될 만큼의 타격이 될 것이다. 치명적인 약점을 잡을 수 있을 것 같았다.

"이 마을 출신이라는 게 문제가 됩니까?"

줄리오의 탐탁지 않은 반응을 에릭은 빠르게 알아차렸다.

"출신이 아니라 사람 자체가 문제입니다."

"……그래요? 뭐 하는 사람인가요?"

"상인입니다. 그랜트 상단의 주인으로 대륙에서는 유명인이라고 들었습니다."

"그랜트 상단이면 모르는 사람이 거의 없죠."

"성주님께서 그자에 대해 알아보기를 원하십니다. 관심이 많으시지요."

'용병대의 죽음에 대해 조사 중인 건가?'

줄리오는 잠시 생각하다가 고개를 끄덕였다. 그런 일이라면 적극 도와줄 의사가 있었다.

"뭘 해 주면 됩니까?"

"제가 이것저것 묻고 다닐 겁니다. 제게 숨기는 것 없이 말해 주라고 사람들에게 한 말씀만 해 주시면 됩니다."

"그것만요?"

"충분합니다. 여기서 하란의 마법사들은 숭배의 대상이니까요."

줄리오는 멋쩍게 웃었다. 단지 마법사라는 이유만으로 이곳에서 영웅 취급을 받고 있다. 딱히 그들을 위해 한 일도 없는데 후한 대접을 받아 면구스러웠다.

대화가 잠시 끊겼다. 에릭은 텅 빈 거리를 보며 중얼거렸다.

"사람이 없군요."

"다들 일하러 갔겠지요."

"여긴 처음 왔습니다만, 생각과 다른 곳 같습니다."

"저도 그랬어요. 왜 대륙 사람들은 이곳을 증오하는지 모르겠네요."

"증오가 아니라 두려움일지도 모르지요."

줄리오가 에릭을 응시했다.

"두려워한다고요?"

"여기 오기 전에 조사를 좀 했습니다. 왜 대륙인이 마인이라면 끔찍해하는지 말이죠. 무슨 일이든 이유가 있기 마련이니까요."

줄리오는 고개를 끄덕였다. 어릴 때부터 계속 주변인이 하는 말을 듣기만 해서 당연하게 생각했다. 이유는 캐 보려고 하지 않았다.

"마인에 대한 핍박은 정말 아득히 오래전부터 계속되었습니다. 나름대로 제가 정리해서 추측한 바에 따르면 이곳은 흑마법의 발상지입니다."

"예?"

줄리오가 버럭 소리쳤다. 흑마법의 흔적을 좇는다는 데보라의 이야기를 얼마 전에 들었다. 흑마법이라는 말에 민감할 수밖에 없었다.

"그래서요?"

에릭은 입을 다물었다. 줄리오가 몇 번 재촉하자 마지못해 말했다.

"제가 지어낸 이야기입니다."

"뭐요?"

"사람의 상상력은 어디로 튈지 알 수 없는 거니까요. 시답지 않은 이야기인데 들으실 겁니까?"

에릭은 지금 안전장치를 걸었다. 언제든 이건 소설이라고 발 뺄 여지를 남긴 것이다. 줄리오는 에릭의 의도를 이해했다.

"들읍시다. 그 시답지 않은 이야기."

에릭은 가볍게 웃더니 질문을 던졌다.

"대륙에서 왜 마법의 맥이 끊겼는지 아십니까?"

"흑마법 때문이죠."

아득히 오래전, 흑마법에서 비롯된 흑사병으로 인류의 8할이 죽었다고 전해진다. 살아남은 자들이 힘을 모아 가까스로 사악한 흑마법사들을 몰아냈다.

사람들의 마법에 대한 공포는 극에 달했다. 흑마법사가 아닌 마법사들도 많은 죽임을 당했다. 마법은 무조건 사악한 힘이라는 인식이 널리 퍼지며 살아남은 마법사들은 음지로 숨었다.

오랜 세월이 지나고 하나둘 나타난 마법사들은 고작 눈속임 수준의 마법만 구사할 수 있었다. 대륙에서 마법사란 잡기로 수작을 부리는 자로 전락했다.

"전 솔직히 흑마법이 흑사병을 일으켰다는 말을 믿지 않습니다. 그건 그냥 지독한 전염병이었을 겁니다. 아, 말씀드렸지만 이건……."

"압니다. 알아요. 듣고 잊어버릴 테니까 그냥 말해요."

"역사는 승자의 기록입니다. 마법사는 패자였습니다. 승자에 의해 진실이 왜곡된 겁니다."

에릭은 '시답지 않은 이야기'를 시작했다.

고대의 마법사는 강력한 힘을 가졌다. 그러나 소수였다.

다수의 보통 사람들, 특히 왕이나 귀족은 처음에 마법사를 이용했다. 그들의 힘을 빌려 정적을 제거하고 전쟁을 했다.

그런데 시간이 지날수록 불안해졌다. 개에게 목줄을 채웠다고 생각했는데 그들이 언제든 줄을 끊을 수 있다는 걸 알게 되었다.

권력자들은 마법사를 완전히 복속시키든지 아니면 말살해야겠다고 결심했다. 그리고 마법사와 권력자 간에 사활을 건 전쟁이 벌어졌다.

마법사는 패배했다. 전부가 아니면 전무. 패자는 무엇도 갖지 못하는 싸움이었다.

권력자들은 마법사들을 모조리 죽이고 싶었을 것이다. 그러나 그럴 수 없었다. 애초에 전쟁은 마법사 대 인간의 대결이 아니었다. 마법사 대 권력자와 손잡은 마법사의 싸움이었다.

승자들은 패배한 마법사들을 끌고 와서 한군데에 몰아 두었다. 패자들을 감시하는 역할은 승자와 손잡은 마법사가 맡았다. 권력자의 입장에서는 패자들을 살려 주어 관대한 척 생색내고 마법사들끼리 증오하게 만들 수 있으니 손해날 것이 없었다.

권력자들에게 붙었던 마법사들은 한때는 권력을 누렸지만,

곧 버려졌다. 어쨌든 그들은 마법사였다. 권력자들은 마법사라는 존재 자체를 없애고 싶었다.

"패자들의 유배지가 이곳입니다. 마인. 마법사를 다르게 호칭했다고 볼 수 있지 않습니까?"

줄리오는 감탄했다. 그럴듯한 상상력이었다.

"흑마법의 발상지라는 건……."

"승자들이 패자들에게 굴레를 씌운 거죠. 그런데 고대의 손꼽히는 마법사들이 모두 모였으니 그들 중 누군가는 흑마법사였겠지요. 발상지라는 말이 아예 틀리지는 않습니다. 어쨌든 그들은 마인이라는 죄인으로 낙인찍혀 감시 속에서 살아갑니다."

줄리오는 할머니가 들려주는 옛이야기에 귀 기울이는 아이처럼 흥미진진한 표정으로 집중했다.

"마인들은 숨을 죽이며 참았습니다. 그들은 우리에 갇히고 사슬에 묶인 맹수들이었습니다. 기회를 엿보다가 터집니다."

에릭은 입으로 '펑' 하고 효과음을 냈다.

"대마법사 하란의 등장입니다."

줄리오는 짧게 아, 하고 탄식했다. 하란이 마인이었더라는 말을 들은 적이 있었다. 그저 수많은 풍문 중 하나라고 생각했는데 앞뒤가 맞았다.

"대마법사 하란이 건국 전에 대륙에서 어떤 삶을 살았는지는 전혀 알려지지 않았습니다. 저는 하란이 복수 대신 미래를 새로 만드는 길을 택했다고 생각합니다. 핍박받던 마인들과 당시의 권력자들에게 핍박받던 사람들을 이끌고 나라를 세웠습니다."

"그럼 지금 여기 살고 있는 마인들은요?"

"하란이라고 모든 마인들의 지지를 받지는 못했을 겁니다. 하란을 따르지 않고 남겠다고 결정한 자들도 있지 않았을까요? 마인의 상당수는 오랜 세월 감시 속에 살면서 마법을 거의 잃고 일반인과 다름없이 되었을 겁니다. 오히려 보통 사람이 된 마인은 마법사가 된 마인들에게서 거리감을 느꼈겠지요."

에릭은 처음에는 조심스러웠다가 진지하게 들어주는 사람을 앞에 두고 점점 자신이 만든 가설을 늘어놓는 일에 심취했다.

당시 대륙의 권력자들은 대마법사 하란이 몹시 괘씸했을 것이다.

감히 버려진 주제에 나라를 세우고 왕이 되다니.

그리고 두려웠을 것이다.

혹시 복수한다고 나를 끌어내리면 어쩌지?

권력자들은 걱정으로 잠 못 이루며 남은 마인들을 더 핍박하고 괴롭혔다. 더 철저하게 마인들을 인간 취급하지 않았다.

옛 마법사의 후손에 불과한 힘없는 자들을 전 대륙이 똘똘 뭉쳐 밟았다. 그들의 학대는 혐오로 변하고 지워지지 않는 낙인이 되었다.

"하란에게 보여 주는 경고였을 겁니다. 마인들을 인질로 내세울 작정이었을 수도 있지요. 그런데 하란은 건국 후 국경을 봉쇄했습니다. 다시 교류를 시작하기 전까지 철저하게 폐쇄적이었어요. 대륙과 모든 것을 단절하겠다는 것처럼. 대륙에 남은 마인들을 버린 겁니다."

"……버렸다고 할 것까지는."

왠지 억울해서 줄리오는 항변했다. 아직 대륙인이라는 정체성이 더 강해서 대마법사 하란에 대한 깊은 존경심은 없었다. 그래도 에릭이 말하는 이야기 속에서 하란의 삶이 얼마나 치열했을지 눈앞에 그려졌다.

에릭은 씨익 웃으면서 손가락으로 제 머리를 툭툭 쳤다.

"이야기라니까요."

에릭은 마법사도, 대륙인도 아니었다. 외부인으로서 객관적인 시선으로 마인에 관심을 갖고 구체적인 조사를 한 최초의 인물이었다. 그래서 누구도 생각지 못한 새로운 발상을 했다.

줄리오는 뒷머리를 긁적였다.

"재밌네요."

"재밌으셨다니 다행입니다. 비루한 이야기라 빈틈이 많습니다. 해결 못 한 의문도 있고요."

"어떤 의문이요?"

"왜 하란은 대륙을 지배하지 않았을까요?"

에릭은 오래전부터 궁금했다. 누구도, 어떤 책도 답을 주지 않았다. 대마법사 하란은 성자가 아니었다. 사람을 모아 나라를 세웠다는 것 자체가 그의 야심찬 성품을 보여 준다.

그렇다면 하란은 인간이었는지 의심스러울 정도로 강력했다던 힘을 왜 휘두르지 않았을까.

*   *   *

문에서 사선 방향으로 배치된 책상 앞에 푸른 머리카락의 청년이 앉아 있었다. 사무관 버나드 몬트는 책상에서 두어 걸음 물러선 채 잠시 기다렸다.

서류를 읽던 젊은 성주의 미간에 잠시 주름이 생겼다가 사라졌다. 그걸 보며 버나드는 생각했다.

'빨간색? 아니면 파란색?'

조마조마한 심정으로 성주의 오른손을 주시했다. 책상의 오른편에는 두 자루의 펜이 놓여 있었다. 성주의 오른손이 붉은 펜을 집어 든 순간 버나드는 속으로 신음했다. 부디 성주의 손에 잡힌 저 문서가 자신과는 상관없는 것이기를 바랐다.

성주는 가차 없이 읽던 서류에 붉은 줄을 죽죽 긋더니 아래에 두어 줄을 적었다. 그리고 검토를 마친 서류의 더미 위에 올렸다.

"무슨 일이지? 오늘 보고할 일이 있었던가?"

성주의 무감한 보라색 눈동자가 자신에게 와 닿자 버나드는 긴장했다. 들고 있던 문서를 책상 위에 올리고 다시 뒤로 물러섰다.

"반려된 기획안입니다. 보완해서 다시 가져왔습니다."

문서가 성주의 손에 잡히고 페이지가 넘어가는 소리가 간헐적으로 들려오는 동안 버나드는 순간이 영원 같다는 표현을 실감하고 있었다.

"이건 내가 두 번을 돌려보냈군."

"그렇습니다."

"이번이 마지막이라는 건 알고 있겠지?"

두 번의 기회를 준다. 그러나 세 번째는 없었다.

"예. 알고 있습니다."

버나드의 목울대가 꿀꺽 넘어갔다. 그는 자신보다 어린 성주 앞에 설 때마다 긴장했다.

버나드는 몬트 수장의 아들이자 후계자였다. 몬트 수장은 몇 년 안에 은퇴할 계획이라고 아들에게 말했다. 그는 어머니의 일을 조금씩 넘겨받으면서 부쩍 성주의 집무실에 드나드는 횟수가 늘었다.

'그게 고작 작년의 일이라니.'

유일한 후계자 파울의 갑작스러운 죽음과 성주의 의식불명. 레바스 대가문이 끝이 나는 줄 알았다.

버나드는 집무실에 들어올 때마다 그때 느꼈던 뒤숭숭한 혼란과 지금의 안정을 비교하게 되었다.

사람들은 대부분 새 주인을 우려의 시선으로 보았다. 용병으로 살았더라는 성주의 과거는 비밀 아닌 비밀이었다. 그런 밑바닥 삶에서 보고 배운 것이 제대로 있겠느냐는 시선이 팽배했다.

오랜 세월 시행착오를 겪으며 축적한 대가문의 시스템은 성주의 자리가 비어도 큰 차질 없이 돌아갈 수 있도록 안정적이었다. 전대 성주 시마는 가문의 시스템에 순응하는 지배자였다. 도전보다 안정을 꾀했다.

수십 년 동안 그런 방식에 익숙하게 살아온 사람들은 젊은 주인이 젊은 혈기로 자신의 권력을 확인하겠다며 괜한 패악을 부릴까 봐 걱정했다. 차라리 유흥에 빠져 방탕하게 노는 편이 낫다고 말하는 사람도 있었다.

그러나 새 주인은 빠르게 진가를 드러냈다. 반년 만에 적응을 끝마치고 대회의를 통해 케일리 가문을 일곱 가문에서 축출하는 일까지 큰 잡음 없이 이루어내어 모두를 놀라게 했다.

얼마 전부터는 방관하는 관리자의 역할만 하던 성주의 태도가 미묘하게 달라졌다. 성주가 적극적으로 일을 벌이기 시작하니 젊은 관리들이 특히 반겼다. 늘어난 일거리에 비명을 지르면서도 흥이 나는 기색이 확연했다.

"좋군."

버나드는 안도의 숨을 내쉬었다.

"하지만 책정한 예산에는 문제가 있어. 이 정도를 투자할 가치가 있나?"

"위험이 있는 만큼 얻을 수 있는 보상도 크다고 생각합니다."

론은 이미 살펴본 서류의 페이지를 처음부터 느긋하게 넘겼다.

"모험을 하겠다?"

잠시 더 생각하던 론이 말했다.

"해 봐. 예산은 몬트 수장의 결재를 받아 진행하고."

"성주님께서 승인해 주시면 되는데 굳이⋯⋯."

기뻐하던 버나드는 울상을 지었다.

"몬트 수장이 예산에 관해서는 까다롭거든."

버나드의 어깨가 축 처졌다. 왜 모르겠는가. 아들의 일이라고 술렁술렁 넘어가 줄 분이 아니었다. 버나드가 나가는 것과 동시에 하인이 우편물을 가지고 들어왔다. 우편물을 건네받은 제드가 초대장은 차곡차곡 바구니에 담아 소파 테이블 위에 올려 두고 봉인된 두 개의 봉투만 책상에 올렸다.

밀랍으로 봉인된 봉투를 확인한 론이 펜을 놓았다.

"한 시간. 방해받지 않겠다."

그에 제드가 대답하고 물러갔다. 밀봉된 우편물이 도착할 때마다 성주는 항상 주변을 물렸다.

론은 서랍을 열어서 인장을 꺼내 봉투를 봉인한 밀랍 위를 찍었다. 펑, 하며 공기주머니가 터지는 소리가 났다. 봉투는 마법 처리를 해서 주인이 아닌 자가 강제로 개봉하려고 하면 내용물이 폐기되는 안전장치가 작동했다.

그는 첫 번째 봉투 속에서 서류를 꺼내 읽었다.

―미튼 백작은 지금 문제를 겪고 있습니다. 동업을 제안한 사업에 크게 흥미를 보였습니다. 백작은 땅 몇 군데를 팔기 위해 내놓았는데 그중 한 곳을 매입해서 호감을

사려고 합니다. 상당한 비용이 들어가는 일이라 허락을
구합니다.

사울 왕국의 미튼 백작령에 심어 놓은 자가 보낸 보고서였다.
에릭은 론이 요구한 조건에 맞는 조사원을 보내 주었다. 론을 찾
아온 후덕한 인상의 중년 남자는 에릭이 자신의 주인이 아니라
고 딱 잘라 말했다.

「의뢰받은 일을 처리하는 동안에는 의뢰주께서 주인이
십니다.」

물론 말로만 보장하는 것으로 끝내지 않고 마법사를 공증인
으로 세워서 계약서를 작성했다.
론은 계약으로 신뢰 관계를 만들 수 있다는 게 신기했다. 하
란에서는 사기 범죄가 일어나지 않겠다고 말했더니 루터가 대답
했다.

「위법은 거의 없으나 법의 빈틈을 이용하는 치밀한 수법
은 기상천외합니다. 성주님께서도 조심하셔야 합니다. 계
약서를 작성할 때는 반드시 두세 번 검토하십시오.」

론은 루터의 조언을 허술히 듣지 않았다. 계약서 작성 시 반드

시 법적 자문을 구했다.

하지만 조사원 톰과의 계약서는 누구에게도 보이지 않았다. 혼자 알고 혼자 처리하고 싶었다.

조사원 톰은 성공해서 고향으로 돌아온 상인이 되어 자연스럽게 백작령에 스며들었다. 정착하기 위해 집을 마련한다는 구실 덕분에 이곳저곳 기웃거려도 의심을 사지 않았다. 톰은 보고 들은 백작령의 사정을 몇 번 서신으로 보냈다.

톰이 맡은 임무의 최종 목표는 미튼 백작과 비밀을 공유할 수 있는 가까운 관계가 되는 것이다. 미튼 백작령에서 벌어진 용병들의 떼죽음에 관한 진실을 알아낼 수 있을 정도로.

'수완이 좋아.'

짧은 기간 안에 벌써 백작과 사업을 논할 관계가 되었다.

'차 교역권을 잃고 나서 백작은 곤란을 겪고 있다. 베르토 왕자가 합당한 대가를 주지 않은 건가?'

사람이 다급해지면 빈틈이 생긴다. 톰이 미튼 백작에게 쉽게 접근할 수 있었던 데에는 그런 배경도 있을 것이다.

'이유는 모르겠지만, 베르토 왕자와 미튼 백작 사이에 틈이 생겼어.'

이 기회를 이용해야 한다. 그들은 혈연으로 묶인 데다가 대등한 관계가 아니라 아예 사이가 틀어지지는 않을 것이다.

현재 베르토 왕자는 마약 '희락'을 이용해서 돈 버는 방법을 찾느라 다른 데 눈 돌릴 틈이 없었다. 믿을 만한 사람에게만 유통을 시작했고 귀족 사회에서 희락은 마른 짚에 놓인 불처럼 번지고 있었다.

그건 베르토가 예상한 것보다, 희락을 건네준 말콤이 예상한 것보다도 훨씬 빠르고 폭발적인 반응이었다.

아직은 은밀한 움직임이라서 아는 자가 적었다. 지금 당장 론이 알 수 있는 정보는 아니었다. 다만, 베르토가 외숙을 방치한 덕분에 틈이 생겼다.

―백작의 성에 식객이 있는데 하란에서 왔다고 합니다. 알아보니까 전에 꽤 자주 왔다고 했습니다. 백작에게 투자를 제안하러 왔다는데 선수를 빼앗길까 봐 저를 경계하는 눈치였습니다. 멀론 브로디라는 자입니다. 정확한 신분을 알아보려고 합니다.

생각지 못한 이름이 나왔다.

'왜 거기 가 있는 거지?'

멀론이 대륙으로 나갔다는 건 알고 있었다. 멀론의 곁에 붙여 둔 사람이 가끔 관찰 보고서를 보냈다. 딱히 눈에 띄는 건 없었다. 성에서 쫓겨난 이후 멀론과 교류하는 사람이 확 줄었다.

시마의 유언장을 공개한 날 이후 멀론을 보지 못했다. 성에 찾아온 적도 없었다. 딸 스텔라가 아델을 보겠다며 왔을 뿐이었다.

멀론은 욕심에 비해 가진 게 너무 없었다. 성주의 시동생이 아닌 멀론 브로디의 가치는 형편없었다. 경계할 필요가 없었다.

그래서 멀론이 하란을 떠날 때 굳이 사람을 붙이지 않았다.

'도박에 취미가 있어서 전에 종종 대륙에 나갔다고 들었는데 미튼 백작을 만나러 간 거였나?'

수도면 모를까 지방의 백작령에 귀족이 드나드는 도박장이 있을 리가 없었다.

'도박하러 간 게 아니었어. 미튼 백작령에 뭐가 있었기에?'

멀론은 거짓 핑계를 대고 대륙을 정기적으로 다녀왔다. 남들에게 드러낼 수 없는 짓을 했을 것이다. 그리고 미튼 백작은 조력자이거나 최소한 방관자 역할을 했다.

'파 보면 생각지 못한 걸 건질 수도 있겠군.'

과거에는 무슨 목적이었는지 몰라도 지금 백작령에 머무는 목적이 무엇인지 알 만했다. 백작에게 투자를 제안했다고 하니 아무래도 사기를 치려는 모양이다. 현재 멀론은 누군가의 투자를 받을 상황이 아니니까.

론의 입술이 삐뚜로 기울었다.

'그자의 사기 행각이 성공해도 좋고 실패해도 좋지.'

성공하면 미튼 백작에게 타격을 줄 것이고 만약 멀론이 레바스의 이름을 팔면 족보에서 이름을 삭제할 명분이 될 것이다.

론은 빈 종이를 펼쳐서 답장으로 보낼 서신을 작성했다.

요청한 비용을 승인하고 멀론 브로디의 신분 내역을 간략히 적었다. 멀론이 미튼 백작과 친분을 갖게 된 경위를 알아보라고 덧붙였다.

　—그자는 성격이 급하고 생각이 얕다. 신중한 접근보
　다는 자극하는 편이 낫다. 멀론이 숨기고 있는 비밀을 아
　는 것처럼 운을 떼면 스스로 단서를 흘릴 것이다.

멀론을 어떻게 다룰지 조언을 적어 넣으며 서신을 마무리했다.

론은 봉인된 두 번째 봉투를 열었다. 차갑게 굳어 있던 론의 표정이 누그러졌다. 누군가 곁에서 그를 지켜보았다면 느낄 수 있는 확연한 변화였다.

아델에게 친인척이 있는지 알아보기 위해 대륙으로 보낸 조사원의 보고서였다. 내용을 보자마자 론이 떠올린 사람은 아델이었다. 그것만으로도 그는 기분이 나아졌다.

이번이 두 번째로 받은 보고서였다. 조사원이 보낸 첫 보고서는 내용이 간략했다.

　—이미 마을은 사람이 살지 않은 지 꽤 되어 폐허에 가
　까웠습니다. 살해당한 시체들을 발견했으나 주민이 아니
　었습니다. 최근에 지나가다 우연히 마을에 들른 용병들끼
　리 죽고 죽이는 싸움을 벌인 것 같았습니다. 마을에 거주

했다가 떠난 사람들의 자취를 따라 조사를 계속하겠습니
다.

그리고 오늘 받은 보고서는 좀 더 분량이 많았다. 조사원은
사람을 찾는 일에 능한 자였다. 산속 깊이 숨어 살다가 다시 떠
난 사람을 용케 찾아내 만났다.

　—여자는 산속의 마을에서 몇 년을 살았지만, 마을이
　와해되기 전에 나왔다고 했습니다. 그래서 마법사들이 마
　을을 찾아온 일도, 당시의 '사건'도 알지 못했습니다.
　　다만, 정신이 온전치 못한 여자와 어린 딸은 또렷이 기
　억했습니다.

보고서를 모두 읽은 론은 기분이 착잡했다.
'아델의 친어머니가 아니었다니.'
조사원이 만난 여자는 아델의 어머니, 젬과 잘 아는 사이였다.
여자는 젬과 어릴 때 함께 자란 동무라고 했다. 젬은 남편과 딸
을 잃고 정신이 이상해졌다고 한다. 여자가 친구의 어린 딸 시체
를 직접 묻어 주었다고 했으니 잘못된 기억은 아닐 것이다.
밤마다 울며 산속을 헤매는 젬을 보고 저러다 어디서 발이라
도 헛디디면 죽겠다고 마을 사람들은 혀를 찼다. 그러나 다들 제
코가 석 자라 남을 챙길 여유가 없었다.

그런데 젬이 어느 날 아이를 데려왔다. 아이에게 죽은 딸의 이름을 붙이고 죽은 남편의 성을 붙였다. 젬은 아이가 자신의 친딸이라고 철석같이 믿었다.

여자가 젬이 끌어안고 있는 여자아이를 처음 봤을 때는 예닐곱 살 정도였는데 누군가가 어제는 갓난아이였던 모습을 봤다고 해서 마을에서는 그 문제로 술렁거렸다.

그런데 마을 사람들의 관심은 곧 시들해졌다. 당장 먹고 사는 문제로 골머리를 앓았다. 아이가 누구건 간에 군입이 하나 더 늘었다는 사실에만 혀를 찼다.

젬이 아이와 함께 살면서는 오밤중에 돌아다니는 짓을 하지 않자 다들 차라리 잘되었다고 생각했다. 그리고 아이가 너무 예뻐서 함부로 입을 대기도 조심스러웠다.

사람들은 금방 아이의 존재를 받아들였다. 남의 집 애의 성장 과정에 무심했던 마을 사람들이 아이가 자라지 않는다는 걸 알아차렸을 때는 수년이 지난 후였다.

보고서 속에 아델에 대한 묘한 정보가 있었으나 론은 관심을 두지 않았다. 아델이 평범하지 않다는 건 어차피 알고 있었다.

'아델에게 뭐라고 하지.'

가슴이 답답해졌다. 친인척을 찾기는커녕 어머니조차 진짜가 아니었다.

한편으로 그는 안심했다. 마음속 깊이 기뻐했다. 아델은 혼자였다. 곁에 아무도 없다. 자신 외에는.

아델의 혈육을 찾기 위한 조사였으니 더 얻을 것이 없는 이상 이쯤에서 마무리해도 될 것이다. 그런데 조사원이 보낸 내용 중에 신경 쓰이는 부분이 있었다.

—몇 개월 전에 여자를 찾아와서 같은 질문을 한 자들이 있었다고 했습니다. 그 마을에 대해 이것저것 묻고 자라지 않는 아이에 대해 캐물었다고 합니다.

여자는 그들의 질문에 답하지 않았다. 마을에서 잠시 살았다가 금방 나와서 모르는 일이라고 거짓말을 했다. 조사원이 왜 그랬냐고 하니까 여자는 대답했다.

「다짜고짜 물어볼 게 있다며 주머니를 던지는데 안에 누런 금화가 보이지 않겠수. 내가 이날 입때까지 살면서 깨우친 게 세상에 공짜는 없다는 것이지유.」

여자는 지혜로웠다. 금붙이에 욕심을 냈다면 과연 여자가 무사했을지 모르는 일이다. 하다못해 재물에 눈이 먼 이웃에게 해코지를 당했을 수도 있었다.

'아델을 찾는 건가? 누가?'

한참 생각해도 짐작 가는 곳이 없었다. 론은 답장으로 보낼 서신을 썼다. 아델에 대해 물은 그들이 누구인지 알아보라고 지시했다.

—산마을에서 살았던 다른 사람도 수소문해서 같은 질
문을 하는 자들이 찾아왔는지, 찾아왔다면 어떤 질문을
했고 어떤 대답을 했는지 알아보도록. 조사를 위한 비용
은 아끼지 말 것.

론은 두 통의 봉투를 봉인했다. 제드를 불러서 봉투를 건넸다.

"즉시 발송해."

"예. 조금 전에 아가씨의 하녀가 다녀갔습니다."

"무슨, 아……. 출발 시간이 되었나?"

"예."

론은 집무실에서 나왔다. 아델의 방으로 가는 복도에서 두 사
람은 마주쳤다. 아델은 론을 보자마자 사르르 웃으며 쪼르르 그
의 앞으로 다가왔다.

"집무실에 먼저 들르려고 했어요."

론은 자신도 모르게 올라갈 뻔한 손에 힘을 주어 주먹을 쥐었
다. 곱게 빗어 보석이 박힌 핀으로 단정히 고정한 머리는 손대면
금방 망가질 것이다.

"데려다주지 않아도 괜찮겠어?"

"그럼요."

론은 집사에게 물었다.

"마차는?"

"대기하고 있습니다."

"기사들도?"

"예. 준비는 모두 끝났습니다."

두 사람은 나란히 복도를 걸어갔다. 아델은 첫 외출이 설레어서 아침부터 흥분이 가라앉지 않았다. 라미아가 주고 간 초대장의 날짜가 오늘이었다.

아델은 오늘 모든 것이 처음이었다. 혼자 외출하는 것이 처음이고 친구의 초대를 받은 것도, 초대에 응해서 모임에 참석하는 것도 처음이라 잔뜩 신이 났다.

1층 홀에서 정원으로 나가는 출입구 앞에 두 대의 마차가 기다리고 있었다. 론과 아델이 나오자 마차 곁에서 대기해 있던 자들이 고개를 숙였다.

하인들이 두 대 중 한 대의 마차 문을 열고 아래에 발받침 계단을 깔았다. 아델은 론의 손을 잡고 계단을 밟아 마차 안으로 들어갔다. 론이 열린 문 안으로 상체만 들이밀며 물었다.

"정말 데려다주지 않아도 돼?"

"괜찮아요."

"가다가 도중에 무슨 일이 있어도 절대 마차에서 내리지 마."

"네."

"만일의 경우에는 기사들의 말에 따르고."

"알았다니까요."

아델이 인상을 찡그렸다.

"내가 무슨 사고 칠까 봐 그렇게 걱정돼요? 왜 이렇게 못 믿어요."

투덜거리던 아델은 갑자기 그의 손이 다가오자 움찔했다. 그의 손가락이 주름이 잡힌 아델의 콧잔등을 눌렀다.

"습관 된다. 안 좋은 버릇이야."

"론이 날 화나게만 하지 않으면 돼요."

"하여간, 한마디도 안 지지."

뒤늦은 반항기라도 온 것인가. 착하게 '네, 네.' 했던 아델은 이제 없었다. 기분이 상하면 상했다는 표시를 잔뜩 드러내고 톡 쏘아붙이며 대꾸하는 일이 부쩍 늘었다. 그런데 그게 귀여워서 미칠 지경이라, 론은 요즘 자신의 머릿속이 이상해진 것 같다고 생각했다.

"재미있게 놀다 와."

부드럽게 웃는 그를 보면서 아델은 얼굴이 화끈 달아올랐다. 그와 대화하다 보면 가끔 창피했다. 어린애처럼 투정부리는 자신을 그는 어른스럽게 받아 주고 양보했다.

"론."

그는 아직 아델로부터 이름이 불리면 기분이 이상했다.

아델은 '론'이라는 이름이 상당히 마음에 들었는지 한 번의 실수로도 '레온'이라고 부르지 않았다.

아델은 그에게 손을 마구 파닥거리며 손짓했다. 론은 마차 안쪽으로 몸을 더 들이밀면서 상체를 숙였다. 아델이 마차 천장에 머리를 부딪치지 않을 만큼만 살짝 일어나서 두 팔로 그의 목을 꼭 안았다가 놓았다.

"말썽부리지 않을게요. 걱정할 일 없게 할게요. 다녀올게요."

론의 눈이 가늘어졌다. 속도 모르고 아델은 그를 보며 생글생글 웃었다. 언제나처럼 천진하고 맑은 미소였다.

믿어 주는 건 고마웠다. 그거와는 별개로 남자를 조심해야 한다고 가르쳐 주고 싶었다. 그리고 조심해야 하는 남자의 범위에 자신도 포함된다고 말해 주고 싶었다.

아델은 그의 얼굴이 바짝 다가오자 놀란 숨을 들이켰다. 바로 눈앞에 보라색 눈동자가 있었다. 숨결까지 느껴질 정도로 가까웠다. 그녀의 확장된 동공이 흔들렸다.

"눈……."

"눈?"

"가까이서 보니까…… 할머니 생각이 나요."

론은 허탈하게 웃었다. 그리고 뒤로 물러났다.

"잘 다녀와."

그가 마차 밖으로 몸을 빼내고 잠시 후에 문이 닫혔다.

론은 다른 마차 앞에 대기한 기사들에게 다가갔다. 총 네 명의 기사가 오늘 아델의 호위를 맡기로 했다.

치안이 좋은 하란에서 굳이 추가로 마차를 편성할 정도의 호위는 필요하지 않았다. 마차 자체에도 기본적인 방어 마법이 걸려 있었다. 안에서 잠그면 밖에서 열 수 없었다.

"부탁한다."

"염려 놓으십시오."

앨런이 결연하게 대답했다. 그가 오늘 호위 기사들을 지휘할
것이다.

전쟁터의 한복판이라도 지나가는 것처럼 무장했으나 론은 절
대 과하다고 생각하지 않았다. 일이 벌어지고 후회하는 것보다
과한 예방이 나았다.

하지만 지켜보는 제드의 생각은 달랐다.

'이동 마법진을 갈아타고 관도를 따라 달리기만 하면 되는
데……'

제드에게는 어린 조카가 있었다. 그 조카는 이보다 먼 길을
아무 문제없이 다녀왔다.

기사들이 모두 마차에 오르고 두 대의 마차가 출발했다. 멀어
지는 마차의 꽁무니를 보며 제드는 또 생각했다.

'날이 저물기 전에는 돌아오시는 거 아닌가? 이게 무슨 생이별
도 아니고.'

현명한 집사는 결코 자신의 속마음을 드러내는 실수를 하지
않았다. 마차가 보이지 않을 때까지 서 있다가 들어가는 성주의
뒤를 두말없이 따라갔다.

마차가 움직이기 시작하고 나서야 아델은 크게 숨을 내쉬었
다. 그녀는 쿵쿵 뛰는 심장을 한 손으로 눌렀다.

'왜 긴장하지?'

가끔 마치 불편한 사람과 예기치 못하게 마주친 것처럼 그 자리를 벗어나고 싶을 때가 있었다.

'아무래도 그날 이후로 그런 것 같아.'

몸이 자라면서 그녀는 신기한 힘을 갖게 되었다. 전에 그녀의 능력은 재채기와 같았다. 느닷없고 예측이 불가능했다.

그런데 이제는 통제할 수 있다. 기껏 시도해 본 것이라고는 정원을 가꾸면서 나무를 조금 자라나게 한 정도이지만, 마음만 먹으면 더한 것도 할 수 있었다.

아델은 누구에게도 말하지 않았다. 론에게도 거짓말을 했다.

「정원의 나무. 네가 한 일이야?」

론이 물었을 때 아델은 고개를 저었다.

「모르겠어요. 그냥 갑자기 이상한 소리가 나고 어지러웠어요.」

다행히 그는 더 캐묻지 않았다. 아델은 자신의 거짓말이 언젠가 들통날까 봐 조마조마했다.

'내 능력이 뭔지 정확히 알아야 할 것 같아.'

지금은 통제할 수 있어도 언제 변수가 발생할지 모른다. 완벽하게 정체를 파악해야 완전히 제어할 수 있을 것이다. 아델은 자신의 비범한 능력을 영원히 숨기고 싶었다. 그가 싫어하기 때문이다. 예전에 그와 나눴던 대화를 기억했다.

「그 사람은 불행했어.」

아델과 같은 재능을 가졌다던 사람을 이야기할 때 그는 괴로운 기억을 억지로 떠올리는 기색이 역력했다. 아델에게 재능이라고 말해 주었지만, 그는 결코 그 재능을 달가워하지 않았다.

아무래도 고서의 방에 들어가서 나머지 회고록을 다 찾아 읽어 봐야겠다. 어떤 비밀을 알게 된다고 해도 감당하겠다는 결심이 섰다.

'그러고 보니 요즘은 그 꿈을 안 꾸네.'

알 수 없는 경고를 하던 목소리를 듣지 못한 지 꽤 되었다. 꿈을 꾸고 나면 유쾌하지 않았던 터라 잘되었다는 생각이 들면서도 이상하게 찜찜했다.

*   *   *

티파티가 열리는 장소는 라미아가 소유한 저택으로 수도의 1번 거리에 있었다.

정오를 약간 넘겨서 도착했다. 아델은 마차에서 내리며 마중

나온 라미아를 보고 활짝 웃었다.

"어서 와."

"초대해 줘서 고마워."

흰색 바탕에 주홍색 자수를 놓은 드레스를 입은 아델은 상큼하고 싱그러웠다. 라미아는 손님 마중을 하러 함께 나온 노집사의 눈이 휘둥그레지는 것을 보며 흐뭇하게 웃었다. 아델의 미모는 처음 보는 사람이라면 누구나 넋을 빼앗길 만큼 특별했다.

'난 왜 예쁜 여자가 이렇게 좋은지 모르겠어.'

라미아는 그전부터 미남보다는 미녀에게 시선이 갔다. 딱히 무슨 감정이 있는 게 아니라 그냥 보는 것만으로 좋았다.

"바깥에 자리를 마련할까 하다가 오늘 햇빛이 강하더라. 응접실에 준비했는데 혹시 바깥이 더 좋아? 지금이라도 옮기면 돼."

"아니야. 어디든 괜찮아."

"들어가자."

"응. 근데 기사들이……."

"기사들은 집사가 알아서 대접할 거야. 걱정 마. 경험이 많은 집사라서 잘할 테니까."

라미아는 아델에게 팔을 내밀었다. 아델은 쿡쿡 웃으면서 라미아의 팔등에 손을 얹었다. 레이디를 에스코트하는 신사처럼 라미아는 아델을 응접실까지 안내했다.

'앨런 코우가 호위로 오다니.'

다른 대가문의 기사들을 전부 아는 건 아니지만, 코우 가문은 워낙 유명했다. 그리고 크리드 대가문에도 기사단이 있었다. 기사단의 부장 정도의 위치면 성주의 직속이었다. 성주가 아닌 사람의 호위는 맡지 않는다. 성주의 가족이라고 해도.

'유별나기는.'

푸른 머리의 사내를 떠올리면서 라미아는 픽 웃었다.

'귀한 아가씨를 고이 모시고 있다가 돌려보내야겠네.'

라미아는 흘끔 옆을 돌아보았다. 손가락 하나라도 다치면 뒷감당이 어마어마하겠다.

생각과 다르게 텅 빈 응접실을 보며 아델은 긴장이 탁 풀렸다.

"왜 아무도 없어?"

"곧 올 거야."

"아, 내가 제일 먼저 도착한 거구나. 혹시 내가 너무 빨리 왔어?"

"아니야. 그렇진 않아. 곧 도착할 사람이 지각 상습범이거든."

테이블에 앉으면서 아델은 주변을 대강 살폈다. 티파티에 참석하는 게 처음이라 준비된 모습만으로 규모를 파악할 재주는 없지만, 아무리 봐도 손님을 대접하려고 마련한 테이블은 하나뿐이었다.

"몇 명이나 되는지 물어도 돼?"

"세 명."

"그럼 총 다섯?"

"아니. 너와 나까지 세 명."

"아……."

"규모가 너무 작아서 실망시켰나? 미안. 내가 인간관계가 그다지 넓지 못해서 소소하게 즐기는 티파티에 초대할 만한 지인이 별로 없어."

"아니야! 미안하기는. 나도 갑자기 많은 사람을 만나면 부담스러우니까 괜찮아."

개의치 않아 하는 아델을 보며 라미아는 싱긋 웃었다. 아델이 사교계의 관습을 몰라서 그렇지 다른 사람이었다면 언짢아했을 것이다. 초대장을 받으면 참석할 모임에 대한 기대치가 있다. 두세 명 모이는 자리에는 초대장을 발송하지 않았다.

라미아가 처음에 초대장을 발송할 때만 해도 스무 명 정도가 모이는 제법 큰 티파티를 계획했다. 그런데 아델에게 초대장을 직접 주러 레바스 성에 다녀온 후 마음이 바뀌었다.

아델을 말 많은 사람들 앞에 먹잇감으로 던져 주려니 영 내키지 않았다. 사교 활동은 남이 도와줄 수 없는 본인의 역량 문제라 사실 라미아가 관여할 일은 아니었다. 그런데 마음이 쓰였다.

초대장을 일단 발송한 후에 취소하려면 부고장을 발송하라는게 사교계의 불문율이었다. 모임의 취소는 그만큼 신용을 크게 떨어뜨렸다.

라미아는 모임을 취소했다. 며칠 앞두고 취소한 터라 뒷수습에 꽤 애를 먹었다.

'역시 취소하길 잘했어.'

한동안 사람이 많은 곳에 다녔더니 가끔은 이런 것도 좋다.

"다른 가족은 계시지 않아? 내가 인사를 해야 되는지 아닌지……. 어렵네. 이런 건 모르겠어."

"집주인이 먼저 소개하지 않는 이상은 신경 쓰지 않아도 돼. 우리 먼저 차를 마실까? 아무래도 좀 더 늦는가 봐."

아델이 고개를 끄덕이자 라미아가 하녀에게 지시했다. 잠시 후 테이블 위에 찻잔이 놓이고 달콤한 차향이 퍼졌다. 라미아는 찻잔을 들며 이야기를 이어 했다.

"여긴 나 혼자 사는 집이라 내 가족은 없어."

"혼자? 여기서 살아?"

"응. 열여덟 살에 집을 받아서 독립했지. 가풍이야. 열여덟 살이 되면 독립해."

아델이 눈동자만 굴렸다. 묻고 싶은 게 많은데 무엇을 물어도 되고 무엇은 안 되는지 모르겠다. 헷갈리면 입 다물고 있는 게 가장 좋은 방법이라고 예절 교사가 가르쳐 주었다.

라미아는 호기심이 가득한 아델의 표정을 보며 웃었다. 표정에 너무 드러나니까 오히려 귀여웠다. 안 궁금한 척 이리저리 말을 돌리며 진짜 알고 싶은 답을 유도하는 사람들에게는 질릴 대로 질렸다.

"다 물어봐. 우리는 친구니까. 내가 곤란한 질문이면 말할 수 없다고 할게."

아델은 볼이 발갛게 물들어서 고개를 끄덕였다.

"다른 대가문도 다 그래?"

"독립? 아니, 다 그렇지는 않아. 크리드가 좀 각박하지. 성년까지도 돌봐주지 않는 거니까. 근데 집 주고 돈 주고 사는 데 문제는 없어. 성에서만 나올 뿐이니까."

아델은 라미아가 대단해 보였다. 아델보다 어린 나이에 이미 혼자 살기 시작한 것이다. 아직 성년이 안 되었으니 다른 사람에게 의지해도 된다고 생각한 자신이 부끄러웠다.

"서부에는 안 가?"

"물론 자주 가. 근데 수도가 편해. 집 나가면 바로 있을 거 다 있고 사람들 만나기도 좋고. 어지간히 돈 있는 가문이면 수도에 부동산은 다 갖고 있을걸. 레바스도 수도에 저택이 있을 거야."

이런저런 대화 끝에 라미아가 말했다.

"사실은 마법사가 되고 싶었어. 어머니가 어릴 때 내 꿈을 산산이 부서뜨렸지. 어머니 쪽 집의 피를 이었으니 넌 절대 마법사가 못 된다고 하시더라."

차를 마시던 아델의 손이 멈칫했다.

"무슨 뜻이야? 마법의 재능이 유전된다는 말은 들었지만 반대의 경우가 있다는 말은 처음 들어."

"내 외가가 좀 특이해."

아델은 머릿속으로 열심히 말을 골랐다. 지극히 개인적이고 이상한 질문이 될 테지만, 꼭 물어봐야 했다.

"이상한 질문인 거 아는데 혹시 외가의 친척들에게 남다른 능력이 있어?"

라미아가 빤히 아델을 보았다. 질문을 이해한 건지 기분 나빠하는 건지 가늠할 수 없는 표정이었다.

"기분 상했으면 미안해. 내가 묻고 싶은 건……. 마법 말이야. 나도 배울 수 없다는 말을 들었어. 그런데 내가 조금 특이한 능력이 있어서……."

"와."

라미아가 갑자기 탄성을 질렀다.

"화족 출신이었어? 어머니가 누구야?"

"화족?"

"그래서 그랬나 보다. 어쩐지 처음 널 볼 때부터 이상하게 낯설지가 않더라고. 내가 아무리 예쁜 사람을 좋아해도 그게 개인적인 호감까지 가는 일은 거의 없지."

아델은 얼떨떨한 표정을 지었다.

〈다음 권에 계속〉